KB270756

부채의 운치

교양으로 읽는 중국 생활 문화

| 일러두기 |

✻ 본문에 등장하는 인명(人名)은 신해혁명을 기준으로,
　 그 이전 인물은 한국어 발음대로 표기하고, 그 이후 인물은 중국어 발음대로 표기함.
　 또한 시문, 희곡, 소설 등의 등장인물 이름은 시대에 상관없이 모두 한국어 발음대로 표기함
✻ 책과 시문, 희곡은 「 」으로, 그림, 무용은 《 》로 표기함.
✻ ( )안의 한국어 설명은 역주임.

부채의 운치

교양으로 읽는 중국 생활 문화

저우위치 지음

박승미 옮김

산지니

차례

1 아름다운 부채 문화

손 안에 든 백단선이

가을 둥근 달처럼 맑고 투명하구나.

청풍이 임의로 불어와,

그윽한 향기를 마음가는대로 뿌리네.

중국 문화는 오랜 세월을 거쳐 오늘날까지 길게 흘러오고 있다. 그 중 기물(器物) 문화는 중국 문화라는 거대한 강물 위에 소용돌이쳐 피어오르는 뽀얀 물보라와도 같다. 거의 모든 기물이 아름다운 상상력 내지는 감동적인 전설과 함께 형성되고 발전되어 왔다. 부채 또한 예외는 아니다. 부채 문화는 중요한 기물 문화 중의 하나로서, 생활 속에서 탄생했으나 또한 그 차원을 넘어서 승화되고 발전되었다.

부채는 분명 더위를 물리치고, 시원한 바람을 일으키거나 먼지를 털고, 햇빛을 가리며 불을 지피는 등 일상생활의 필요에 따라 창조되고 개발되어 왔다. 그렇지만 이와 동시에 생활을 편리하게 하고 윤택하게 하는 용도로도 사용되면서, 그리고 특히 부채가 문인 사회를 파고들며 사회생활 곳곳에 스며들면서, 물질문명과 정신문명을 이어주는 훌륭한 매개체로 작용하기도 했다. 시대가 진보하고 경제가 발전하면서, 작은 부채는 점점 문화 예술적인 특징을 갖추게 되었다. 희곡·민속·군사·무협·TV·의약·가무·예의·시사가부(詩詞歌賦) 등과 결합되어 풍부한 의미와 깨달음을 전달해 주는 일종의 문화적 언어를 만들어냈고 오묘한 효과마저 발휘했다. 부채는 원래의 자연적인 기능을 진일보 발전시켜 인류의 다채로운 정신세계로 그 영역을 넓혀 나갔다. 사람들은 부채 하나로 천군만마를 당해내고, 인간사 희로애락을 모두 간직하고 담아냈다. 또한 부채 하나로 서화 예술의 신비한 매력을 발산해 낼 수 있었다.

이렇듯 부채는 수천 년 간의 진화 과정을 거쳐 단순한 생활용품에서 중국 문화의 백화(百花) 정원 속에서 피어나는 한 떨기 진기한 꽃으로 승화되었으며, 독특하고 황홀한 부채 문화를 형성했다. 중국 고대 문화 세계에서 부채 문화는 신성한 전당(殿堂)임과 동시에 아름다운 화원(花園)이기도 하다. 부채는 문화의 이상 경지를 대표하고 문인 사대부들이 지향하는 진·선·미의 아름다움을 담아냈을 뿐만 아니라, 사회생활 중의 매혹적인 풍경을 눈앞에 펼쳐 보이며 사람들로 하여금 그 속에 빠져들게 만들었다.

부채의 연원과 기능

중국 부채는 3천여 년 동안 옥석을 가려내는 과정을 거치며 오늘날과 같은 오색찬란하고 황홀한 모습으로 변화했다. 고대 희랍, 로마, 이집트 등지에서도 이미 오래 전부터 부채를 만들어 사용해왔다. 현재 사용하고 있는 접선(折扇, 접었다 폈다 하게 된 부채)은 송대(宋代)에 출현했는데 그것은 수입품이었다. 외래 문물이 중국화하는 과정을 거친 후 새롭게 재탄생하여 세상에 그 모습을 드러낸 것이다.

부채의 기원을 찾아 과거로 거슬러 올라가 보면 그 연대가 너무 오래되어 그 기원이 기록된 고대 문물과 서적들이 거의 소실되었을 뿐만 아니라, 후세 사람들의 의견 또한 너무 분분하여 일치된 결론을 내리기 어렵다.

문자학(文字學)의 측면에서 볼 때, 선(扇, 부채)이라는 글자는 본래 갈대로 짠 문을 의미했다. 『이아(爾雅)』에는 “나무를 선(扇)이라 부르고, 갈대를 선(扇)이라 부른다.”라는 기록이 있다. 현재 중국어 방언 중에도 문짝을 의미하는 말로 문선(門扇)이라는 표현이 남아있다. 이를 근거로 추론해 볼 때 초기의 부채는 네모 모양의 갈대 편직물이었을 가능성이 높다. 그것은 바닥까지 길게 늘어뜨려져 있고, 전문적으로 관리하는 사람도 있었다. 그 형태는 지금의 깃발과 비슷하다. 중국의 역사와 전설을 최초로 기록한, 서진(西晉) 최표(崔豹)가 지은 『고금주(古今註)』에는 “오명선(五明扇)은 순(舜)임금이 만들었다.”라는 기록이 있다. 그러나 이것은 진정한 의미에서 바람을 일으켜 시원하게 하는 실용적인 부채를 뜻하는 것은 아니었다. 문헌의 기록을 살펴보면 순임금이 요(堯)임금으로부터 왕위를 선양 받은 후 오명선(五明扇)을 제작하기 시작했다고 나와 있다. 오명선은 현명한 인재를 구해 문견을 넓힐 목적으

● 서진(西晉) 최표(崔豹)의 『고금주(古今注)』: "오명선(五明扇)은 순(舜)임금이 만들었다."

로 만들었던 의장(儀仗)용 부채였다. 순임금이 오명선을 만들기 시작하면서 의장 부채는 통치자의 신분과 지위, 그리고 정치적 의의를 나타내는 데 사용되었다. 의장 부채는 웅장한 모습으로 우뚝 서있는 긴 자루가 달린 부채였으며 주로 노비들이 그 관리를 맡았다. 장선(掌扇)이라고도 불렸다.

하(夏)나라 우왕(禹王) 때에는 의장 부채의 사용을 금지했다가 은대(殷代)에 이르러 다시 부활시켰다. 최표는 『고금주』에서 은대에 까마귀 깃털로 만든 자루 부채를 사용했다고 명확하게 기록하고 있다. 주(周) 무왕(武王) 때에는 꿩 깃털로 의장 부채를 만들기도 했는데 신분의 높고 낮음을 나타낼 수 있도록 천자(天子)는 8폭, 제후(諸侯)는 6폭, 대부(大夫)는 4폭, 선비는 2폭 등으로 부채의 크기를 엄격하게 규정했다. 한당조(漢唐朝)에서 명청대(明淸代)까지 무릇 황제, 황후와 귀족들은 그들이 거주하는 곳, 머무는 곳, 그리고 거니는 장소에 항상 쌍을 이루는 많은 의장 부채를 배치함으로써 그들의 높은 사회적 신분을 과시했다. 청대(淸代)와 민국(民國) 시절에는 민간의 혼례에서도 장선을 이용하는 풍습이 생겨났다. 의장 부채는 위세를 과시하는 기본용도 외에도 햇빛을 가리거나 먼지를 털어내고 장식하는 용도로도

사용되었다. 의장 부채는 봉건 통치 계층의 생성과 함께 태어나고 그들의 몰락과 함께 사라졌다.

의장 부채와 구별되는 실용성을 갖춘 초량선(招凉扇, 부채질하는 부채)도 나타났는데, 이러한 부채는 대개 손잡이가 짧고 깃털이나 대나무로 제작되었다. 그래서 고대에는 부채를 깃털이나 대나무라고 부르기도 했다. 서한(西漢) 이후로 선(扇)과 죽(竹) 두 가지 명칭이 함께 사용되었다. 진대(晉代) 육우(陸羽)는 『우선부(羽扇賦)』를, 동한(東漢)의 반고(班固)는 『죽선부(竹扇賦)』를 지었는데 모두 부채를 주제로 한 훌륭한 부(賦) 작품이었다. 『제왕세기(帝王世紀)』에는 주 무왕이 좌우에 부채를 들고 더위 먹은 사람을 구했다는 이야기가 나온다. 육기(陸機)의 『선부(扇賦)』에는 "무왕이 심오하고 현명해 오래 전부터 부채를 만들어 왔다."라고 노래하고 있다. 이것으로 더위를 쫓는 용도의 부채가 이미 기원전 11세기부터 출현하고 있었음을 짐작할 수 있다.

또 진(晉)나라 왕자년(王子年)이 쓴 『습유기(拾遺記)』에는 주 소왕(昭王, 기원전 약 966년에서 948년 재위) 때 도수국(塗修國)이 암수 한 쌍의 붉은 까치를 왕에게 바쳤는데, 여름이 되어 까치가 털갈이를 하면 까치의 털로 손잡이가 4개 달린 부채를 만들었다고 기록되어 있다. 이때 부채를 유표(游瓢, 떠다니는 것), 조핵(條翮, 새의 깃털), 휴광(虧光, 어지러운 빛), 측영(仄影, 기울어진 그림자) 등으로 불렀다. 절강성 동구의 두 미녀 연연(延娟)과 연오(延娛)를 불러서 부채를 흔들게 하고 왕을 시중들게 해 시원한 산들바람을 즐겼던 것이다. 깃털 부채로 시원한 바람을 일으키는 장면이 3천 년이 지난 지금도 눈앞에 생생히 펼쳐지는 듯하다. 여기에 소개된 부채는 정말 확실히 더위를 쫓아낼 수 있을 것만 같다.

진한(秦漢)시대에 이르러 부채의 제작 방법과 응용이 크게 발전했다. 우선과 죽선 외에 또 다른 종류의 부채가 탄생했는데, 바로 환선(紈扇, 비단 부채)이다. 환선은 한대 견직 수공업 발달의 산물이었다. 당시 한나라 사람들은 명주, 나사, 사(紗), 환(紈), 능(綾), 증(繒)을 사용해 부채를 제작했다. 부채 모양은 둥근 원형이었고 손잡이는 중앙에 달려 좌우 대칭을 이루었다. 이것은 우선(羽扇)처럼 한 방향으로 치우쳐 있지 않아서 흔들기는 불편했다. 한대 반첩여가 지은『원가행(怨歌行)』에는 "재단해 합환선(合歡扇)을 만드니, 둥글둥글한 것이 꼭 명월을 닮았네."라는 구절이 나온다. 옛날에는 환선을 단선(團扇) 또는 합환선(合歡扇)이라고 부르기도 했는데, 특히 부녀자들이 즐겨 불렀다. 부(賦) 작품에서는 그 형태를 보고 단선이라 불렀다. 또 만든 재료에 따라서 환선, 나선(羅扇)이라 부르기도 했다.

품질이 우수한 단선은 군왕이 신하에게 수여하는 하사품으로 사용됐으며, 친구들 사이에 주고받는 선물로도 자주 이용되었다. 그림이 그려진 단선은 당시 사랑하는 남녀사이에서 유행하던 유희의 도구이자 애정의 증표였다. 그래서 "다만 한 쌍의 황백조만 그리고 외롭게 나는 기러기는 그리지 마세요."라는 시 구절이 전해지기도 한 것이다. 당대(唐代) 두목(杜牧)은 그의 시 『추석(秋夕)』에서 "가벼운 나선(羅扇)으로 흐르는 반딧불만 두드린다."라고 읊었다. 이는 비단으로 만든 단선을 일컫는 것이다.

단선은 작고 가벼워서 여자들이 더 선호했는데 천진하고 활발한 여성의 성격과도 궁합이 잘 맞았다. 수·당 시대에는 제지업이 탄생하면서 자연히 종이로 만든 부채도 만들어지기 시작했다. 그렇지만 역시 비단으로 만든 단선보다는 유행하지 못했다. 단선은 당송시기에 이미 해외로까지 전해졌다. 북송(北宋)의 조여적(趙汝適)은『제번지(諸蕃志)』에서 당시 천주항(泉州港)의 수출품 중에는 서화가 그려진 명주 부채도 포함되어 있었다고 기록했다. 이는 부채가 중국과 다른 나라 간의 문화 교류에서 중요한 역할을 담당했음을 확인할 수 있는 대목이다. 단선은 한대에 그 형태가 확립되었지만, 이후 당·송·원·명·청을 거치면서도 계속 사용되었다.

서화(書畵) 환선이 더 성행했던 시기는 송원시기로 상당히 많은 수가 제작되었으며 서화의 주제 또한 다양했다. 화조산수(花鳥山水)가 주류를 이루었고 민중의 생활을 담은 것도 있었다. 송 휘종(徽宗)이 이를 크게 장려한 결과, 당시 많은 명인들이 배출되었다고 한다. 고상한 주제와 통속적인 주제가 서로 경쟁했으며, 다채로운 작품들이 쏟아져 나왔다. 육유(陸游)는 시에서 다음과 같이 읊었다. "오(吳)나라 근황을 그대들은 아는가. 집집마다 단선에 육방옹(六放翁)을 그려 넣는다네." 청말 민국 초기에는 많은 종류의 지선(紙扇, 종이부채)과 단선들이 시대의 요구에 따라 새롭게 탄생하였다.

● 천진예술박물관에 소장된 청대 임이가 부채에 그린 《화조도(花鳥圖)》

앞서 언급한 바와 같이 부채는 중국에만 있는 독특한 문화유산은 아니다. 특히 접선은 수입품이었다. 접선은 일반적으로 약 9세기 경 북송 초기에 일본인에 의해 발명되어, 한국을 거쳐 중국으로 전래되었다고 여겨진다. 박쥐 모양을 본따 만들어서 초기에는 편복선(蝙蝠扇, 박쥐 부채)이라 불리기도 했다. 또 살선(撒扇, 펼쳐지는 부채), 취두선(聚頭扇, 모아지는 부채), 절첩선(折疊扇, 포개어지는 부채) 등으로 불리기도 했으며, 통칭해 왜선(倭扇, 일본 부채)이라고 불렀다. 송 태종 때에는 한 일본 승려가 접선을 진헌했는데 그 수량이 많지는 않았다고 한다. 북송의 접선은 매우 귀했으며 여전히 환선이 주류를 이루었다. 북송 《청명상하도(淸明上河圖)》에 등장하는 백 명에 달하는 인물들은 모두 단선을 들고 있다. 접선은 당시 정말 희귀한 물건이었을 것이다.

일본과 한국으로부터 접선이 전래된 이후 중국에는 전문적으로 부채를 만들어 판매하는 점포가 등장했고, 남송 때에 이미 상당한 규모를 자랑했다. 강남 무진현(武進縣) 남경 묘지에서 출토된 마름모 모양의 금박칠합 뚜껑에는 『유음불서원(柳蔭拂暑園)』이 그려져 있는데, 그림 속 한 궁녀의 손에는 환단선(紈團扇)이 들려 있고 또 한 궁녀는 접선을 들고 있다. 그림은 그 부챗살을 다 세어 볼 수 있을 만큼 매우 또렷하다. 단선이 성행하던 남송 시대에 접선을 들고 있었다면 상당히 유행에 앞서갔던 사람일 것이다. 『우산묵지(雨山墨志)』에는 당시 동남 사람들이 접선을 들고 있는 사람을 비웃었다고 기록하고 있다. 아마도 당시 접선은 아직 유행을 타지 못했고 사람들이 보기에 좀 괴상한 물건이었던 것 같다.

접선은 명대에 이르러서야 좀 유행하게 되었다. 고궁박물관에 보관되어 있는 명대 선덕제(宣德帝) 주첨기(朱瞻基)가 그린 채색인물화대접선(設色人物畫大折扇)은 현존하는 가장 오래된 접선이다. 송대 이후부터는 부채추의 장식도 성행했으며 명대에 이르러 부채 아래로 향주머니를 달고 다니는 것이 유행했다. 명말 유명한 기녀였던 이향군(李香君)은 금향추(金香墜)라는 아명을 갖기도 했다. 이때에는 환선을 들고 있는지 아닌지, 또는 어떤 환선을 들었는지에 따라서 그 사람의 신분과 지위 또는 취향을 알 수 있었다고 한다.

　우선이나 단선과 비교할 때 접선이 가진 가장 큰 장점은 편리성이다. 그래서 원래 '소매 속에 넣어 다니는 고상한 물건'이라고 하였다. 문인 사대부들은 부채의 서화 예술을 감상하고 부챗살에 새겨진 정취를 노래했다. 귀중한 소장품이었고 손에 쥐고 완상하기에 조금도 부족함이 없었다. 문인 사대부들은 부채를 선물로 주기도 하고 서로의 부채를 교환하기도 했다. 어떤 사람은 여름과 가을에 백 개가 넘는 부채를 준비해 백 벌의 의상에 맞춰 매일 매일 다른 부채를 들고 다녔다고 한다.

　명 영락(永樂) 때에는 접선이 이미 민간에까지 보급되었다. 당시 천촉(川蜀)과 소주(蘇州)는 유명한 부채 산지였다. 청대 중기에 이르러서는 강절(江浙), 민광(閩廣)에서 생산한 각종 부채가 주요한 해외 무역 수출품이 되었다. 명청 양대의 부채 제조업은 이미 세계적인 수준을 자랑하고 있었다. 중국은 명대부터 우수한 부채 제조 기술을 유럽에까지 전파하기 시작했다. 프랑스의 루이 14세가 부채 기술을 배워 갔으며, 유럽에서는 이때부터 부채를 만들어 사용하기 시작하였다.

● 북송 초기 일본인들에 의해 접선이 발명되어 한국을 거쳐 중국으로 전래되었다.

중국 부채는 그 역사가 매우 깊을 뿐 아니라 그 종류 또한 다양하다. 우선, 죽선, 단선, 접선 이외에도 포규선(蒲葵扇, 버들잎으로 만든 부채), 맥갈선(麥稭扇, 밀짚으로 만든 부채), 종려선(棕櫚扇, 종려나무로 만든 부채), 미선(尾扇, 동물의 꼬리로 만든 부채) 등이 있었다. 유구한 역사적 전통을 담고 있는 이 부채들 속에는 장인의 지혜도 함축되어 있다. 예를 들면 포규선은 『진서(晉書)』에 '포규선 5만' 이라고 기록되어 있으며, 당나라 시인 백거이도 "포규선을 들고 앉아 두세 편의 시를 읊노라."라는 시 구절을 짓기도 했다.

부채는 바람을 내는 일, 장식, 도구, 감상, 오락 등의 단순한 기능 외에도 역사와 문화가 담겨있기 때문에 그 수집 가치가 매우 높다. 메이란팡(梅蘭芳, 경극배우)은 인도 시인 타고르가 친필로 글을 써 준 명주 부채를 하나 가지고 있었다. 이 부채는 타고르가 1924년 메이란팡이 출연한 경극 『낙신(洛神)』을 보고 즉흥적으로 시를 써서 선물한 부채로, 위에 벵골어와 영어로 글이 쓰여 있었다. 루쉰(盧迅)은 1932년 일본인 친구 수기모토 법사에게 접선 양면에 글을 써서 선물로 주었다고 한다. 루쉰의 필체가 담긴 부채는 이것밖에 없다고 하니 정말 귀한 물건이 아닐 수 없다. 정이메이(鄭逸梅, 산문작가)는 뇌봉탑(雷鋒塔, 중국 항주에 있는 탑)의 고증과 무너진 날을 기념하는 기념 부채를 가지고 있었다. 1990년 통주(通州)에서는 '군량법 암호가 기록된 부채' 가 발견되었다. 이 접선 양면에는 백 개의 암호가 그려져 있었는데, 모두 통주 백개 부대의 군량 기록을 나타낸 것이었다. 암호의 형태가 너무 추상적이어서 여전히 그 수수께끼를 풀지 못하고 있다. 이러한 것들이 바로 부채의 다양한 특징이며, 그 덕분에 다채로운 부채 문화를 형성할 수 있었던 것이다.

부채의 종류

- 단선(團扇)   비단이나 종이로 둥글게 만든 부채
- 접선(折扇)   접었다 폈다 하게 된 부채

- 환선(紈扇)   비단 부채. 합환선(合歡扇)이라고도 하며 비단의
  종류에 따라 나선(羅扇)이라고도 함
- 우선(羽扇)   깃털로 만든 부채
- 죽선(竹扇)   대나무로 만든 부채
- 지선(紙扇)   종이로 만든 부채
- 미선(尾扇)   동물의 꼬리로 만든 부채
- 포규선(蒲葵扇)   버들잎으로 만든 부채
- 맥갈선(麥稭扇)   밀짚으로 만든 부채
- 종려선(棕櫚扇)   종려나무로 만든 부채
- 파초선(芭蕉扇)   파초의 잎 모양으로 만든 부채
- 빈랑   빈랑나무로 만든 부채. 파초선이라 하기도 함
- 포선(蒲扇)   부들로 만든 부채

- 오명선(五明扇)   의장(儀仗)용 부채
- 장선(掌扇)   오명선과 마찬가지의 의장용 부채
- 초량선(招凉扇)   실용성을 갖춘 부채질하는 부채. 장선과 구별됨

- 제선(題扇)   글씨가 쓰인 부채
- 화선(畵扇)   그림이 그려진 부채
- 춘선(春扇)   춘화가 그려져 있는 부채
- 칠륜선(七輪扇)   7개의 나무 날개로 만든 오늘날의 선풍기

부채 문화의 형성과 발전

　　부채는 사회 경제와 문화생활 발전에 따른 산물이다. 시대와 함께 발전했고, 시대의 토양 중에서 영양분을 섭취하며 끊임없이 내실을 다져왔다. 부채는 역사적으로 시사가부(詩詞歌賦), 서화조각(書畵彫刻), 그리고 희곡·가무·예의 등과 결합해, 자신만의 독특한 형태를 만들고, 다양한 기능을 발전시켜왔다. 부채 문화를 이해하고 연구하는 한편 그를 자랑하고 전파함으로써, 정서를 가다듬고 고상한 인격을 추구할 수 있을 것이다. 부채 문화의 형성과 발전을 시대별로 크게 맹아기, 형성기, 번영기, 흥성기, 쇠퇴기로 구분해 살펴보도록 하자.

1. 한대(漢代) – 부채 문화의 맹아기

　　한대에는 견직물 공업이 크게 발달했다. 한대 견직물은 그 품질이 우수했을 뿐만 아니라, 예술적인 아름다움도 함께 갖추고 있었다. 많은 서화가들이 아름다운 견직물을 보고 그 창작 열의를 불태우기도 했다. 동한 시대에 이르러 견직물에 꽃, 새, 벌레, 풀 이외에도 글자 무늬를 새기기 시작했는데, 광락명광(長樂明光), 연년익수(延年益壽) 등과 같이 장수와 복을 비는 글자가 주류를 이루었다. 동한 장형(張衡)은 『선부(扇賦)』에서 "오자죽(窗玆竹)으로 부채를 만들어 그의 얼굴을 그리고 모습을 새기노라. 그러나 위아래 어디를 살펴보아도 어지러운 그림자뿐이네."라고 노래했다. 이것으로 그 시절 사람들이 부채에 인물을 그려서 그 아름다움을 감상했음을 알 수 있다.

　　동한의 반첩여(班婕妤)는 『원가행(怨歌行)』에서 "새 비단 한 폭이 눈처럼 곱고 희구나. 재단해 합환선을 만드니 둥글둥글한 것이 꼭 명월을 닮았네. 고운 님 소매 자락에 고이 넣어두니 흔들흔들 바람을 일으키는

구나. 가을이 올까 두렵도다. 서늘한 바람에 더위가 물러가면, 바구
니에 버려져 사랑 받지 못하겠네."라고 읊었다. 그녀는 부채에 인
간사를 비유해 세상을 풍자하고, 부채 속에 그녀의 속마음을 함축
하며 투영하고 있다. 부의(傅毅)의 『선명(扇銘)』에서는 "나풀거리
고 둥글둥글한 것이 푸른 바람을 일으키는구나. 왕의 옥
체가 편안하도다. 겨울에는 숨었다가 여름에는 다
시 나오니, 스스로 나아갈 때와 물러설 때를 아는
것 같도다."라고 나와 있다. 이 구절은 적절한 시기
에 벼슬에 나아갔다가 또 물러나고, 자연의 법칙에
순응하며 살아가는 고대 문인들의 깨달음을 보여주고 있다.

문학 속에서 부채는 이미 상징적인 비유의 의미를 섬세하
게 담아내고 있다. 이 시기 문인과 부채가 의기투합하면서
자연스럽게 부채 문화의 문을 활짝 열게 되었으며, 이미 심
오한 단계로 발전해 우리를 매혹적인 운치가 가득한 세계로
안내하고 있다.

2. 위진(魏晋) – 부채 문화의 형성기

이 시기에는 문인 사대부들이 부채에 글씨를 쓰고 그림을 그
리는 것이 이미 일반적인 사회 풍조로 자리 잡게 되었다. 평범한 부채
에 일단 명인이 글씨를 쓰거나 그림을 그리면, 그 가치가 천정부지로
치솟았다. 단순히 실용적인 가치를 지녔던 평범한 부채에서 곱고 아름
다운 예술품으로 승화 발전하게 된 것이다. 이러한 부채는 감상할 가치
가 충분했고, 감상하는 사람의 마음과 눈을 탁 트이게 했다. 고귀한 사
대부나 일반 백성이나 할 것 없이 항상 명품 서화 부채 하나를 몸에 지
니고 다니면서, 자신의 교양 수준과 지위를 과시하곤 했다. 『진서(晉

● 반첩여가 지은 『원가행(怨
歌行)』에는 "재단해 합환선(合
歡扇)을 만드니, 둥글둥글한
것이 꼭 명월을 닮았네."라는
구절이 나온다.

書)·왕희지전(王羲之傳)』에는 다음과 같은 글이 실려 있다. 왕희지가 소흥(紹興) 즙산(戢山)에 갔을 때 한 노파가 육각 죽선을 팔고 있었는데 손님이 거의 없었다. 이를 본 왕희지는 각 부채에 왕(王)자를 적어 넣었다. 노파가 탄식하자 왕희지가 이르기를 "화내지 마십시오. 왕의 귀한 군서(軍書)라 말하면 높은 가격으로 팔릴 것입니다." 노파가 그의 말대로 하니 과연 사람들이 앞 다투어 부채를 사갔다고 한다. 이 글은 부채에 서예가 더해진 것을 나타내는 가장 오래된 기록이다.

그 후 인물, 화조, 산수화 등이 계속 부채에 그려졌다. 동진의 시인 도연명은 8수로 이루어진 『선상화찬(扇上畵讚)』을 지었는데, 그는 여기에서 부채에 그려진 하차장인(荷茶丈人), 장루걸닉(長淚桀溺), 어릉중자(於陵仲子) 등과 같은 9명의 은사(隱士)를 노래했다. 이것이 부채에 인물화를 그렸음을 알게 해주는 최초의 기록이다. 위진남북조시대 서화 부채는 이미 높은 예술 수준으로 발전해 있었고, 중국 서화 예술에서 새로운 분야로 자리 잡고 있었다. 제선(題扇, 글씨가 쓰인 부채), 화선(畵扇) 명인들이 우후죽순처럼 나타나 큰 문화 풍조를 이루어, 이 시기 부채 문화가 이미 사회 전반에 크게 보급되어 있었음을 알 수 있게 해준다.

3. 당송원(唐宋元) – 부채 문화의 번영기

경제가 번영하면 자연스럽게 문화도 함께 번영하기 마련이다. 문화의 번영으로 또한 부채 문화가 자라날 수 있는 비옥한 토양이 마련되었다. 중국 회화 중의 인물고사(人物故事), 산수누각(山水樓閣), 꽃과 새, 궁녀와 어린이, 풍속 등의 주제가 모두 한 척(尺)도 안 되는 부채 속으로 유입되었다. 당대 왕건(王建)은 『조소령(調笑令)』에서 "단선아, 단선아. 미인의 병든 얼굴을 가리는 도다."라고 읊었다. 이는 풍아한 아름다움을 갖춘 당시 젊은 여자들 역시 하나의 예술 대상이 되었음을 보여준다. 양송시기에는 사회 전체에 부채를 주제로 글을 짓고 그림을 그리고, 또 부채를 판매하거나 소장하고 감상하는 풍조가 점점 무르익어, 전문적인 그림 판매 상인과 점포가 생겨났다. 하문언(夏文彦)은『도회보감(圖繪寶鑑)』에서 "남송 조언(趙彦)과 변량(汴梁) 지역 사람들은 민가에 서화 점포를 열었는데 부채 그림이 유명했다."라고 기록했다. 부채는 당시 이미 예술 상품으로 널리 유통되고 있었으며, 다양한 특징과 예술성이 혼합 침투되어 찬란한 부채 문화를 형성했다. 가극과 희곡에 부채가 도구로 사용된 유래는 이미 오래전의 일이다. 당송시대 '가선(歌扇, 부채를 노래함)' 이라는 단어는 많은 시문학 작품 속에서 사용되었고, 잡극 배우들은 남녀를 막론하고 모두 허리에 부채를 끼우고 다녔다.

● 강희(康熙), 옹정(擁正) 시대 궁중 화가 진매(陳枚)의 《월만청유도(月滿淸游圖)》

4. 명청(明淸) – 부채 문화의 흥성기

　　왜선(倭扇)이 중국에 들어와 널리 퍼지면서 그 유행의 불길은 꺼지지 않고 계속 번져갔다. 명 영락(永樂) 시기에는 접선이 크게 발전했는데, 접선은 반원형 모양에 윗부분은 넓고 아랫부분은 좁고 사방으로 방사되어 있어서 서화를 창작하기에 매우 적합했다. 사람들은 한 치도 안 되는 부채 위에 정교한 구상과 독특한 풍격을 담아냈다. 접선의 부챗살 조각 예술도 명대에 이르러 크게 발전했다. 부챗살은 자단목(紫檀木), 마호가니, 오동나무, 단향목(檀香木), 상아, 퇴주(堆朱, 기물에 여러 차례 칠을 바르고 말린 후 각종 무늬를 부조한 것), 칠죽(漆竹), 반죽(班竹) 등으로 만들었고, 또 거기에 나전 상감이나 대모 박편을 붙이기도 하는 등 그 종류가 다양해 없는 것이 없었다. 그 중 대나무 부챗살에 조각을 새긴 것이 가장 특색 있었다.

● 마카오 초기 담배 광고 속의 부채를 든 미녀

　　부챗살에 유명한 서화가들이 먹으로 밑그림을 그리고 조각가들이 조각을 하고 나면, 그 접선의 몸값은 계속해서 치솟아 올랐다. 명 성화(成化) 이후에는 부채면에 서화를 그리는 것이 크게 발전했고, 명 정덕(正德), 가정(嘉靖) 시기에는 부챗살 대나무 조각 예술이 이미 심오한 경지에 이르렀다. 접선의 서화와 조각 예술이 크게 흥성했던 시기임을 감안할 때, 이 시기

부채 문화가 상당히 흥성했음을 추측할 수 있다. 이 때에는 서화 대가였던 심주(沈周), 당인(唐寅), 문정명(文征明), 구영(仇榮), 축윤명(祝允明) 등이 모두 유명한 부채 서화 작가로 이름을 날렸다. 이어서 청말 부채 그림은 조지겸(趙之謙), 임백년(任伯年), 오창석(吳昌碩) 등의 화조 화가들의 작품이 대표적이었다.

소주박물관(蘇州博物館)에서는 특별히 새로운 형식의 '청대 장원서(壯元書) 전시회'를 개최한 바 있다. 이 전시회에서는 청대 72과에서 장원한 글이 적힌 부채면을 전시했는데, 청대 장원서의 2/3에 해당하는 양이었다. 문화의 내실이 다져질수록 부채의 예술적 품위는 더욱 높아져 갔다. 사람들은 부채를 손에 들고 이리 저리 흔들며 농후한 문화적 숨결을 널리 내뿜었다.

5. 현대(現代) – 부채 문화의 쇠퇴기

부채는 인류 생활 발전에 따른 산물로 인류의 정치, 경제, 문화의 필요에 따라 탄생했다. 부채의 발전기에는 그 성격이 물질에서 정신으로 변화 발전했다. 시원하게 더위를 가시게 하거나, 태양이나 얼굴을 가리며 바람을 일으키는 용도에서 심미, 감상, 창화(唱和, 시사(詩詞)를 서로 주고받다), 교류의 수단으로 변화 발전한 것이 그 좋은 예이다. 번영기와 흥성기로 접어들면서, 부채는 오히려 물질을 대표하던 이전의 모습으로 되돌아간 듯 보인다. 실용적이던 부채가 예술 작품으로 승화되어 그 값이 뛴 것이다. 명대 당인(唐寅)의 수묵금전(水墨金錢) 부채에 그려진 《우중행(雨中行)》은 1989년 6월 뉴욕의 크리스티 경매장에서 2만 8천 달러에 판매되었다. 청대 허곡(虛谷)이 그린 채색 부채 그림 《각비암도(覺非庵圖)》는 1990년 3월 홍콩 경매에서 57만 2천 홍콩 달러에 낙찰되었다. 같은 청대 화가 오창석(吳昌碩)의 《홍록매화(紅綠梅

花)》역시 1991년 9월 홍콩에서 7만 천5백 홍콩 달러로 판매되었다.

청 왕조가 역사의 무대로 사라지고 100년이 지난 지금, 사회 구조가 급격히 변화되고 경제는 비약적으로 발전했다. 그리고 발전된 과학 기술이 우리 생활 한가운데로 깊숙이 침투해, 선풍기가 나오고 에어컨이 개발되는 등, 우리 생활을 점점 더 윤택하고 편리하게 만들어주고 있다. 과학의 발전과 선풍기, 에어컨의 탄생으로 부채는 우리 생활 중심에서 점점 더 멀어져 가고 있다.

● 명대 이사달(李士達)의 《석호도(石湖圖)》 부채 그림. 화풍이 구영(仇英)과 유사하나 그 격조가 좀 더 소탈하다.

부채의 유행과 그 영향

부채는 원래 인류의 일상 생활용품으로 이용되다가, 아름다움이 더해져 공예 미술품으로 발전했다. 그리고 중국의 전통 서화, 금석 예술과 결합해 예술품의 경지로까지 이르게 되었다. 서화가 더해진 부채는 유가 전통 문화를 중심으로 했던 중국의 곳곳으로 침투되어, 하나의 부채 문화를 형성했다. 이러한 문화 역량은 20세기 중엽까지 영향을 끼쳤고 계속 이어졌다. 부채는 때로는 평범한 모습으로, 때로는 고귀한 모습으로 3천 년의 긴 세월 동안 풍우를 맞으며 인간 세상의 상전벽해를 지켜보았다. 부채는 통치자의 의장 부채에서 일반 백성의 더위를 달래주던 파초선으로 변화했고, 젊은 남녀의 사랑을 전하는 증표에서 문인 사대부들의 신분과 풍치를 나타내는 표상으로 발전했다. 또 외국 사신이 진상하던 공물에서 문인 사대부들이 애용하던 선물로, 그리고 지금은 선풍기와 에어컨으로 변화했다. 부채는 역사의 찬란한 영광을 한 몸에 받아 왔고, 동시에 당대의 아픔과 괴로움을 맛보기도 했다.

어떤 모습이었든지 부채는 공예와 예술의 결정체였으며 내포된 우아한 미학가치, 그리고 상징성과 비유 등의 여러 특징으로 말미암아 중국 사회 전반에 크고 작은 영향을 끼쳤다. 이는 누구도 부인할 수 없는 사실일 것이다.

생활 속에서 부채의 역할은 굳이 말하지 않아도 다 아는 것이다. 인류는 부채를 사용해 더위를 물리치고 시원하게 지냈다. 또 태양을 가리고 불을 지피기도 했다. 경제가 아직 발달하지 않았던 옛날, 부채는 백성들의 생활에 큰 편리함을 가져다주는 고마운 도구였다. 부채는 또한 문학 작품 속으로도 파고들었다. 『삼국연의(三國演義)』에서 제갈량은 우선(羽扇)과 윤건(輪巾)으로 소탈함과 자유를 표방하며 군사를 지휘하고 멋스러운 풍격을 자랑했다. 『서유기』에는 손오공이 세 번이나 파초선을 빌리는 아슬아슬한 이야기가 펼쳐진다. 『수호전』의 철선자(鐵扇子) 송청(宋淸)은 힘이 장사였고, 군사(軍師) 오용(吳用)은 오명선(五明扇)을 사용해 천리 밖에서 적군을 물리쳤다. 또 낭자(浪子) 연청(燕靑)은 허리에 명인선(名人扇)을 차고 다니며 영매한 자태를 자랑했다. 한편 『금병매』의 주인공 서문경(西門慶)은 순금 부채와 금박 부채를 지니는 등, 사치가 극에 달했다. 『홍루몽』에는 '부채를 찢어 천금같은 웃음을 자아내다.', '어리석은 사내 석태자가 부채로 화를 당하다' 등의 이야기가 등장한다. 부채를 주제로 한 연극으로는 『도화선(桃花扇)』, 『침향선(沈香扇)』, 『초선기(蕉扇記)』 등 셀 수 없이 많은 작품들이 있다. 작품은 부채 덕분에 더욱 화려해졌고, 부채는 문학에 힘입어 그 명성을 후대에 전할 수 있었다.

부채는 또 희곡 무대에 오르기도 했다. 『모단정(牡丹亭)』의 두려낭(杜麗娘)과 춘향(春香), 『홍매각(紅梅閣)』의 이혜낭(李慧娘), 그리고 『서상기(西廂記)』의 홍낭(紅娘)은 모두 고운 자태로 박접무(撲蝶舞, 나비를 잡는 여러 가지 동작을 형상화한 춤) 부채 동작을 추며 여성의 아름다움을 뽐냈다. 경극의 거장 메이란팡은 공연에서 아름다운 부채 기술을 선보였는데, 『귀비취주(貴妃醉酒)』에서는 부채를 빌어 양귀비의 취한 모습과 복잡한 내면세계를 정교하게 형상화했다. 만일 곱고 화려한 부채가 없었다면 작품 중 인물이 형상화하고 연기하는 모습이 그 빛을 발할 수 없었을 것이다.

부채와 서화의 거장들이 만나면서 부채는 그 몸값이 하루아침에 천금으로까지 치솟았다. 그리고 서화 부채는 중국 서화 예술의 보고(寶

庫) 중에서 새로운 예술분야로 그 입지를 굳히게 되었다. 문인 사대부들은 부채를 보며 글을 짓고 사색에 잠겼으며, 항상 몸에 지니고 다니며 감상하는 즐거움에 빠졌다. 부채는 또 무협과도 연결되어 협객의 손에서 그를 입신의 경지로 인도하는 훌륭한 기문병기(奇門兵器)로도 재탄생되었다. 명청시대『십파천금선(十把穿金扇)』에서는 부채를 십묘(十妙), 십절(十絕)로 표현했다.

부채와 의약은 또 어떠한가? 약성(藥聖) 이시진(李時珍)은 부채를 태워 약으로 조제해 복용하면, 식은땀을 가시게 하고 부인병을 고칠 수 있다고 했다. 정말 그 효과가 탁월했다.

부채와 예의(禮儀)가 연결된 사례도 있다. 당 태종 이세민(李世民)은 단오절에 손무기(孫無忌)와 양사도(楊師道)에게 이렇게 말했다.

"오일(五日) 단오에는 예로부터 조그마한 용품을 서로 나누며 축하하는 풍습이 있도다. 오늘 내가 그대들에게 각각 비백선(飛白扇, 먹을 적게 해서 붓 자국에 흰 잔줄이 생기게 하는 서체로 글자를 쓴 부채)을 하사하노니, 청풍을 일으켜 이로 아름다운 덕이 되게 하라."

이때부터 부채를 빌어 청풍을 비유하면서 관리들의 청렴결백을 장려하는 것이 상례가 되었다. 당조『이한림지(李翰林志)』는 "한림학사(翰林學士)에서는 매년 단오에 대나무 조각 부채를 선물로 주었다."라고 기록하고 있다.

부채는 또 사랑과도 결합되었다. 청대 민가(民歌)『잡곡·정인송노일파선(雜曲·情人送奴一把扇)』에는 "정인이 나에게 부채 하나를 주었는데, 한 면에는 산이 또 한 면에는 물이 그려져 있구나. 산은 층층 첩첩 보기 좋구나. 물은 구비 구비 잘도 흐르네. 산은 물을 의지하고 물은 산을 의지하는구나. 산아 이별하려거든 산봉우리와 물은 제발 끊지 말거라."라는 소절이 나온다. 송원 시대 이래로 소설과 희곡에서도 부채를 선물해 사랑을 맹세하는 장면이 심심찮게 등장한다. 이는 꾸며낸 이야기가 아니라 당시의 세태를 반영한 것이라 하겠다.

오늘날 부채는 점점 인류의 시야 밖으로 사라지고 우리의 생활 중심에서 벗어나 구석으로 밀려나고 있다. 그러나 이와 동시에 부채의 예술 문화적 가치는 오히려 더 높아지고 소중해지고 있다. 중국 부채는 서화 예술, 전통 공예 기술과 결합해 짙은 동양 문화의 숨결을 내뿜고 있으며, 국내외 친구들의 사랑을 받을 준비를 하고 있다. 고금의 유명한 부채는 세계 각국의 대형박물관에 광범위하게 보관되어 있고, 이미 세계의 대형 경매장에서 진귀한 물건으로 사랑받고 있다.

부채는 여유를 만들어 위장병을 치료하고 바람을 일으켜 가슴을 시원하게 하며, 몸 밖의 묵은 때를 벗기고 마음속에 오묘한 기운을 흐르게 한다. 부채에는 선풍기나 에어컨으로는 맛볼 수 없는 특별한 장점이 있다. 어떻게 부채가 가지는 아름다움과 희열을 대신할 수 있겠는가? 부채는 인류 문명의 크나큰 성과가 아닐 수 없다. 인류 사회가 부단히 문명화되고 진보하면서 사람들은 더욱 다채로운 정신문화를 추구하게 되었고, 중국 부채와 부채 문화는 반드시 인류가 원하는 고급 정신문화 속에서 그의 비길 바 없는 아름다운 매력을 발산하게 될 것이다.

● 부채는 사랑의 증표로
지주 사용되었다.

생활 속에서 태어난 부채

새 비단 한 폭이 눈처럼 곱고 희구나.
재단해 합환선을 만드니 둥글둥글한 것이 꼭 명월을 닮았네.
고운 님 소매 자락에 고이 넣어 두니 흔들흔들 바람을 일으키는구나.
가을이 올까 두렵도다.
서늘한 바람에 더위가 물러가면,
바구니에 버려져 사랑 받지 못하겠네.

● 의장 부채는 사람의 존귀한
사회적 지위를 나타내 주었다.

　　푹푹 찌는 여름, 부채가 그리운 계절이다. 중국에서는 이미 3천여 년 전부터 부채를 사용해 먼지를 털어 내고 바람을 일으켜 불을 지피고, 또 더위를 쫓아 여름을 시원하게 보낼 수 있었다. 부채는 생활 속에서 태어나 몇 천 년의 시간 동안 진화 발전해, 이제는 당당히 '생활의 수준을' 뛰어넘어 사람들과 함께하고 있다.

　　1982년 호북(湖北) 강릉(江陵)의 마산(馬山) 벽돌공장터에서 출토된 유물 중에는 전국시대 것으로 보이는 대나무 편직 부채도 끼어 있었다. 그 연대가 지금으로부터 2,300년이나 거슬러 올라간다. 깃털 부채는 당연히 이보다 더 오래되었을 테지만, 안타깝게도 그 보관이 쉽지 않아

오늘날까지 실물로 전해지지는 않는다.

부채는 우리 생활에 큰 편리함을 가져다주었고 남녀노소 모두 부채와 떨어져 생활할 수 없다. 우리는 종종 '부채'라는 글자를 보면서 바람을 떠올리기도 한다. 사실 부채는 몇 천 년의 세월 동안 그 원래의 의미가 많이 변화되었다. 『설문(說文)』에 보면 "선(扇)은 문이나 깃털을 뜻한다."라는 구절이 있다. 사람들은 하늘의 새가 두 날개를 움직이며 날아가는 모습을 보고 부채 발명의 아이디어를 얻었던 것 같다. 새가 날갯짓을 할 때마다 일어나는 바람에 착안해 새의 깃털로 부채를 만들었던 것처럼, 또 그렇게 부채를 이용해 태양을 가리고 먼지를 털어내고, 또 불을 지피고 더위를 물리치지 않았을까? 옛날 사람들의 상상력과 창조력은 현대인들과 비교해도 조금도 뒤지지 않는다.

부채는 초기에는 의장 장식과, 태양을 가리고 먼지를 털어내는 용도로 주로 사용되었다. 부채는 통치자의 신분과 지위를 상징했다. 사람들은 의식에서 부채를 '우(羽, 깃털)', '호(戶, 문)' 등으로 부르며 좌우에 세워 문처럼 열고 닫았다. 외출할 때에도 항상 노비들이 손잡이가 긴 커다란 부채를 들고 동행해 위풍당당한 모습을 연출했다.

당연히 부채는 태양을 가리고 먼지를 털어내는 기능을 함께 갖추고 있었다. 상대(商代) 관원들은 마차와 수레에 커다란 우산 모양의 '선한(扇汗)'을 붙이고 다녔다고 전해진다. 선한은 태양 광선과 비를 피하는 용도로 사용되었고, 마차가 움직일 때 빙글빙글 선회하며 바람을 일으켜 마차에 탄 사람을 시원하게 만들어 주었다. 또한 벌레의 접근도 막을 수 있었다. 마차에 탄 사람은 청풍이 조용히 불어오는 가운데 홀로 그 즐거움을 만끽할 수 있었을 것이다.

어린 시절 누구나 한번쯤 바람개비를 가지고 놀았던 기억이 있을 것이다. 벌판에서 종이를 접어 바람개비를 만들고, 맞바람을 맞으며 질주하고 놀았던 기억 말이다. 바람개비는 빠르게 돌면서 휙휙 바람을 일으키고, 우리의 마음까지도 시원하게 적셔주었다. 지금은 여행 기념품으로 바람개비 모자를 제작한다고 한다. 모자 앞에 작은 바람개비를 달아, 걸을 때마다 솔솔 불어오는 시원한 바람을 느낄 수 있다고 한다. 솔바람을 맞으며 여행자는 여행의 피로를 풀 수 있지 않을까?

의장 부채와 구별되는 초량선(招凉扇, 순전히 부채질하는 용도로 제작된 부채)도 곧 등장했다. 두 가지 가운데 어느 것이 더 먼저 등장했는지는 사실 따지기 어렵다. 단지 그 모양과 용도에서 차이를 보일 뿐이다. 초량선은 손잡이가 짧고 작아서 실용적이었으며 장식의 효과는 없었다. 깃털로 만든 것과 대나무로 만든 것 두 종류가 있었다.

그러나 새로운 물건으로 등장한 초량선은, 3천 년 전 막 세상에 그 모습을 나타냈을 때에는 모진 풍파를 겪을 수밖에 없었다. 춘추전국 시기 사람들은 우선(羽扇)으로 부채질하는 사대부를 멸시하고 조롱했으며, 그 모습을 매우 저속하다고 생각했다. 이는 마치 바지 가랑이가 넓은 나팔바지를 처음 입고 거리로 나서면, 이를 기이하게 여기는 다른 사람들의 따가운 눈초리를 피할 수 없었던 것과 같다. 초나라 상왕(襄王)은 장대(章臺, 전국시대 진(秦)이 세운 궁전)에서 열린 회의에서 "송옥(宋玉)과 당륵시(唐勒侍)가 모두 백학(白鶴) 날개로 부채를 만들어 들고 다니는데, 많은 제후들이 얼굴을 가리며 웃더이다."라고 말했다. 송옥은 절대 할 일 없이 놀고먹는 저급한 한량배가 아니었다. 그는 세 치 혀를 놀려 비굴하게 아첨하지 않고, 경전의 유명한 어구와 고사를 이용해 부채를 사용하는 것에 관해 유학자들과 치열한 설전을 벌였다. 결국 유학자들이 그의 논리에 고개를 숙일 수밖에 없었다고 한다. 이때부터 깃털로 만든 초량선은 사대부들 사이에서 유행이 되었고 점차 민간으로까지 확산되었다.

　　삼국시대 군대는 행오(行伍) 중
에 여러 가지 깃털 부채를 흔들었다
고 한다. 제갈공명은 우선(羽扇)과
푸른 윤건(輪巾)을 두르고 대유학자
와 같은 모습으로 전술전략을 세워,
천리 밖 전투를 승리로 이끌었다.
이 이야기는 대대로 전승되어서 모
르는 사람이 없을 정도이다.

　　지금까지 우리는 손을 움직여 부
채질하는 수동 우선에 관한 이야기
를 살펴보았다. 그렇다면 과연 기계
부채에 관한 기록은 전혀 없었던 것
일까? 춘추전국시대에 드디어 이러
한 설비들이 등장했다. 최초의 기계
식 부채는 커다란 가죽주머니를 이
용한 송풍기였다. 그리고 나무를 이
용한 부채설비가 그 뒤를 이었다.
그러나 가죽송풍기와 대형 나무부
채를 사용하려면 너무나 많은 사람
들의 힘이 필요했다. 그래서 마소가
끄는 설비로 개조되었고, 이것이 문

● 소육붕(蘇六朋)의 《청평조도(清平調圖)》
이백(李白)의 작품 『청평조(清平調)』의 이야기를
그린 것으로 당(唐) 현종(玄宗) 뒤로 의장 부채가
보인다.

● 원대(元代) 유관도(劉貫道)가 그린 《몽접도(夢蝶圖)》
장주몽접(莊周夢蝶) 고전에서 모티브를 따왔다.

헌 중에 기록된 '마배(馬排, 마력으로 풀무를 움직이던 기구)'이다. 서기 31년 동한(東漢) 시기에는 두시(杜詩)가 수력을 이용한 송풍설비를 개발했고, 사람들은 이를 '수배(水排, 수력으로 풀무를 움직이던 기구)'라 불렀다. 한진(漢晋) 시기에도 좀더 현대화된 기계부채들이 속속 등장했다.

『서경잡기(西京雜記)』는 장안의 한 직공 정완(丁緩)이 개발한 칠륜선(七輪扇)을 기록하고 있다. 칠륜선은 각 날개를 나무로 제작했는데, 그 직경이 약 3미터에 달했다. 7개의 나무 날개는 모두 한 개의 나무를

축으로 매달려 있어 오늘날의 선풍기를 연상케 한다. 한 사람이 칠륜선을 돌리면 방안에 있는 사람 모두가 시원한 바람을 맞을 수 있었다. 기계화된 부채는 당연히 수동 우선보다 훨씬 진보된 것이었다.

한진 시대 중국의 기계 제작은 이미 상당한 수준을 보여주고 있었다. 지진계, 나침반, 수차, 물레방아 등을 제작한 기록이 많이 남아 있으며, 칠륜선도 그 중 하나이다. 민간에서도 풍선(風扇) 또는 제갈선(諸葛扇)이라 불리던 장치를 사용했다. 사람들은 풍선을 실내에 매달아 끈을 이용해 돌려, 일시에 많은 사람들이 시원한 바람을 함께 맞을 수 있었다. 이것은 현대 벽걸이 선풍기의 효시라 할 수 있을 것이다. 오늘날과 다른 점이 있다면 전기를 사용하지 않았다는 것뿐이다.

중국 감숙(甘肅)지역 안서(安西) 유림굴(榆林窟)에는 서하(西夏) 시기의 『단철도(鍛鐵圖)』 벽화가 그려져 있다. 두 사람이 철침 위에서 철기를 단련하고 있는 모습이 그려져 있는데, 그 중 한 사람은 두 날개로 이루어진 나무부채를 들고 불 아궁이에서 풀무질을 하고 있다. 이 그림으로 미루어 볼 때, 중국 고대인들은 이미 제련업에 풀무를 응용하고 있었고, 당시 서하 지역의 제련업 수준이 이미 높은 단계에 이르러 있었음을 짐작할 수 있다.

단엽(單葉), 쌍엽(雙葉) 풍선 또는 칠륜선은 모두 처음에는 사람의 힘으로 작동되다가 나중에는 마배나 수배를 사용해 움직였다. 그러나 사람들은 이러한 수준에 만족하지 않고 개발에 총력을 기울여, 드디어 당대(唐代)에 수력부채를 발명하는 데 성공했다. 당시 사람들이 '시원한 바람 궁전' 이라고 불렀던 당 현종의 '양전(凉殿)' 에는 이러한 수력부채가 설치되어 있었다. 이 수력부채의 발명으로 당시 부채설비에 대한 개발이 상당한 탄력을 받기 시작했다.

이러한 사실들은 중국이 세계에서 가장 먼저 선풍기를 발명하고 사용했음을 증명해준다. 또한 중국의 송풍기술이 이미 유럽과 비교해 약 5~6백 년이 앞섰음을 보여주고 있다.

수동의 우선이든 기계로 제작된 칠륜선, 풍선이든 간에 이들은 모두 버려질 운명에 처해졌다. 시대가 변천하면서 사회도 함께 진보했기 때문이다. 봄·여름·가을·겨울 사계절의 변화에 따라, 사람들은 깊이 넣어 두었던 부채를 꺼내 사용하기도 하고 사용하던 부채를 다시 넣어 두기도 한다. 풍부한 감정을 표현하는 것으로 유명한 당백호(唐伯虎)는 그의 작품 《추풍환선도(秋風紈扇圖)》에 은근한 정취로 다음과 같은 시문을 적어 넣었다.

가을이 오니 환선을 넣어 두네. 아름다운 가인은 무슨 일로 저리 슬퍼 하는가? 세상일을 자세히 들여다보세요. 누가 냉담한 염량세태(炎涼世態)를 물리칠 수 있겠습니까?

세상만사가 한 자루 부채와 꼭 들어맞는 것 같다. 흩어졌다가 다시 모이고, 모였다가 다시 흩어지고. 사람들은 쓸모 있는 물건은 애지중지 하지만, 쓸모없는 물건은 곧바로 내동댕이쳐 버리기 마련이다. 부채는 작고 특별한 것도 없지만, 단순히 태양을 가리고 먼지를 털어내고 더위를 물리치는 데 그치지 않았다.

비단부채 환선은 당송 시기에 가장 유행했다. 대나무를 구부려 원형이나 타원형의 기본 틀을 만들고 거기에 명주를 붙여 환선을 만들었다. 당시 중원 일대에서는 환선을 제작하는 일에 가장 관심이 많았다. 모양이 둥근 달을 닮고 손잡이가 가운데 달려있어 좌우 대칭을 이루었기 때문에 단란함과 합환(合歡)을 상징한다고 여겨졌다. 그래서 환선을 단선(團扇)이나 합환선(合歡扇)이라 부르기도 했던 것이다.

　　이러한 명칭은 특히 부녀자들이 즐겨 불렀다. 성제(成帝) 때의 반첩여(班婕妤)는 부채를 주제로 한 시 『원가행(怨歌行)』을 지었는데, "새 비단 한 폭이 눈처럼 곱고 희구나. 재단해 합환선을 만드니 둥글둥글한 것이 꼭 명월을 닮았네."라고 노래했다. 이것은 환선을 노래한 가장 오래된 시편(詩篇)으로 알려져 있다.

　　환선은 얼굴을 가리는 용도로도 사용되었다. 신혼 첫날 밤 신부는 수줍게 환선으로 얼굴을 가리며 그 아름다움을 더했다. 진대(晉代) 중서랑 왕민(王珉)은 백색의 단선을 손에서 놓지 않았다고 전해진다. 그는 형수의 시녀 사방자(謝芳姿)와 남몰래 사랑을 속삭였는데, 이것을 알게 된 형수가 자기 시동생에게는 화를 낼 수 없어 시녀에게 심한 채찍질로 화풀이를 했다. 왕민은 말할 수 없는 슬픔을 느꼈고, 사방자는 참을 수 없는 모욕감을 느꼈다. 노래에 재능이 있었던 그녀는 『백단선가(白團扇歌)』를 지어 괴로운 심사를 토로했다. "백단선아, 네 얼굴이 초췌하기가 오랜 나그네보다 못하구나. 우리 서방님을 만나기가 부끄럽구나." 오랜 세월이 흐르는 동안 마음의 번민으로 그녀의 아름다운 얼굴은 누렇게 말라갔다. 그녀는 정인을 만나는 것이 두려워 하루 종일 단선으로 얼굴을 가리고 다녔다고 한다.

　　당대 왕건(王建)은 『조소령(調笑令)』에서 "단선아, 단선아. 미인의 병든 얼굴을 가리는 도다."라고 읊었다. 몇 마디의 시어에 지나지 않

● 한나라 고조(高祖)가 부채를 들고 있는 그림.

● 청대 양진(楊晋)이 그린《호가일락도(豪家佚樂圖)》
궁녀와 어린 아이들이 부채를 들고 나비를 잡고
부채질 하며 더위를 피하고 있다.

만 고대 소녀의 아픈 마음이 고스란히 잘 표현되어 있다.

　이렇게 사람들은 부채로 얼굴을 가려 수줍음을 나타내기도 하고, 부끄러움을 감추기도 했다. 명청 교체기에 청나라 군사들이 남경을 공격했을 당시, 남명(南明)의 홍광제(弘光帝)는 하인 복장을 하고 궁 밖으로 달아났다가 붙잡혀 5월 25일 다시 남경으로 압송되었다. 그는 커튼이 없는 가마에 앉아 머리에 천을 두르고 접선으로 얼굴을 가렸다고 한다. 태후와 후궁들 역시 나귀를 타고 그 뒤를 이었는데, 모두 머리를 푹 숙이고 있었다. 정말 말로 전하기 어려운 부끄러운 장면이 아닐 수 없다.

　부채는 얼굴을 가리는 기능 때문에 편면(便面) 또는 장면(障面)이라 불리기도 했다. 고대 사람들이 일상생활 가운데에서 부채로 얼굴을 가렸던 풍습은 쉽게 찾아볼 수 있다. 남조(南朝)의 송(宋) 명제(明帝) 황후는 항상 부채로 얼굴을 가려 자신의 모습이 노출되는 것을 막았다고 한다.

　부채는 사람들 사이에서 교류 수단으로 이용되기도 했다. 당태종 이세민은 군신간의 도를 나타내기 위해 항상 부채를 선물로 주어 여러 신하들을 달랬다고 한다. 『당회요(唐會要)』의 기록을 보면 단오절 아침 태종이 손무기(孫無忌)와 양사도(楊師道)에게 "오일(五日) 단오에는 예로부터 조그마한 물건을 서로 나누며 축하하는 풍습이 있도다. 오늘 내가 그대들에게 각각 비백선(飛白扇) 하사하노니, 청풍을 일으켜 이로 아름다운 덕이 되게 하라."고 말했다고 한다. 이때부터 부채를 빌려 청풍을 비유하면서 관리들의 청렴결백을 장려하는 것이 상례가 되었다. 군왕의 마음 씀씀이가 보통이 아니었음을 짐작케 하는 대목이다.

　명대 풍시가(馮時可)는 『봉창독록(蓬窓讀錄)』에서 그가 경도(京都)에 있었을 때 이탈리아 선교사 마테오 리치로부터 왜선(倭扇) 네 자루를 선물 받았다고 적고 있다. 마테오 리치와 서광계(徐光啓) 역시 깊은 우정을 과시하며 함께 환선을 들고 기념 촬영을 하기도 했다. 문인들은 비록 보잘것없는 작은 선물이지만 부채를 선물하며 깊은 우정을 다졌다. 한편 일반 백성들은 실용성을 중시해 부채를 선물로 주었다.

　당연히 백성들은 아궁이의 불을 지필 때에도 부채를 사용했다. 그러나 나중에 풀무와 송풍기가 등장하면서 부채의 사용 범위는 점차 좁아졌다.

　부채는 고상한 것과 통속적인 것으로 구분되어 사용되었다. 왕과 귀족, 문인 사대부들은 우선, 단선, 접선으로 위엄과 소탈함을 나타냈고,

백성들은 파초선, 포선(蒲扇, 부들로 만든 부채), 빈랑(빈랑나무로 만든 부채)을 생활에 적용시켰다. 즉 위로는 태양을 가리고 비를 피하는 데 사용했고, 가운데에서는 부채를 이용해 물건을 받쳐 들었다. 그리고 부채를 아래에 깔아 방석으로도 사용했다.『원씨물어(源氏物語)』제4회에는 원씨 공자가 하얀 종이부채로 박명화(薄命花)라 불리던 석안(夕顔) 꽃잎을 담아냈다는 이야기가 나온다. 석안은 하얀 박꽃의 일종으로 매일 황혼이 아득할 무렵에 피는 꽃이다. 부채로 가난한 집 담벼락 구석의 박명화를 담았던 이유를 책 속에 등장하는 한 시녀의 말을 빌려 설명하자면 다음과 같다. "이 꽃은 가지가 약해서 손으로 잡기가 불편합니다." 종잇장처럼 얇고 창백한 석안을 얇은 부채면 위에 올려놓아, 귀한 물건을 옮기는 데 부채가 사용되기도 했던 것이다. 얇고 가벼운 부채면은 그렇게 약한 석안의 무게 정도만을 견딜 수 있었으니, 나도 모르게 문득 생명 역시 이렇게 약하지 않나 하는 생각이 든다. 그 광경에 감개와 탄식이 절로 나온다.

부채는 또 남녀간의 구별이 있었다. 단선은 여자들이 많이 사용했고, 접선은 남자들에게 각광을 받았다. 당송 시기에는 남자가 환단선을 든 장면이 등장하곤 했지만, 명청 시대에 이르러서는 남녀간에 부채의 사용이 뚜렷하게 구별되었다. 단선은 명주로 제작하는데 작고 수려하다. 여성적인 매력이 물씬 풍겨서 여자들이 사용하면 한층 더 아름답게 보였다. 접선은 주로 종이로 만들어졌는데, 휴대가 간편해 소매 자락 속의 고상한 물건이 되었다. 대방한 기개를 발산하며 문인의 손에서 그 준수한 모습을 자랑하기도 했다.

부채는 임금이 신하에게 내리는 하사품으로 사용되었고, 친구들 사이에 주고받는 선물로도 자주 이용되었다. 또 젊은 남녀의 애정의 증표로도 사용됐으며, 문인 사대부를 돋보이게 하는 장신구로, 그리고 중국과 외국 문화를 교류하는 소중한 도구로도 사용되었다. 부채에는 자신만의 언어가 있으며, 서화를 담고 있다. 또 그 속에 춤과 연극, 풍속, 수수께끼를 담아내고, 시사 (詩詞)도 포함하고 있다. 작은 부채는 우리에게 생활과 문화의 다양한 의미를 이야기해 주고 있다.

생활의 모습이 다채롭고 풍부한 것과 마찬가지로 부채의 모습 역시 천차만별이다. 부채와 바람은 실과 바늘 같은 존재이다. 그래서인지 부채 역시 바람처럼 변화무쌍하고 그 모습을 짐작하기 어렵다. 인류 생활에 부채가 동행하지 않았다면 우리 생활이 얼마나 무미건조하고 쓸쓸했을까?

● 청대 민정(閔貞)이 그린
《환선사녀도(紈扇仕女圖)》

資治
爭佳人重感慨
岩仁兄大人
正之伯年任頤

3 새로운 예술, 부채 그림

일곱 가지 보물을 그린 단선이 밝은 달처럼 찬란히 빛나네.

우리 님과 함께한 그 때 들썩했던 여름을

나는 그리워하며 잊을 수 없네.

푸른 숲 대나무를 모아다 하얀 단선을 만들어 볼까나.

우리 님 단선을 손에 쥐고 흔들며 시원한 바람에 편안하겠네.

단선아, 단선아. 스스로 그림을 가려도 좋아.

초췌한 얼굴을 다시 정리할 수 없으니,

부끄러워 우리 님을 어찌 보려나.

부채에 그려진 서화(書畵)는 중국 서화 예술 중의 '새로운 예술분야'로 탄생했다. 부채에 명가(名家)의 정성스런 구성과 서화가 더해지면, 그 작은 공간 위로 청아한 운치가 피어오르고 그 몸값은 하늘 높은 줄 모르고 뛰어오른다. 부채는 심미적 즐거움을 선사한다. 부채는 바람을 따라 흔들리고 또 그 자신이 바람을 일으키며 농후한 문화적 숨결을 내뿜는다.

예로부터 문인 묵객들은 부채에 글씨를 쓰고 그림을 그리기를 즐겼다. 천년 역사의 긴 회랑을 지나는 동안, 당대 많은 서화 대가들이 부채에 진귀한 작품들을 남겨 우리의 눈을 즐겁게 해주고 있다. 동진의 대서예가 왕희지에서 송대의 범관(範寬), 소동파(蘇東坡), 명대의 당백호(唐伯虎), 구영(仇英), 청대(淸代)의 석도(石濤), 오창석(吳昌碩) 그리고 현대의 쉬베이홍(徐悲鴻), 치바이스(齊白石)에 이르기까지, 많은 대가들이 부채 위에 후세 사람들이 감탄해 마지않는 경이로운 세계를 펼쳐 보였다. 현존하는 가장 오래된 서화 부채면 실물은 『양송화책(兩宋畵册)』 중의 《유교귀기도(柳橋歸騎圖)》로 현재 상해박물관에 보관되어 있다. 북경고궁박물관에는 약 3백 개의 원명청대 부채 그림이 소중하게 보관되어 있다. 여기에는 대대로 이어지는 명가의 정취와 그가 추구했던 정신이 함께 보존되어 있으며, 중국 서화 예술의 정수가 고스란히 재현되고 있다. 또한 중국 문화예술의 역사가 그대로 응집되어 있다. 현대인으로서 이러한 문화유산을 보존하고 감상할 수 있다는 것은 커다란 행운이요 행복일 것이다.

부채에 서화를 그리는 작업은 단선(團扇)에서 시작되었다. 단선의 부채면은 정교하고 서화를 그리기에 비교적 적합했기 때문에, 역대 많은 명가들이 단선에 글씨를 쓰고 그림을 그렸다. 이후 북송 시대에 유행했던 접선 역시 예외는 아니다.

서예 예술을 부채에 가장 먼저 응용한 사람은 서예의 대가 왕희지였다. 왕희지는 단선에 글씨를 쓴 최초의 사람이었을 뿐만 아니라 우수한 작품을 많이 남긴 것으로도 유명하다. 송우(宋虞)는 『논서표(論書表)』에서 당시 이왕(二王, 동진 시기의 왕희지, 왕헌지 부자를 일컫는 말)의 묵보(墨寶, 남의 글씨나 그림을 높여 이르는 말)를 정리해 보니, 그 중 "글씨가 적힌 부채가 2질, 2권에 이른다."고 기록했다. 당나라 때의 어느 한 문인은 궁중에 보관되어 있던 법서 중에 왕희지의 선서락의(론)(扇書樂毅(論))도 포함되어 있었다고 전한다. 청대 왕융현(王毓賢)은 『회사비고(繪事備考)』에서 왕희지에 대해 다음과 같은 기록을 남겼다. "고금을 통틀어 그의 서법을 이길 자는 아무도 없다. 그의 그림 역시 절묘하기가 이를 데 없다." 이런 기록들을 볼 때 왕희지는 부채에 글씨뿐만 아니라 그림도 자주 그렸고, 그 모습이 살아 있는 것처럼 생동감 있었음을 알 수 있다.

『법서요록(法書要錄)』의 기록에 따르면, 당나라 태종 이세민은 왕희지의 서법 『난정집서(蘭亭集序)』에 애착이 강했다고 한다. 그는 임종 전에 대신들에게 『난정집서』를 자신과 함께 묻어줄 것을 분부했다. 이세민의 이 유언 때문에 정말 아쉽게도 오늘날 다시는 『난정집서』를 감상할 수가 없다.

왕희지에게는 왕헌지라는 아들이 있었는데 아들 역시 아버지 못지

● 북송의 화가 조금양(趙今穰)의 《등황귤록도(橙黃橘綠圖)》. 현존하는 서화 작품들 중 비교적 초기의 작품

않았다. 『회사비고』는 그에 대해 "예서(隸書), 초서(草書)는 아버지의 필법을 이어 받았고, 그림에 능했다. 한번은 환온상(桓溫嘗)이 그에게 그림을 청했는데, 붓을 잘못 놀려 얼룩무늬의 소를 그리고 말았다. 그런데 그 그림이 정교하기가 이를 데 없어 『자우부(耔牛賦)』를 부채 위에 썼다."라고 기록했다. 이 부채는 50년이 지난 후에도 여전히 세상에 존재했고 사람들의 극찬을 받았다.

왕헌지와 동시대에 유명한 화가로 이름을 날렸던 고개지(顧愷之)는 《아곡처녀선면(阿谷處女扇面)》이라는 그림을 그렸다. 그는 그림 속에 죽림칠현의 중심인물 혜강(嵆康), 완함(阮咸), 완적(阮籍) 등을 그렸는데, 마지막까지 눈을 그려 넣지 않았다고 한다. 그림을 부탁했던 사람이 그 이유를 묻자 "눈을 그리면 사람들이 그림 속에서 살아 나올지도 모릅니다!"라고 대답했다. 부채 위에 그린 그림이 얼마나 신비로웠으면 이런 대화를 주고받았겠는가!

당나라 장언원(張彦遠)은 『역대명화기(歷代名畵記)』에서 삼국시대

한나라 환제(桓帝)가 조조에게 매우 진귀한 부채인 구화선(九華扇)을 선물로 주었다고 기록했다. 조자건(曹子建, 조조의 아들 조식의 자(字))은 이를 주제로 『구화선부(九華扇賦)』를 짓기도 했다. 한편 조조는 주부양(主簿楊)에게 부채에 그림을 그려달라고 부탁했는데 주부양이 잘못해 먹물 한 방울을 부채면에 떨어뜨리고 말았다. 그런데 그 모양이 날개 치며 날아오르려는 파리와 흡사했다고 한다. 그 후로 오묵성승(誤墨成蠅)이라는 고사가 전해지고 있다.

당송 시기에는 부채에 서화를 그리는 것이 매우 성행했다. 한 폭의 작은 부채에 자주 그려졌던 그림의 주제는 화조(花鳥), 산수인물(山水人物), 산수논밭, 정자누각(亭子樓閣), 초목화훼(草木花卉), 사녀고인(仕女高人), 풍정민속(風情民俗) 등 매우 다양했다. 당대 화가 주방(周昉)의 《잠화사녀도(簪花仕女圖)》 속에 등장하는 궁녀는 긴 손잡이의 부채를 들고 있는데, 그 부채 위에 꽃과 새가 그려져 있다. 당대 왕건(王建)은 『조소령(調笑令)』에서 "단선아, 단선아. 미인의 병든 얼굴을 가리는 도

● 당대 화가 주방(周昉)의 《잠화사녀도(簪花仕女圖)》. 그림 속에 등장하는 궁녀는 긴 손잡이의 부채를 들고 있는데 그 부채 위에 꽃과 새가 그려져 있다.

다.” 라고 읊었다. 여린 소녀는 항상 그림이 그려진 단선으로 얼굴을 가리며 부끄러움을 숨기고, 그 마음속의 열정을 드러내기도 하고 감추기도 하며 사랑하는 정인에 대한 무한한 그리움을 나타냈다. 당태종은 정관(貞觀) 18년 5월 단오에 부채 위에 비백서(飛白書, 먹을 적게 해서 붓 자국에 흰 잔줄이 생기게 하는 서체)로 난봉접룡(鸞鳳蝶龍, 좋은 친구나 걸출한 사람이라는 뜻) 등의 글자를 써 대신들에게 선물로 주었다고 한다. 그의 필력이 대단했다고 전해진다. 당나라 장연(張湮), 왕유(王維)는 이 고사와 관련된 “단선에 쓰여 진 초서(草書)안에는 작은 역사가 담겨있구나.”라는 시를 쓰기도 했다. 남당(南唐)의 마지막 군주 이욱(李煜)은 황색 명주 부채 위에 다음과 같은 시를 남겼다. “풍정은 점점 언제나 보는 봄을 부끄러워하고, 도처를 넓이 나간 듯 다시 돌아보노라. 긴 종이처럼 오래 알고 지냈음에 감사하노라. 길게 늘어진 연기가 사람의 머리를 스치는구나.” 이욱은 이 시를 읊으며 궁인 경노(慶奴)에게 부채를 하사했다. 오월(吳越) 왕 전숙(錢俶)의 아들 전곤(錢昆)은 “차가운 갈대와 사막의 새를 그린 명화가 환선 위

● 남송 화가 하규(夏圭)의 《전당추조도(錢塘秋潮圖)》. 전당강 조수가 소용돌이쳐 오르는 정경을 그렸다. 이는 마하화파(馬夏畵派)의 전형적인 수법이었다.

에 그려져 있구나. 사람의 모습이 다 그곳에 숨겨져 있는 듯하다."라고 노래했다.

양송 시기에 이르러서는 문인 묵객들이 부채에 서화를 그리는 데 많은 경험과 기술을 축적해 연이어 걸작들이 쏟아져 나왔다. 그래서 사회적으로 부채에 글씨를 쓰고 그림을 그리고, 또 부채를 판매하거나 소장하고 감상하는 풍조가 점점 무르익게 되었다. 송나라 휘종(徽宗) 조길(趙佶)은 단선에 정교한 초서 글씨로 두 구절의 시를 기록했다. "물가에 스치는 기러기 깃털이 차가운 바람에 날리어, 떨어지는 니화(泥花) 꽃잎과 함께 젖어드네." 붓놀림이 소탈하고 시의 표현이 완곡해 시와 그림이 혼연일체를 이루고 있다.

부채 위에 그려지는 서화의 주제는 당연히 궁궐과 고관 귀족들에 국한되지 않았다. 화가 마원(馬遠)의 《죽간분향도(竹澗焚香圖)》에는 사람과 자연이 함께 부채 위에 그려져 있다. 저 멀리로는 산이, 가까이로는 맑은 물이, 그리고 기묘한 바위와 푸른 대나무가 함께 그려져 있다. 여기에 한 늙은 노인이 분향하며 바위 위에 앉아 있는데, 신비롭고 여유있어 보인다. 그는 한 손에는 부채를 들고 다른 한 손으로는 머리를 긁고 있다. 단정한 외양과 내면의 고아한 정신을 겸비하고 있는 모습이다. 사람은 자연의 품에 안기면 편안하고 자유로워지기 마련이다. 또 다른 송대 화가가 그린 《전당추조도(錢塘秋潮圖)》에는 솟구쳐 오르는 전당강(錢唐江)의 물결과 파도가 그려져 있다. 강가에는 육화탑(六和塔)이 높게 솟아있고 산 정상에는 초목이 무성하게 피어있으며, 꽃잎이 우수수 꽃보라를 흩날리며 떨어지고 있다. 보는 사람의 마음이 저절로 후련해지고 상쾌해지는 것 같다.

서화 부채는 문인 사대부의 애호와 완상을 위해서만 존재하지 않았다. 일반 백성의 생활 속으로도 조용히 스며들었다. 북송 변량(汴梁) 마

● 청초 금릉팔가(金陵八家) 중의 한사람이었던 오굉(吳宏)이 그린 《묵죽도(墨竹圖)》. 부채에 초서 기법으로 대나무를 그렸는데 붓놀림이 호방하다.

을 시장에서는 단오에 종이로 만든 서화 부채를 팔았다. 부채에는 창포, 목과, 규화를 그려 넣기도 했고, 종규(鐘馗, 중국에서 역귀를 쫓아낸다는 신)가 귀신을 몰아내는 내용을 그리기도 했다.

예술은 생활 속에서 탄생했고 또한 생활을 위해 존재해 왔다. 생활을 위해 존재할 때만이 예술은 진정한 생명력을 지닐 수 있는 것이다. 하문언(夏文彦)은 『도회보감(圖繪寶鑑)』에서 "남송 조언(趙彦)과 변량(汴梁)의 사람들은 민가에 서화 점포를 열었는데 부채 그림이 유명했다."라고 기록했다.

명대 영락(永樂) 이후 접선 서화 예술이 흥성기에 접어들면서, 단선은 점점 사라져 갔다. 명대 심주(沈周), 당인(唐寅), 문정명(文征明), 구영(仇榮), 청대 오운(吳惲)과 양주팔괴(揚州八怪), 금릉팔가(金陵八家) 등은 모두 유명한 부채 서화 작가로 이름을 날렸다. 강남의 천재 화가 당인은 부채 서화의 고수로 불렸다. 그가 그린 《산거객지(山居客至)》 부채 그림

● 오창석(吳昌碩)의
《홍매도(紅梅圖)》

은 후세 사람들의 칭송을 받았다. 그림에는 푸른 나무와 산이 한 방울
비취처럼 그려져 있고, 작은 개울물이 졸졸졸 흘러가고 있다. 그 사이로
두 사람이 마주보고 서서 당당하면서도 차분한 모습으로 이야기를 나누
고 있다. 그림 옆에는 운치를 더하는 시 구절이 함께 적혀 있다.

붉은 나무와 노란 들녘의 고향
해가 높은 산에 개가 짖고 대나무 울타리가 가득하구나.
마을 회의에는 다른 일은 없고,
그저 회의를 구실삼아 꽃을 보러 모였구나.

수려한 행서체로 적힌 소박한 시 구절, 그리고 아득한 그림의 경치
에서 묘한 정취가 풍겨 나온다. 이추방(李秋芳)의 《추산도(秋山圖)》에는
바람을 맞으며 요동치는 소나무와 세차게 흘러가는 물살 위로 작은 다
리만이 그려져 있는데, 부채를 쥐고 완상하면, 정말 소나무 숲 사이로

거센 바람이 불어오고, 세찬 파도 소리가 귓가에 들려올 것만 같다. 내 몸 전체가 그 청량한 경치 속으로 빠져들 것만 같은 기분이다.

북경 고궁박물관에는 약 3백 개의 명·청대 서화 부채가 보관되어 있다. 그 중 가장 큰 부채는 길이가 약 60미터에 달하고 너비가 152미터나 된다. 양면에 《유맹당화(柳萌堂花)》와 《송하독서(松下讀書)》가 각각 그려져 있다. 매우 아름답고 생동감 있는 이 그림은 명 선종(宣宗) 시기에 주첨기(朱瞻基)가 직접 손으로 그린 것이다. 많은 국내외 관광객들의 감탄을 자아내고 있다.

유명한 화가 문정명(文征明)은 부채에 《송암고사도(松岩高士圖)》, 《강상풍범(江上風帆)》, 《동음소좌(桐陰小坐)》등을 그렸는데 정취 구도와 수묵 산수가 매우 근사했다. 짙은 먹빛으로 높은 바위를 조밀하게 상쾌한 분위기로 잘 그려냈고, 산수는 작은 부벽준(斧劈皴, 도끼로 쪼갠 면과 같이 면적인 성격이 강해 북종화(北宗畵)에 많이 쓰인 주름)에 짙은 먹을 더해 예리한 풀과 정밀한 솔잎을 표현했다. 바위 돌기 가까이로 작은 누각과 범선도 그려 넣었다. 길게 이어진 먼 산 아래에는 수목, 마을, 작은 다리가 서로 통하며 호수 빛의 아름다움을 표현해내는 한편, 풍부한 생활의 기운도 발산해내고 있다. 아름다운 경치를 잘 선별해 그린 이 그림은, 보는 사람으로 하여금 돛단배가 떠다니는 커다란 호수의 풍광과, 잡화 초목, 그리고 꾀꼬리들이 이리 저리 날아다니는 강남의 봄 풍경 속으로 풍덩 빠져들게 한다.

손가락 화가 고기패(高其佩)는 모두 35폭의 부채 그림 걸작을 세상에 전하고 있다. 커다란 소나무 아래 풍경을 먹을 묻혀 그린 것으로 더 유명한 《송하청천도(松下聽泉圖)》, 푸른 나무에 황조가 날아들고 파란 하늘에 구름이 떠다니며, 창문을 열면 부채 바람에 향초가 흔들리는 《비연도(飛燕圖)》, 푸른 산이 흐릿한 새벽하늘을 가르고, 구름이 강과 나무와 호수를 사이에 두고 흐르는 《춘산도(春山圖)》 등이 모두 그의 작품이다. 화가의 완숙하고 강건한 기교 덕에, 그림 속 정경에는 신기한 기운이 끝없이 넘쳐나고 있다. 그의 창작 대상은 웅장하고 수려한 산과 강에서부터, 비상하는 새, 늪지에서 노니는 새우, 꽃과 나무 사이에 놓인 벌레, 그리고 새벽부터 밤늦게까지 부지런히 일하는 어부의 모습과 은둔하며 가을 창가에서 『역(易)』을 읽는 선비까지, 실로 다양하다. 그가 창작한 《태호어선도(太湖漁船圖)》에는 한 작은 배를 그려 넣고, 그 옆에 담묵화로 작은 파문이 흩어지는 것을 표현했다. 감상하는 사람이 보기에는 마치 거대한

● 청대 임훈(任薰)이 그린 《탄금도(彈琴圖)》. 철선(鐵線)을 이용해 인물이 고개를 돌리며 주위를 돌아보고 발을 들어 가야금을 타는 모습을 묘사했다.

만경 파도가 끝없이 넓게 펼쳐질 것만 같다. 사람들은 이 작은 어선의 안전을 걱정하지만, 어선의 방향을 잡으며 고기를 낚고 있는 어부는, 위험을 무릅쓰고도 오히려 아무 일도 없었던 것처럼 시치미를 떼며 태연스러운 표정을 짓고 있다. 우리가 강가에서 흔히 볼 수 있는 평범한 광경이지만, 화가를 통해 그림 속에 들어가서는 더욱 아름다운 매력을

발산하며 사람들을 유혹하고 있다.

　근현대에 이르러서는 부채 서화의 대가들의 계보가 끊어질 듯 근근이 이어지고 있다. 임백년(任伯年), 치바이스(齊白石), 장다첸(張大千), 쉬베이홍(徐悲鴻), 류하이쑤(劉海粟), 예첸위(葉淺子), 판텐서우(潘天壽), 덩싼무(鄧散木), 천반딩(陳半丁), 황저우(黃冑), 탕윈(唐雲) 등의 걸작들이 지금은 귀중한 소장품으로 간직되고 있다.

●임백년(任伯年)은 청대 부채 그림의 대가로,
쉬베이홍(徐悲鴻)은 그의 그림 중의 한 폭을 소장하고
있으면서 '베이홍의 생명'이라는 도장을 찍었다.

청대 부채 그림의 대가는 임백년이었다. 쉬베이훙은 그의 정교한 부채 그림을 소장하며, '베이훙의 생명'이라는 도장을 부채 위에 찍었다고 전해진다. 치바이스는 금가루가 뿌려진 부채에 그림을 그리곤 했는데, 그가 그린 차꽃은 매우 수려했고, 개미, 꿀벌들도 모두 섬세하게 묘사되었다. 쉬베이훙은 원래 일반 그림으로 세상에 그 명성을 떨쳤지만, 그의 부채 꽃그림 역시 매우 유명하다. 장다첸은 호방한 명산대천과 사계절의 정취를 부채면 위에 담아냈다. 오창석(吳昌碩)의 《매화도(梅花圖)》는 형식보다 그 내용에 치중하는 스타일로 붉고 하얀 두 가지 매화를 진부하지 않게 잘 그려냈다. 그림은 매화의 도도한 품격 외에도 화가의 고결하고 강직한 기질을 잘 나타내고 있다.

부채는 가까이 두고 보는 소품이기 때문에, 그 위에는 세밀하고 단아하고 가벼운 그림만을 그릴 수 있을 뿐, 농도 짙은 그림을 그려낼 수는 없었다. 린산즈(林散之) 선생은 "무한한 가을 산의 찬바람은 몇 개의 점으로 그려 넣었고, 다정한 노목을 표현할 때에도 붓을 세 번만 교차했다."라고 말했다. 부채는 족자나 서화첩과는 달리 부채의 특수한 형태에 맞추어 그림의 구도를 잡아야 하는 동시에, 또 그 외형의 제한에 그 구도가 묶여서는 안 되었다. 보는 사람이 부담스럽지 않도록 구도가 너무 넘쳐서는 안 되며, 여백을 남겨 소위 '허와 실이 상생하고 아무 것도 그리지 않은 곳에 오묘한 경치가 채워지도록' 해야 했다.

한 치도 안 되는 공간 위에 구성을 고려하고 정취도 배어나오도록 해야 하니, 서화의 신비롭고 고상한 운치는 정말 쉽게 얻어지는 것이 아니다. 명대 축지산(祝枝山)은 "접선에 글자를 쓰는 것은 무희가 깨진 기와 조각더미 위에서 춤을 추는 것과 같이 조심스러우며, 실제는 포동포동한 기러기가 부채 그림 속에서는 점점 홀쭉해져, 결국엔 전체 크기가 줄어들 수밖에 없게 된다."고 말했다. 그러나 대가들은 대가였다. 그

● 청대 소신(蕭晨)이 그린《낙신도(洛神圖)》. 세밀한 필치와 담묵으로 아찔하게 안개 자욱한 수면 위를 표현해 내고 있으며, 화면 가운데 낙신(洛神)이 묘연한 자태로 거친 파도 위를 둥둥 떠다니고 있다.

들은 달팽이가 천천히 땅을 밟으며 전진하는 것 같이, 한 편 한 편 천천히 신천지를 열어 나갔다. 오불지(吳弗之)는《부용도(芙蓉圖)》를 그릴 때 배경을 고르는 데에 상당한 장인 정신을 쏟아 부었다. 관산월(關山月)의《묵매(墨梅)》는 그 필치가 노련하고 기세가 충만했다.

부채는 작은 소품에 불과하지만 그 속에는 커다란 세계가 담겨있다. 한 손에 부채를 들면 시문화인(詩文畵印) 4절과 문인 사대부의 즐거움을 모두 느낄 수 있고, 완상하기에 조금도 부족함이 없다. 송대 화가 왕진경(王晉卿)과 문학가 소동파는 각각 그림과 글씨를 분담하며 자신들의 출중한 재능을 한데 모아 부채 서화 예술의 걸작을 창조해냈다. 청대 양주팔괴(揚州八怪) 중의 한 명인 정판교(鄭板橋)는 부채 그림을 문인의 고상한 감상 대상으로만 여기지 않고, 그 상업적 가치에도 눈을 돌렸다. 부채에 시와 그림을 그려서 사회적 이익뿐 아니라 경제적 이익도 함께

얻을 수 있다고 생각했던 것이다. 그는 분명 '기인(奇人)'이었다.

1759년 어느 날 양주(揚州) 서방사(西方寺) 앞에는 사람의 이목을 집중시키는 한 비석이 놓여져 있었다. 비석 위에는 정판교가 기발한 발상으로 생각해 낸 방이 붙여져 있었다. 방에는 자기의 글씨와 그림에 대한 가격 기준을 적어 놓았는데, 부채에 대한 가격도 있었다. 전문은 다음과 같다.

> 대폭(大幅)은 6냥, 중폭(中幅)은 4냥, 소폭(小幅)은 2냥. 글귀와 대련은 1냥. 부채와 화선지는 5전. 선물과 음식은 돈을 주는 것보다 못합니다. 그런 물건은 받는 사람이 반드시 좋아한다는 보장이 없습니다. 그러나 현금은 받는 사람을 흐뭇하게 하고, 서화를 더욱 아름답게 합니다. 선물은 분쟁을 일으키기 십상이고, 외상은 특히 잡아 떼이기 쉽습니다. 시간이 지나면 피차 피곤해지기만 하고, 더욱이 여러 군자님들과 이런 얘기를 하는 것은 백해무익할 뿐이라 사료됩니다. 같은 값이면 실제 대나무보다 대나무 그림을 사는 것이 더 많은 대나무를 감상하실 수 있는 비법입니다. 6척 크기의 종이에 그림을 그리는 데는 3천 냥입니다. 옛 사례를 운운하며 가격을 조정하려 해봤자 헛수고입니다. 건륭(乾隆) 묘시에 삼가 고객 여러분들께 감사를 드리며 이 글을 적습니다.
>
> 판교 정섭(鄭燮)

정판교는 고상함과 통속의 양 극단을 달리고 있다. 그의 윤필료 기준가 광고는 양주 전역에 큰 파문을 불러 일으켰다. 군자가 돈을 입에 담는 것을 부끄러워하는 것이 일반적인 풍습이었으나, 정판교는 이와 달리 한 획의 글자와 한 폭의 그림 각각에 빈틈없이 모두 그 가격을 매겨 놓았다. 방에 나타난 그의 기지와 유머 감각에 웃음이 절로 나지 않는가.

우리는 이 윤필료 광고를 통해 당시 청대 서화시장에 관한 정보를 얻을 수 있다. 서화의 가격은 먼저 작가를 기준으로 책정되고 그 다음으로 작품의 크기별로 다시 정해졌다. 부채 그림은 그 크기가 너무 작아서 고작 5전만을 받을 수 있었으니 약간 억울한 기분도 든다. 그러나 당시 좋은 밭의 가격이 2~3전을 넘지 않았다고 하니, 부채 그림 하나에 5전에 거래되었다면 이는 일반 평민들에게는 상상도 할 수 없는 비싼 가격이었을 것이다.

이후 많은 고위 관료와 거상들이 이 광고를 보고 연이어 정판교를 찾아왔다고 한다. 강서의 장진인(張眞人)이라는 사람은 특별히 건륭 황제의 부름을 받고 북경으로 군주를 알현하러 가는 길에 양주를 지나게 되었다. 양주의 상인들은 서로 아첨하며 정판교에게 장진인을 위해 글씨를 하나 써달라고 부탁했다. 상인들은 길고 너비가 6척쯤 되는 종이를 가지고 정판교의 집으로 갔다. 이 종이는 상당히 커서 대폭(大幅) 6척의 기준을 훌쩍 넘었다. 정판교는 특별히 글씨를 써주기로 하며 천 냥의 가격을 요구했다. 상인들은 장사에 이골이 난 약은 사람들이라 가격을 5백 냥으로 깎았고 정판교는 흔쾌히 이를 수락했다. 정판교는 일필휘지로 첫 번째 대련(對聯) "용호(龍虎)가 산 위에서 진정한 재상의 노릇을 하고"를 완성했다. 사람들은 감탄을 연발하며 다음 대련을 쓰라고 재촉했다. 그러자 정판교는 웃으며 "제가 천 냥을 얘기했는데 5백 냥만 내겠다고 했으니 그저 반만 쓸 밖에요."라고 대답했다. 속이 탄 사람들은 어쩔 수 없이 천 냥을 내겠다고 약속하고야 말았다. 약속을 받고서야 정판교는 다음 대련을 완성하며 다음과 같이 적었다. "기린 각 하는 신선을 이야기 하네."

2백여 년 전의 문인의 정취가 오늘날까지 계속 이어져 전해지고 있다.

　　현대인들의 부채에 대한 사랑은 과거 고대인들에 못지않은 것 같다. 몇 년 전 강소(江蘇) 상숙(常熟)의 한 제지 공장에서 천쟈량(陳嘉良)은, 10개월의 시간을 들여 길이가 3미터가량 되는 부채 단면에 『고문관지(古文觀止)』 전편의 글을 다 적어 넣었다. 서문을 포함해 모두 223편, 108,095자에 달하는 실로 방대한 양이었다. 이 작업은 일대 큰 반향을 불러 일으켰고 세계 최대의 부채라 불릴 만했다.

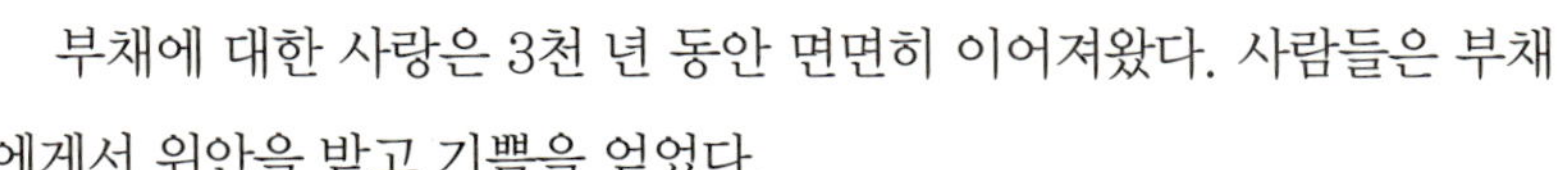

● 송대 화가 마원(馬遠)이 그린 《한향시사도(寒香詩思圖)》 부채 그림. 산수를 그 수가 적지만 많아 보이게 그렸다.

　　부채에 대한 사랑은 3천 년 동안 면면히 이어져왔다. 사람들은 부채에게서 위안을 받고 기쁨을 얻었다.

　　겨울이 가고 봄이 오는 동안 서랍 속에 몇 개의 부채를 넣어 두었다. 화가의 그림이 담긴 부채도 있고 유명한 문인의 시가 수록되어 있는 부채도 있다. 그 중 한 부채는 친구가 선물로 내게 준 부채인데, 친구는 하얀 종이 위에 붓으로 "쓸쓸한 눈과 같다."라는 글을 적어 주었다. 이 부채를 펼칠 때마다 멀리서 세밀한 미풍이 잔잔히 불어와 친구의 숨결을 전해 주는 것만 같다.

　　손목을 돌리면 시원한 바람이 아련히 불어온다.

重光拜觀圖
荒人梳洗時
珠間翠羽
也知海片雲
戴卻粉香衣
挑金屋秘藏嬌得起
玉樓寶里
醉和春
歲在丙寅春三月浙東蔡海
華三小童折海西隔寫屋生

4 문학 작품 속의 부채

복숭아를 입에 물고, 우리 님 주신 합환선을 들여다본다.

깊은 감동이 같은 마음이렷다. 난실에서의 만남을 기다리네.

부채를 접어 침상에 올려 놓고, 저 멀리 불어오는 바람을 그리네.

가벼운 소매를 스치며 곱게 화장하고, 요조숙녀가 높은 누대 위로 올라가네.

가을이 완연하면 당신은 분명 부채를 놓으리라.

누대 위 얌전한 여인은 시원한 전각을 바라보며 아름답게 놀고 있구나.

문학은 인류가 건축한 아름다운 마음의 정원이다. 우리는 이 마음의 정원을 거닐며 우리의 생명이 더 이상 외롭지 않고, 우리의 정신이 더 이상 메마르지 않게 되었음을 느낄 수 있다. 또한 이 정원 덕분에 우리의 삶이 더 밝고 풍성해졌음을 느낄 수 있다. 문학의 명작들은 그 정원 속에 피어나는 진기한 꽃과 풀들이다. 우리를 향해 영원토록 그 아름다운 향기를 발산해 내며, 기쁨을 안겨줄 것이다. 만일 문학 작품들이 부채의 찬란함을 완성했다고 말한다면, 그것은 오랜 세월 동안 찬양받아왔던 부채가 문학 작품들 속에서 살아 숨 쉬고 있다는 것을 의미한다. 문학 작품은 부채와 결합되어 더욱 생동감 있는 진수를 발할 수 있었고, 부채는 문학을 빌려 그 이름을 대대로 계승하고 예술적 생명력을 지속시킬 수 있었다.

오승은(吳承恩)의 『서유기』에는 '손오공이 세 번 파초선을 빌리는' 아슬아슬한 이야기가 펼쳐진다. 시내암(施耐庵)이 쓴 『수호전』에서 백승(白勝)은 "붉은 태양이 불과 같이 타올라 논밭의 곡식 반 이상이 말라 죽어버렸다. 농부의 마음도 함께 끓어오르는데 공자왕손(公子王孫)은 부채질만 하는구나."라고 노래했다. 나관중(羅貫中)의 『삼국연의(三國演義)』 '죽은 제갈이 살아서 돌아오다' 이야기 중에는, 부채가 전투의 승패를 결정짓는 중요한 도구로 작용하고 있다. 조설근의 『홍루몽』에도 많은 부채 이야기가 나오는데, 그 중 '부채를 찢어서 천금같은 웃음을 자아내다' 편에서는 솔직담백하고 용감하며 아름답고 고상한 청문(晴雯)의 성격이 잘 표현되어 있다. 『금병매』의 주인공 서문경(西門慶) 손에 들려졌던 고급 부채는 서문경의 사치스럽고 방탕한 생활을 형상화해 표현하고 있다. 공상임(孔尙任)의 『도화선(桃花扇)』에서는 부채가 극 전체의 내용을 관통하는 중요한 단서로 작용하며, 이별과 만남의 정과 흥망의 감정을 나타내고 있다. 그는 이 유명한 작품을 15년에 걸쳐

집필했는데, 집필하는 동안 책상 위에 항상 산동지방 노호(魯縞, 산동에서 나는 흰 비단)로 만든 부채를 올려 두었다고 한다. 그 부채에는 선홍빛깔의 복숭아꽃이 그려져 있어서, 그가 『도화선』을 집필하는 동안 자신도 모르게 부채를 자주 들여다보게 되었다고 한다. 부채가 없었다면 공상임의 『도화선』 역시 존재하지 않았을 지도 모른다.

부채는 문학 작품 속에서 그 당당한 위력을 발휘했다. 소설가와 극작가들은 모두 부채를 사랑했다. 부채의 유구한 역사와 광범위한 용도 그리고 높은 예술적 가치가 없었다면 이러한 대가들의 마음을 흔들어 놓을 수 없었을 것이다. 그렇지 않은가? 멀리 이탈리아의 희극 작가 골도니(Goldoni Carlo) 역시 『부채(Il ventaglio)』라는 작품을 창작했는데, 1764년 베니스에서 초연했을 당시 굉장한 화제를 불러 일으켰다고 한다. 영국의 극작가 오스카 와일드는 1892년 『윈더미어 부인의 부채(Lady Windermere's Fan)』라는 작품을 만들었다. 두 극의 배경이 하나는 농촌이고 하나는 도시지만, 모두 부채라는 동일한 소재를 통해 한데 연결되어 있다. 신기하지 않은가? 1923년 어우양(歐陽)은 홍선(洪深), 잉윈웨이(應雲衛)와 함께 『아씨의 부채』를 연출했다. 이는 오스카 와일드의 작품을 중국어로 번안한 것이다. 부채는 중국문학에만 심겨져 있었던 것이 아니라 다른 나라 문학 작품 속에서도 자주 그 모습을 드러냈다.

중국 고전 문학 작품 중 조설근이 '열 번 다시 읽어 보고 다섯 번 첨삭해' 심혈을 기울여 만든 작품 『홍루몽』은, 명작 중의 명작으로 손꼽히는 중국 문학사를 통틀어 가장 위대하고 가장 복잡한 문학 작품이다. 조설근 역시 가장 위대하고 가장 복잡한 작가로 여겨진다. 이 작품 속에서 부채는 당당하게 고상한 자리를 지키며, 인물의 형상을 빚어내고 이야기를 발전시켜 나가는 데 큰 공을 세우고 있다.

120회에 달하는 『홍루몽』 전편(全篇)에서 부채는 나풀나풀 춤추며 인물의 수중으로 날아들고, 화려하고 요란한 색채로 사람의 눈을 어지럽게 한다. 부채를 통해 등장인물의 성격과 기호, 그리고 그 신분 지위를 짐작해 볼 수 있다. 27회 '적취정에서 양비(楊妃)가 나비를 희롱하다' 편에서 "보차(寶釵)는 대관원 뜰 안에서 홀연히 한 쌍의 옥색 나비 한 쌍을 봤는데 그 크기가 꼭 단선만 했다. 아래위로 바람을 맞으며 재빠르게 날아다니는 것이 너무 재미있어 보였다. 보차는 뛰어가 나비를 희롱하며 소매 속에서 부채를 꺼내 나비를 잔디 아래로 덮었다."라는 이야기가 등장한다. 부잣집 딸의 여유로운 생활이 종이 위에서 살아 움직이는 것 같다. 이 이야기에 등장하는 보차의 모습이 『홍루몽』 전편 중에서 가장 아름다워 보인다.

제28회 '장옥함(蔣玉菡)이 천향나(茜香羅) 비단 허리끈을 선물로 주다'에는 보옥(寶玉)이 처음으로 명배우 장옥함(琪官)을 만나는 장면이 나온다. 보옥은 '소매 속에서 부채를 꺼내서 부채 끝에 달린 옥구슬 장식을 풀어' 기관(琪官)에게 주었다. 부채는 사람 사이의 교류 수단으로도 이용되었다.

소설의 제30회에서 작가 조설근은 보차가 부채를 빌려 보옥을 쏘아주는 이야기를 적고 있다. 이 이야기를 통해 보차와 보옥, 그리고 임대옥(林黛玉) 세 사람의 복잡한 삼각관계와, 속마음을 숨기며 상대방을 이리 저리 잘 다루고 있는 보차의 극중 성격을 여실히 나타내 주었다.

31회 '부채를 찢어서 천금같은 웃음을 자아내다'에서는 청문이 보옥의 옷을 갈아입히다가 실수로 부챗살을 부러뜨리는 장면이 나온다. 보옥은 "그 부채는 원래 부채질할 때 쓰는 것인데, 네가 가지고 놀고 싶으면 그러려무나. 그렇지만 화풀이용으로 사용하진 말거라."라며 이를 나무랐다. 그러자 청문이 대답하기를, "네, 그러면 부채를 저한테 주세

요. 제가 찢으며 놀아 볼게요. 저
는 찢어지는 소리를 좋아한답니
다." 청문은 '쫙' 하며 부채를 반으
로 찢었다. 그리고 연이어 '쫙,
쫙' 하는 소리가 계속 들렸다. 보
옥은 웃으며 "잘 찢었다. 또 찢어
서 소리를 내어 보려무나."라고 말
했다. 여기서 찢었던 부채는 분명
종이로 만든 접선이었음이 틀림없
다. 부채를 밟고, 부채를 찢으며
'쫙, 쫙' 소리를 내는 모습은 강렬
한 청문의 성격을 형상화하는 것
이다. 이와 동시에 보옥의 인자한
성격의 한 단면도 나타내고 있다.
보옥은 봉건 예교의 질곡에 반발
하는 하층 여성에 대한 깊은 이해
와 동정을 감추지 않고 있다.

● 『홍루몽』의 설보차(薛寶釵)

제48회 '어리석은 사내 석태자가 부채로 화를 당하다' 에서는 매우
촌(買雨村)이 매사(買赦)가 석태자의 부채 20개를 강제로 사들이려 한
다는 소식을 듣고, 자신 역시 갖은 아양을 떨며 그것을 빼앗으려 하는
이야기가 나온다. "그 부채들은 모두 반죽, 종려죽, 사불상, 등글레 등
으로 만든 고급부채였다. 그리고 부채에는 고대 사람들의 서화가 그려
져 있었다." 이 대목에서 그 접선들의 가치를 짐작할 수 있다. 석태자는
이 부채 20개 때문에 희롱당하고 패가망신했다. 매우촌 등은 서로를
속이고 압박하며 교묘한 수단으로 암투를 벌였다. 모두 특별히 하는 일

없이 호화롭고 사치스러운 생활을 영위했던 것을 보여준다.

제78회에서는 보옥 형제가 매정(買政)을 따라 인가로 가서 국화를 감상하며 시부(詩賦)를 짓는 장면이 나온다. 보옥은 그곳에서 뜻밖에 사람들이 선물한 부채 3개와 부채 장식 3점 등을 얻게 된다. 보옥 일행은 기뻐서 어쩔 줄을 몰랐다.

부채 속에 등장인물의 성격이 숨어 있고 이야기가 들어 있으며, 그 정취가 녹아 있다. 이것이 바로 『홍루몽』인 것이다.

『서유기』는 낭만주의 색채가 풍부한 수작이다. 작가 오승은은 눈부시게 아름다운 필치로 기묘한 이야기를 소탈하게 풀어나갔으며, 풍부한 상상력으로 오색영롱한 신화 세계를 우리에게 펼쳐 보였다. 소설 중에 등장하는 부채 이야기는 비록 『홍루몽』에 못 미치는 수준인 3회 정도에 그치고 있지만, 파초선으로 엮어나가는 이야기는 보는 이로 하여금 손에 땀을 쥐게 한다. 부채가 직접 이야기를 구성하고 전체 줄거리를 희망적으로 전개해 나간다. 제7회에서 태상노군은 손오공을 팔괘로(八卦爐)에

● 『서유기』에 등장하는 태상노군(太上老君)

집어넣고, 화로를 지키는 도사와 동자들에게 화선(火扇)을 담금질하라고 명령했다. 제35회에서 손오공은 요괴들과 도술로 싸움을 벌였는데, 요괴는 '칠성검'과 '파초선'으로 응수했다. 요괴들은 7~8채의 부채를 흔들어 맹렬한 불길을 하늘 높이 치솟게 했고, 손오공은 불길을 피해 곤두박질치며 달아나 태상노군이 있는 곳으로 구원 요청을 하러 간다. 원래 두 요괴는 태상노군의 금화로와 은화로를 지키는 동자들이었고, 그들이 무기로 사용한 파초선은 본래 팔괘로에 불을 붙일 때 사용하던 것이었다. 당시 손오공은 이 부채 때문에 깊은 상처를 입었다.

여기에 등장한 파초선이 불을 지피는 데 사용된 것이었다면, 소설 중에서 더 흥미진진하게 묘사되었던 부채는 바로 불을 끌 수 있었던 또 다른 파초선이었다. 불경을 구하러 인도로 가던 삼장법사 일행은 가로로 누워있는 800미터 불모의 산 화염산에 가로막히고 말았다. 법사 일행 4인은 산을 넘기 위해서 철선공주(鐵扇公主)의 파초선을 빌릴 수밖에 없었다. 손오공은 신통력이 뛰어나고 매우 기민했다. 그는 먼저 작은 벌레로 변신해 철선공주의 배속으로 들어가 배속을 주먹으로 치고 발로 찼다. 철선공주는 고통을 참지 못하고 손오공에게 파초선을 빌려주었다. 그런데 그것이 가짜 파초선일 줄이야. 부채는 불길을 잠재우기는커녕 오히려 화염산의 불길을 활활 더 타오르게 했다. 손오공은 아이고 아이고 소리를 지르며 다시 철선공주를 찾아가 따졌다. 다시 한번 철선공주를 상대한 끝에 결국 진짜 파초선을 손에 넣게 됐다. 부채로 큰 불길을 잡은 손오공은 다시 연달아 49번을 부채질해, 화염산의 불씨를 완전히 끊어버리고 세찬 비를 뿌리게 했다. 법사 일행은 무사히 화염산을 건너고 또 다른 새로운 관문을 만나게 되었다. 이 이야기는 사람들이 특히 좋아하는 대목이다. 사람들은 이 이야기를 듣고 보면서 만족하고 흐뭇해한다. 왜냐하면 파초선은 너무나 평범하고 익숙한 물건이기 때문이다. 사람들은 작고 평범한 부채를 통해 『서유기』 이야기 속으로 들어가 고달픈 현실을 잊고 즐길 수 있었다.

어린 시절 읽었던 『삼국지』에서 인상 깊었던 것 중 하나는, 바로 공명 선생의 '우선륜건(羽扇綸巾)'이다. 나는 공명 선생의 그 우아한 자태를 결코 잊을 수 없다. 그 모습을 보며 나는 속으로 이렇게 생각했다. 만일 제갈량 수중에 아모선(鵝毛扇)이 없었다면 어떻게 됐을까? 한 자루의 검이나 지팡이를 들고 있었어도, 그런 훌륭한 계략을 세울 수 있었을까?

나관중의 『삼국연의』는 중국 고대 역사 소설의 백미이다. 공명 선생은 이 『삼국연의』로 말미암아 사람들에게 잊혀지지 않고 있으며, 아모선은 공명 덕분에 오랜 생명력을 유지할 수 있었다. 손오공이 용감한 중국인의 화신이라면, 공명은 바로 지혜의 상징이다. 『서유기』가 파초선에 넋을 잃었다면, 『삼국연의』는 바로 공명 수중에 있던 우선에 집착했다. 우선은 바로 '오랜 세월 높은 하늘 끝 한 깃털'로 살고 싶어 했던 공명의 이상 그 자체였다.

공명의 모습을 한번 상상해 보라. 공명은 등장할 때 항상 손에 우선을 들고 있었다. 그리고 제38회 '유비의 삼고초려' 편에서 공명은 '여러 번 재촉하자 비로소 그 모습을 드러냈다.' 유비의 눈에 비친 공명의 모습은 이러했다. "키는 8척쯤 되고, 얼굴은 미남이다. 머리에는 윤건을 쓰고 학창의를 걸치고 있다. 묘연한 자태가 마치 신선인 듯 보인다." 공명은 차분하게 말하며 강산을 가리켰다. 그러나 손에 우선을 들고 있지는 않았다. '박망파(博望坡) 군사 첫 용병' 편에서도 공명은 부채를 들지 않고 조조의 군대를 무너뜨렸다. 강동으로 돌아오는 '제갈량 설전군유(舌戰群儒)' 편에서도 나관중은 아직 우모선을 묘사하고 있지 않다. 왜일까? 이것이 바로 작가 나관중의 교묘함이다. 나관중은 그가 빚어

내는 주인공의 특별한 장치들을 독자가 한눈에 알아차리지 못하도록 서서히 보여준다. 인물의 성격이 점점 발전해 나가면서, 인물의 형상 역시 더욱 풍성해진다.

소설이 절반쯤 진행된 제52회에서 대진 중에 한 무더기 황색 깃발이 보인다. 깃발이 걸린 곳에서 한 대의 4륜 수레가 등장하는데, 수레 위에는 머리에는 윤건을 쓴 한 사람이 학창의를 입고 우선을 들고 앉아있었다. 그는 부채질하며 영릉주(零陵州) 상장군 형도영(邢道榮)에게 이렇게 말했다. "나는 남양의 제갈공명이다." 공명의 상징 '4세트'가 이 때에야 비로소 완전히 그 모습을 드러낸 것이다. 즉, 우선, 윤건, 학창의, 4륜 수레. 공명의 이 세트를 보고 적수들은 싸움의 의욕을 잃어 버린다. 공명과 싸우는 것은 도박을 벌이는 것과 같았기 때문이다. 우아한 가운데 강한 카리스마로 순식간에 적들의 사기를 꺾어 놓을 수 있었다.

일단 완전히 무장하면 가는 곳마다 적들이 쓰러졌다. 공명은 장임(張任)을 사로잡을 계획을 세우고 노수(瀘水)를 건너 오월 남정(南征)에 나선다. 공명은 맹획(猛獲)을 일곱 번이나 사로잡고 놓아주기를 반복하고, 강유(姜維)를 수하로 거두었다. 왕랑(王郞)을 질책하고 기산(祈山)을 축출했으며, 위빈(渭浜)과 전쟁을 벌였다. 그리고 사마의(司馬懿)와 더불어 자신의 지략과 무용을 겨뤘다. '농산(隴山)에서 제갈량이 신선으로 단장하고, 포의병(布疑兵)이 사마의를 희롱하다' 편에서 공명 선생의 '세트'가 최고의 빛을 발한다. 공명은 똑같은 4개의 4륜 수레를 준비하고 각 수레 위에 4명의 사람을 앉혔다. 모두 공명처럼 관을 쓰고 학창의를 입고서는, 손에 부채를 들고 조용히 앉아 있었다. 그 좌우로는 24명의 군사가 머리를 풀어헤치고 검을 뽑아 들었는데, 맨 앞에 선 한 사람은 검은 띠를 두르고 있었다. 멀리서 보면 신인지 사람인지 분간하기 어려웠다. 4개의 대오가 신출귀몰하게 나타나, 위병(魏兵)을 어지럽게 하고 공포로 몰아넣었다. 결국 적군들은 성문을 걸어 잠그고 몸을 숨길 수밖에 없었다.

104회가 되어 공명이 임종할 때에, 그는 다시 한 묘책을 떠올려 강유에게 유언으로 남긴다. 공명은 사마의가 자신의 죽음을 알고 쳐들어올 것을 이미 알고 있었다. 그가 남긴 유언은 바로 이를 대비한 계략이었다. 책에는 다음과 같이 기록되어 있다.

> 사마의가 군사를 재촉해 산모퉁이를 돌아가니 멀지 않은 곳에 촉병(蜀兵)이 물러나고 있는 것이 보였다. 사마의는 채찍을 높이 들어 외치며 군사를 급히 몰았다. 그때 홀연히 한 방의 포 소리가 들리더니 산 위쪽에서 함성이 들려왔다. 그때 함께 물러나던 촉병도 깃발을 돌려 세우고 북소리를 드높이며 되돌아오고 있는 것이 아닌가? 거기다가 나무 그늘 속에서 쏟아져 나오는 촉병의 깃발에는 한 줄로 크게 글씨가 쓰여 있었다. 한승상무향후제갈량(漢丞相武鄕侯諸葛亮). 사마의는 놀라 아연실색했다. 눈을 들어 살펴보니 군사들 중에서 수십 명의 장수들이 4륜 수레를 끌며 나오고 있었다. 그리고 그 수레 위에는 검은 띠를 두른 학창의에 윤건을 쓰고 우선을 든 공명이 앉아 있는 것이 아닌가? 사마의는 정신이 아득했다. '공명이 아직도 살아 있는데 내가 가볍게 위태로운 굴로 들어와 스스로 화를 자초하는구나.' 사마의는 황망히 말머리를 돌려 달아나고 말았다.

이 장면은 공명이 죽은 후에도 부채가 그의 신비한 힘을 계속 발휘했음을 보여주는 것이다. '죽은 제갈이 살아서 돌아온다.' 라는 촉나라 속담이 바로 여기에서 비롯된 것이다. 공명이 산에서 나와 죽음에 이르는 그 순간까지, 부채는 그가 생명을 의지했던 소중한 물건이었다. 우선은 시종일관 충성스런 모습으로 주인의 성격과 운명을 그려 나갔다.

원말명초 시기 『삼국연의』와 함께 또 다른 위대한 장편소설 『수호전』이 탄생했다. 『수호전』은 심오한 사상과 예술적 조예를 바탕으로 중국 문학사에 길이 남을 훌륭한 작품으로 우뚝 서있다.

『수호전』은 송강(宋江)을 우두머리로 한 실제 농민 봉기 사건을 배경으로 하고 있다. 그래서 『수호전』에 등장하는 부채들 역시 등장인물들을 그림자같이 따라다니며, 위로는 관료 귀족에서 아래로는 농촌의 범부에 이르기까지, 당시의 시대상과 사람들의 열망과 추구를 매우 사실적으로 표현해주고 있다.

『삼국연의』와 『수호전』은 유사한 점이 많다. 두 작품 모두 한 명의 탁월한 군사(軍師)를 등장시키고 있다. 전자가 공명을 소개하고 있다면, 후자는 지다성(智多星) 오용(吳用)을 묘사했다. 오용은 하얀 깃털을 모아 만든 '오명선(五明扇)'을 손에 들고, 수시로 그것을 부치며 범속을 초월한 품격을 뽑아냈다. 한 가지 아쉬운 점은, 오용의 신분과 부채가 모두 공명과 같았지만, 소설 속에 묘사된 그의 형상과 부채의 기묘함은 공명에 크게 미치지 못한다는 것이다.

『서유기』, 『삼국연의』와 달리 『수호전』은 부채를 적다 말아 버렸다. 『서유기』와 『삼국연의』에서는 부채를 기본적인 이야기를 구성하고 등장인물의

● 『수호전』의 오용(吳用)

운명을 결정짓는 주요 도구로 묘사한 반면, 『수호전』에서는 간략하게 소개하는 데 그치고 있다. 예를 들면, 철선자 장청은 원래 연극과 노래를 잘하는 사람이었다. 그의 이러한 비밀 병기만으로도 화려한 이야기를 엮어나갈 수 있었을 것이다. 철선자 장청은 절대 '철선자'를 사용해 자신을 방어하지 않았다. 자기 옆에 있는 보검과 허리칼 그리고 장검으로만 자신을 방어하고, 안타깝게도 '철선자' 부채는 사용하지 않았다. 제16회 지취생신강(智取生辰綱, 대명부 양중서(梁中書)가 채태사(蔡太師)의 생일 축하용으로 보내는 헌상품을 양산박(梁山泊)의 영웅들이 탈취한 사건) 편에 등장하는 두 시(詩)에는 부채를 언급한 부분이 나온다.

옥병풍 세워놓고 붉은 난간 둘렀는데
꼬리치며 노는 물고기 마름 풀을 희롱하네.
8척 되는 고래수염 짜서 만든 흰 자리에
붉은 마노 베개 머리 밑에 고였네.
더위가 두려워서 여섯 용도 꼼짝 않고
봉래섬 밖 바닷물이 부글부글 끓는구나.
공자는 바람적다 부채를 탓하건만
행인들은 터벅터벅 먼짓길을 다그치네.

붉은 태양이 불과 같이 타올라
논밭의 곡식 반 이상이 말라 죽어버렸다.
농부의 마음도 함께 끓어오르는데
공자왕손(公子王孫)은 부채질만 하는구나.

두 시는 공통적으로 한여름 견디기 어려운 폭염을 묘사하며, 공자왕손과 행인농부의 심경이 서로 다름을 나타내고 있다. 곧 계급간의 갈등을 비유한 것이다.

『수호전』에서 부채는 인물의 신분과 지위를 밝히는 데 주로 사용되었다. 황제의 궁전에는 봉우선(鳳羽扇)이 걸려 있었고, 양중서(梁中書)의 집에는 빈랑이 놓여 있었다. 양산박 군사(軍師) 오용에게는 오명선(五明扇)이, 표자두(豹子斗) 림충(林沖)의 손에는 종이로 접은 '사천(四川)부채'가 들려 있었다. 낭자(浪子) 연청(燕靑)은 허리에 '명인선(名人扇)'을 꽂아 호방한 기세를 자랑했다. 운룡(雲龍) 공손승(公孫勝)은 '별각(鱉殼)부채'로도 약간의 궁상기도 면할 수 없었고, 매괘(賣卦) 선생 이조(李助)는 감물을 칠한 '대나무 접선에 기름종이를 바른 부채'를 찾아 헤맸다. 그리고 건당 황달(黃達)은 '삼각 세포선(細蒲扇)'을 손으로 집어 올렸다.

정말 기이한 것은 화류계에서 여자를 농락하던 갑부 서문경(西門慶)이 반금련(潘金蓮)을 비웃고 무송두(武松頭)에게 살해당하기

● 『수호전』에서 낭자(浪子) 연청(燕靑)은 항상 허리에 명인선(名人扇)을 꽂고 다녔다.

● 무도두(武都頭)가 귀양을 가고, 서문경은 처첩들과 함께 부용청(芙蓉廳)에서 놀고 있다. 서문경은 그 유명한 '금박사천부채'를 손에 들고 있다.

까지 단 한 번도 사람들 앞에 그의 부채를 뽐내지 않았다는 사실이다. 왜일까?

소설 『금병매』에서 서문경은 전혀 다른 모습을 하고 있었다. 서문경과 반금련은 『금병매』에서 매우 생생하고 사실적으로 그려졌다. 『금병매』의 중요한 특성 중 하나가 바로 사실적인 생활의 묘사이다. 부채의 풍부한 표현력은 『금병매』에서도 여지없이 발휘되었다. 접선이 가장 많이 등장하고 있는데, 이는 소설의 배경이 되었던 명대에 접선을 사용하는 풍조가 성행했기 때문에 환선은 상대적으로 적게 등장한 것으로 풀이된다.

돈을 물 쓰듯 하던 서문경의 음란하고 방탕한 생활을 묘사하기 위해, 교묘한 수단으로 여자들을 희롱하던 그의 모습 외에도, 항상 새롭게 바뀌었던 명품 부채도 자주 등장시켰다.

서문경이 사용하던 '진금 사천부채' 혹은 '금박 사천부채'는 중국 사천 지방에서 생산되던 값비싼 명품으로, 부잣집 도련님을 묘사하는 데 아주 적합했다. 기방에서 그의 앞잡이 노릇을 하던 사희대(謝希大)는 이 사천부채를 몰래 감추기도 했다. 채장원과 안진사는 서문경을 만

나러 오면서 항주부채를 선물로 가져왔다. 이 항주부채는 바로 사천부채와 어깨를 나란히 하는 항주 특산의 고급 부채를 말한다. 서문경은 채어사를 대접할 때 기녀 동교아를 주어 함께 먹고 자게 했는데, 수중에는 상비죽(湘妃竹)에 도금한 부채를 쥐고 있었다. 부채 위에는 상란평(湘蘭平) 계곡물이 흐르는 수묵화가 그려져 있었는데 그 값은 헤아리기 어려웠다. 기녀 이계저는 서문경과 함께 놀면서 소매에서 정교한 춘선(春扇, 춘화가 그려져 있는 부채) 하나를 꺼내 든다. 이 춘선은 대나무 살에 도금한 부채면을 바른 것으로 조각은 되어 있지 않았고, 푸른 물 위로 부용이 피어오르는 그림이 그려져 있었다.

다른 여자들이 접선을 가지고 놀았다면, 반금련은 환선을 사랑했다. 반금련은 흰 명주로 만든 단선을 들고 월낭(月娘)과 노름을 하거나 후원에서 나비를 잡지 않으면, 파초 깊숙한 곳에서 더위를 피하곤 했다. 반금련은 서문경의 사위 진경제(陳經濟)에게 시를 지어 주며 '만나기 좋은 시간'을 약속했다. 진경제는 그녀를 위해 금을 입힌 상비죽 부채에 글을 써 선물로 주었다.

자줏빛 대나무와 하얀 명주가 서로 깊이 어우러져 있구나. 푸른 빛깔의 창포로 만들고 금은으로 오묘함을 살렸네.

요컨대, 접선과 단선을 막론하고 서문경의 가솔들은 모두 귀한 부채를 가지고 있었다. 이는 서문경의 극에 달한 사치와 음란한 생활상을 여실히 보여주는 결정체라 하겠다.

이 밖에도 『금병매』에는 관상을 보는 오(吳) 신선의 '오각(烏殼, 까마귀 껍질) 부채'도 등장한다. 이는 『수호전』 공손승이 들고 있던 '별각 부채'와 비슷한 것이었다. 반(潘) 도사는 오명강귀선(五明降鬼扇)을 들고 서문경의 집으로 가 이병아(李瓶兒)의 병을 고치는데, 이 오명강귀선 역시 『수호전』에서 오용이 들었던 오명선과 같은 것이다. 문학이 서로 상통하듯이, 부채 역시 서로 마음이 통했던 것 같다.

청대에는 양대 전기(傳奇)가 있었다. 하나는 홍승(洪升)의 『장승전(長升殿)』이고, 다른 하나는 공상임(孔尙任)이 쓴 『도화선(桃花扇)』이다. 명말청초 공상임은 15년간 공을 들여 수많은 역사적 자료들을 수집하고, 실화와 실제 인물을 바탕으로 전기 『도화선』을 만들어냈다. 극 전체가 부채를 통해 정교하게 이야기를 풀어나가며 사람들의 감탄을 자아낸다. 공상임은 후방역(侯方域)과 이향군(李香君)의 이별과 만남의 정을 빌려 한 나라의 흥망성쇠를 표현했고, 이 작품은 두고두고 사람들 입에 오르내리며 계속 상연되었다.

이여진(李汝珍)의 『경화연(鏡花緣)』역시 장장 10년의 세월을 들여 얻어낸 작품이다. 전편이 모두 100회로 구성되어 있고, 해외 풍경과 작가의 사회적 이상향을 잘 묘사했다. 문학은 현실 생활을 반영한다고 했다. 이 책 역시 당대(唐代) 규방 아녀자들이 춘선을 선물하던 풍습을 그대로 보여주고 있다. 제63회에는 재주 있는 여성들이 2월 하순 부시(部試)와 전시(殿試)에 참여한 이야기가 적혀 있다. 등장인물 진소춘(秦小春)은 당규신(唐閨臣)에게 이렇게 이야기한다.

"내일 동생이 예쁘게 그림을 그려 춘선을 드릴 것입니다."

전시(殿試) 후 방이 붙고, 여러 재녀들은 서로 만나 시험을 감독한 후, 다시 변빈(卞濱)의 집에 모인다. 제72회에서는 '백목정(白木亭)에서 여덟 아가씨가 춘선을 쓰다' 라는 이야기가 등장한다. 당시 규방 아녀자들의 비밀스러운 우정을 엿볼 수 있다.

부채 문화는 문학이라는 초원에 스며든 한줄기 맑은 물과 같이, 초원 위에 기이한 꽃과 이채로운 풀을 돋아나게 했다. 그 생생함은 사람

들의 눈을 사로잡았다. 우리는 유명한 문학 작품을 감상하면서, 그 속
에 등장하는 여러 모양 여러 이름의 부채를 함께 완상하는 것도 좋을
것 같다. 부채를 든 사람을 감상해 보고, 부채 뒤에 숨겨진 흥미진진한
이야기들을 들어보는 것은 어떨까? 아마 따뜻한 봄바람이 온몸을 감싸
는 듯한 그런 느낌을 받을 수 있을 것이다.

● 문학 고사. 공자는 장원 급
제해 영광스럽게 고향을 방문
하고, 자신을 업신여기던 장인
을 찾아가 사랑하는 처와 상봉
한다.

逐炎涼　晉昌唐寅
何事佳人重感傷請託世情

5 부채에 쓴 사랑의 편지

환선은 달처럼 둥글고, 그 몸은 새하얗다네.

진 왕녀를 그려 넣으니 난새를 타고 연무

사이로 날아가 버리는구나.

시원한 바람이 불어와 나를 옥계단 숲으로 날려버리면 어찌하나.

우리 님의 사랑이 끝까지 오지 못하고

도중에 다 떨어져 버리겠네.

모든 언어는 시간적 경험과 검증을 거쳐야만 비로소 사람의 마음속에 각인될 수 있다. 부채의 언어 역시 마찬가지이다. 시간의 강위를 표류하며 부채 언어는 더욱 아름다워지고 분명해졌으며, 우리들 마음속에서 춤추며 그 즐거움을 선사하고 있다.

부채는 영혼과 품위를 함께 갖추고 있다. 부채 언어 역시 생동감 있고 다채롭다. 오랜 시간을 거쳐 부채는 사회 각 사람들의 언어와 행동 중에, 관습화된 특별한 함축적 의미를 형성하게 되었다. 한 단어를 듣기만 해도, 또는 부채와 관련된 한 동작을 보기만 해도, 우리는 그 뜻하는 바가 무엇인지 단숨에 알아차릴 수 있다. 이것이 바로 부채 문화의 특별한 매력인 것이다.

홍콩, 마카오 지역에는 부채 동작만으로 그 동작이 나타내는 의미를 파악할 수 있는 '부채 언어'가 아직 존재하고 있다. 이것은 영국과 포르투갈 본토 문화의 영향인데, 두 가지 문화가 홍콩과 마카오에서 서로 융합되어 독특한 부채 문화를 형성하게 된 것이다. 아래에 열거한 함축적 의미와 그 동작을 살펴보자.

1. 나는 당신을 사랑합니다.
   - 부채를 펴서 얼굴의 아래 부분을 가린다.
2. 키스해 주세요.
   - 부채 손잡이로 입술을 두드린다.
3. 나는 당신을 몹시 그리워하고 있습니다.
   - 부채를 열었다 닫았다 한다.
4. 나는 당신에게 아무런 느낌이 없습니다.
   - 부채로 천천히 부채질한다.
5. 나를 잊지 말아요.

－ 손에 접선을 펼쳐들고 떠나간다.

6. 우리 얘기 좀 합시다.

　　－ 집게손가락을 부챗살 위에 놓는다.

7. 당신 너무 싫어요. 저리 꺼져요.

　　－ 부채를 손 위에 놓고 이리저리 뒤집는다.

부채 동작에 이렇게 많은 의미가 숨겨져 있다니, 이 얼마나 아름다운 언어인가!

부채 언어에 대한 감상과 공부는 아래에서 계속 설명할 다른 경로를 통해서도 얼마든지 가능하다.

● 부채 언어는 부채를 사용하여 마음 속의 소리를 표현한 것이다.

서로 관계있는 언어의 함축적 의미

중국어에는 같은 음을 가진 글자가 많다. 부채를 의미하는 한자 扇은 착할 善과 그 음이 같아서, 부채를 선행(善行)의 상징으로 보고 안녕과 건강을 비는 뜻으로 사용하기도 했다. 그래서 사람들은 집에 커다란 부채 그림을 걸어두거나 부채 모양의 창문을 열어, 장수를 기원하고 착한 마음과 바른 행동거지가 항상 함께 하기를 소원했다. 또 扇은 헤어짐이나 흩어짐을 나타내는 散자와도 음이 같다. 그래서 사랑하는 연인들 간에는 부채를 선물로 주지 않는다. 누가 사랑하는 사람과 헤어지고 싶겠는가? 연인들은 부채 대신 부채 그림이나 부채 밑에 매다는 부채추를 선물로 주고받아 사랑의 증표로 삼았다. 청대(淸代) 민가 『잡곡 · 정인송노일파선(雜曲 · 情人送奴一把扇)』에는 "정인이 나에게 부채 하나를 주었는데, 한 면에는 산이 또 한 면에는 물이 그려져 있구나. 산은 층층 첩첩 보기 좋구나. 물은 구비 구비 잘도 흐르네. 산은 물을 의지하고 물은 산을 의지하는구나. 산아 이별하려거든 산봉우리와 물은 제발 끊지 말거라."라는 소절이 나온다. 아름다운 부채 그림과 감동적인 민가 노랫가락이 그들의 절개와 애절한 사랑을 잘 나타내 주고 있다.

비유하는 말

부채 언어는 종종 부채를 매개로 하여 다른 뜻을 비유하곤 한다. 그 비유하는 의미가 때로는 마음속으로는 알고 있지만 차마 말로 전할 수는 없는 것일 때도 있었다.

1. **선자선(扇子仙)** – 파초선의 미칭(美稱). 선선(扇仙)으로도 불림. 『광군방보(廣群芳譜)』에는 '蕉(초) : ①파초, ②천저(天苴), ③녹천(綠天) ④선선

(扇仙)'이라는 기록이 나온다.

2. 선월(扇月) – 둥근 달의 미칭. 남조시대 양원제(梁元帝)
는『영지중촉영(泳池中燭影)』에서 "강 아래로 선월(扇月)이
떨어지고, 안개 위로 구슬 같은 별들이 드문드문 떠 있
네."라고 노래했다.

3. 선면(扇面) – 선대(扇對)의 별칭. 고체
시(古體詩) 대구(對句) 형색의 하나로
격구대(隔句對, 시의 제 1구가 제 3구
와, 제 2구와 제 4구가 대구
되어 있는 것)를 의미

● 선월(扇月) – 둥근 달의 미칭.

한다. 왕세정(王世貞)의 『곡조(曲藻)』는 "대우(對偶)에는 선면대(扇面對), 중첩대(重疊對), 구미대(救尾對)가 있다"고 설명하고 있다. 이러한 대구 형식을 갖춘 시로 당대(唐代) 맹호연(孟浩然)의 『추등란산기장오(秋登蘭山寄張五)』를 들 수 있겠다. "북산 흰 구름 사이 은자(隱者)가 저절로 기쁘다. 서로 마주보며 높은 산에 오르니 마음이 기러기를 따라 멀리 날아가는 듯 하구나. 근심은 저녁 황혼과 함께 일어나고, 기쁨은 청아한 가을빛에 일어난다. 마을로 돌아가는 사람은 평사(平沙) 나루터에서 멈추어 쉬고 있네. 하늘가 나무들은 냉이와 같고, 강둑 나룻배는 달과 같도다. 어디서 술을 실어 왔는지, 모두 중양절(重陽節) 기운에 흠뻑 취하여 있네." 여기서 "근심은 저녁 황혼과 함께 일어나고, 기쁨은 청아한 가을빛에 일어난다."와 "하늘가 나무들은 냉이와 같고, 강둑 나룻배는 달과 같도다."는 모두 선면(扇面) 대구를 이루고 있다.

4. 선면자(扇面子) - 사람의 얼굴을 의미한다. 청조(淸朝) 이후 중국의 최대 비밀결사조직이었던 '홍문(洪門)'에서 사용되었던 은어이다.

5. 선묘아(扇苗兒) - 머리를 파마하는 것을 의미한다. 옛날 이발업계에서 사용하던 용어이다.

6. 선아(扇兒) - 나비를 지칭. 섬북(陝北)인이 사용하는 말이다.

7. 선담(扇擔) - 취임하는 것을 의미한다. 옛날 비단을 잇는 업계에서 사용하던 용어이다.

8. 선자(扇子) - 문을 지칭한다. 옛날 상해와 북방 도시 일대 사람들이 즐겨 쓰던 용어이다. 강호(江湖) 은어 중에 고선(靠扇)은 오른쪽 문을, 야선(夜扇)은 왼쪽 문을 의미했다. 또 쌍선(雙扇)은 문지기를 의미하고, 고선(靠扇)하는 사람은 거지를 뜻하는 말이었다.

9. 파풍(擺風) - 부채질하는 부채를 의미. 옛날 도사(道士)들이 사용하던 말이었다.

10. 아모우(鵝毛羽, 거위깃털부채)를 흔들다 - 배후에서 계략을 세우는

군사(軍師)를 의미한다. 『삼국연의』의 공명과 『수호전』의 오용은 모두 아모우를 흔들며 막사에서 계략을 세워 천리 밖의 전투에서 승리했다. 소동파는 『염노교·적벽회고(念奴嬌·赤壁懷古)』에서 다음과 같은 시를 읊었다. "깃털 부채를 들고 윤건을 쓰고 담소하는 사이에 돛대와 노가 재와 연기사이로 사라져 버린다." 이것은 공명(일설에 의하며 주유(周瑜)라고도 함)이 깃털 부채를 들고 천군만마를 지휘하는 유유자적한 모습을 나타내는 것이다. 시대가 변함에 따라 이 단어는 그 의미가 약간 폄하되어, 배후에서 괴상야릇한 음모를 꾀하는 무리를 일컫는 말로도 자주 사용되었는데, 사인방(四人幇) 중의 장춘자오(張春橋)를 표현할 때 쓰이곤 했다.

11. 백선자(白扇子) – 흰 부채. 소선(素扇)이라 불리기도 했다. 고대에는 상을 당한 집 문 앞에 하얀 부채를 걸어 두었다고 한다. 또 상가 처마 밑에 찢어진 파초선을 걸어 두고, 문 옆에는 한 뮤음의 백지를 걸기도 했다.

12. 백선(白扇) – 백주 대낮에 집에 침입하는 강도를 뜻함. 흑룡강 사람들이 사용하는 말로, 백일틈(白日闖)이라고도 한다. 강호 은어 중에 문을 의미하는 말로 '선자(扇子)'가 있었다. 문을 닫는다는 표현을 '한선(閑扇)'으로 나타냈고, 문을 억지로 따고 들어온 도적을 '괘선자(卦扇子)'라고 불렀다. 또 '척거선자(踢去扇子)'는 문을 발

● 부채는 항상 미인과 함께 출현한다.

로 차서 여는 것을 의미했고, '벽선이인(劈扇而人)'은 문을 부수고 들어오는 사람을 나타내는 말이었다.

부채 언어는 그 종류가 너무 많아서 여기서 다 설명할 수는 없을 것 같다.

부채 언어는 헐후어(歇后語)로도 사용되었다. 헐후어는 중국인이 만든 일종의 언어 형식으로 매우 생동감 있고 상징적이다. 앞뒤 두 부분은 '수수께끼 문제'와 '수수께끼의 답'을 각각 나타내며, 그 사이 다리를 놓아주는 역할을 부채가 담당했다

예를 들면 다음과 같다.

겨울 부채는 - 이미 유행이 지나간 것

6월의 부채는 - 빌릴 수 없는 것

달리는 말 위에서 부채질 하는 것은 - 바람을 불어오게 하는 것

두꺼운 철판으로 파초선을 만들면 - 절대 움직이지 않는다.

마(麻)로 부채를 막고 거울에 비추면 - 흉측한 것을 가린다.

부채를 펼쳐 놓으면 - 점점 넘어진다.

낡은 부채로 얼굴을 때리면 - 아프지 않다.

손이 파초선을 닮고 발이 갈퀴 같으며 - 돈을 물 쓰듯 한다.

장비(張飛)가 거위 깃털 부채를 들면 - 공명을 흉내 내는 것

손오공이 파초선을 빌리는 것은 - 산 넘어 산

3월에 부채질 하면 - 얼굴 가득 봄바람이 불어온다.

머리를 부수고 부채로 때리는 것은 - 목숨을 거는 것

12월에 부채를 사는 사람은 - 적절한 때를 모르는 사람

　여기 소개한 부채와 관련된 헐후어는 일반 백성의 다채로운 생활을 반영하고, 그들의 희로애락과 통속적인 입맛을 잘 표현해 주고 있다. 표현은 간단하지만 그 뜻은 매우 깊다.

　부채는 버림받은 여인과도 자주 비교되곤 했는데, 부채의 아름다움은 종종 미인을 연상케 했다. 동한(東漢) 시대 조비연(趙飛燕)의 입궁으로 왕의 총애를 잃게 된 반첩여는 "재단해 합환선을 만드니, 둥글둥글한 것이 꼭 명월을 닮았네."라는 시를 읊었다. 당대 왕건(王建)은『조소령(調笑令)』에서 "단선아, 단선아. 미인의 병든 얼굴을 가리는 도다."라고 노래했다. 부채로 얼굴을 가리면 그 아름다움은 흩트리지 않고 오히려 모연한 아름다움을 더했다. 양하손(梁何遜)은『영선(詠扇)』에서 "바람을 일으키며 희고 고운 손을 집어넣고, 노래를 부르며 붉은 입술을 감춘다."라고 했다. 이 고시들은 모두 부채의 아름다움을 노래하고 부채와 미인을 한자리에 모으고 있다.

● 나는 당신을 몹시 그리워하고 있습니다.

　아름다운 사물은 언제나 잠시 뿐이라 더욱 아름답고 안타까운 것 같다. 아름다운 생화, 새벽이슬, 저녁놀 그리고 달빛처럼 말이다. 부채는 아름답기 때문에 더 많이 슬펐다. 날이 시원해지면 부채는 사람들에게서 잊혀지고 멀어져 갔다. 원량인(元梁寅)의 시『옥계원(玉階怨)』에는 "단선이 버려지니 저녁 기운이 더욱 차가워지네."라는 구절이 나온다. 유대백(劉大白)은『추선시(秋扇詩)』에서 "한점 가을바람으로 얼마나 많은 부채들이 버려지는가."라고 한탄했다. 사실 사람 잡던 봉건예교 때문에 얼마나 많은 부녀자들이 고통을 당했는가!

　송대 시인 장염(張炎)은『진주령・도화선(珍珠令・桃花扇)』에서 다음과 같은 구절을 적었다. "도화선 아래로 노래 소리와 향기가 퍼지지만, 슬프도다. 꽃그늘 사이에 있음을 깨달을 뿐이네. 왜 돌아오지 않는가? 왜 이리 더디 오는가? 정원 가득 꽃잎이 이리저리 흩날려 다 치워야 하네. 기다려 보았자 그이의 무정함만 알게 되니, 떨어지는 꽃잎과 봄이 모두 다 지나가는 듯 하구나."

서한의 반첩여는 『원가행(怨歌行)』에서 "새 비단 한 폭이 눈처럼 곱고 희구나. 재단해 합환선을 만드니 둥글둥글한 것이 꼭 명월을 닮았네. 고운 님 소매 자락에 고이 넣어두니 흔들흔들 바람을 일으키는구나. 가을이 올까 두렵도다. 서늘한 바람에 더위가 물러가면, 바구니에 버려져 사랑 받지 못하겠네."라고 애절하게 노래했다. 짧은 시행 가운데 재능 있는 한 궁녀의 부채에 대한 찬사와 걱정 근심, 그리고 운명을 비탄하고 있는 그녀의 감정이 모두 잘 드러나고 있다.

부채는 또한 신분을 대신하기도 했다. 주 무왕 시대에는 신분의 높고 낮음을 나타낼 수 있도록 천자는 8폭, 제후는 6폭, 대부는 4폭, 선비는 2폭 등으로 부채의 크기를 엄격하게 규정했다. 이를 통해 부채가 의장의 용도로 사용되었고 사람들은 자기 분수에 맞게 부채를 사용했음을 알 수 있다. 한당 시대에서 명청 시대까지 무릇 황제, 황후와 귀족들은 그들이 거주하는 곳, 머무는 곳, 그리고 거니는 장소에 항상 쌍을 이루는 많은 의장 부채를 배치해 그들의 높은 사회적 신분을 과시했다. 신분의 귀천, 관직의 높이 등을 그 사람이 들고 있는 부채를 보고 판단해낼 수 있었다. 소리 없는 부채가 엄격하고 분명한 부채 언어를 만들어 낸 것이다.

고대 관료들은 크고 작은 회의장에 나아갈 때 반드시 손에 부채를 들고 있어야 했다. 당시 부채는 고상함과 저속함, 그리고 부채 주인의 신분과 지위를 결정해 주는 중요한 도구였던 것이다. 고대 사람들에게 부채는 바로 오늘날의 명함과 같은 역할을 했고, 우리가 잠시도 우리 몸에서 떼어놓지 않는 핸드폰과 같은 존재였다.

　　서한의 승상 소하(蕭何)에서 명대 천재 당백호, 축지산에 이르기까지, 역사 기록에서, 그리고 무대에서 그들은 모두 부채를 흔들며 자신의 품격을 만방에 드러냈다. 『수호전』제16회에서는 "농부의 마음도 함께 끓어오르는데 공자왕손(公子王孫)은 부채질만 하는구나."라는 구절이 나온다. 부채가 계층 간의 큰 격차로 표현된 것이다. 당나라 시인 백거이도 『소지이수(小池二首)』에서 "포규선을 들고 앉아 두세 편의 시를 읊노라."라는 시 구절을 짓기도 했다. 이러한 시들은 우리에게 다음과 같은 이야기를 전하고 싶어 하는 것 같다. 앉아서 포규선을 들고 노랫가락을 읊조리는 것이야말로 일반 백성들이 스스로 만족하며 즐거워하는 생활이 아니겠는가!

● 부채의 언어는 상징적이고 함축적이다.

부채추(墜)는 부채에 매단 일종의 장식물로 사랑과 우정을 상징한다. 扇은 散과 그 음이 같고 부채가 버려진 여자에 곧잘 비유되었기 때문에, 사랑하는 연인들 사이에서는 부채를 주고받는 것이 금기시되었다. 그러나 부채 그림이나 부채추는 사랑과 우정의 증표로 사용되기에 알맞았다. 부채 그림은 부채면 위에 그려진 그림을 통해 그 사랑을 전할 수 있었고, 부채추는 사랑과 그 사랑이 오래 지속됨을 상징했다. 『전등시화(剪燈詩話)』에는 "여자는 자금벽전(紫金碧甸)으로 만든 반지를 남자에게 주고, 남자는 수정으로 만든 두 마리 물고기 모양 부채추를 풀어 여자에게 주네."라는 구절이 나온다. 『홍루몽』 제28회에서 보옥은 소매에서 부채를 꺼내 옥으로 만든 부채추를 풀어 기관(琪官)에게 주며, "작은 물건이지만, 약식으로나마 이렇게 오늘의 우의를 기념하고 싶습니다."라고 말했다.

부채는 또한 독특한 능력을 갖추고 있었다. 고대 신화 전설 중에는 사람들이 부채에 신기한 능력을 부여해, 부채의 힘을 빌려 자신들의 이상을 실현하는 이야기가 자주 등장한다. 취팔선(醉八仙) 중의 한 사람이었던 한종리(漢鍾離)는 무한한 마력을 지닌 부채를 한시도 손에서 놓지 않았다. 삼척동자도 다 아는 미치광이 제공 화상경(和尙更)은 부서진 파초선으로 얼마나 많은 인간 세상의 불평등을 제거하며 선량한 백성들을 위로했는가! 『봉신방(封神榜)』 제80회 '양임(楊任)이 산에서 내려와 탐관오리를 쳐부수다'에서는 한 자루 오화신염선(五火神焰扇) 외에 다른 술수는 등장하지 않는다. 이 부채 하나로 사람들과 신들이 모두 잿더미로 변해버렸으니 그 힘이 얼마나 대단했겠는가! 『서유기』 '손오공이 파초선을 세 번 빌리러 가다' 편에서는 무려 72번의 변신술을 펼치며, 제천대성 손오공이 철선공주에게 가서 부채를 빌려 화염산의 큰 불을 끄려 하는 장면이 나온다. 게다가 첫 번째와 두 번째에는

빌리는 데 실패하기까지 했다. 손오공이 이처럼 부채 하나에 목숨을 걸고 위험을 무릅썼던 것을 보니 그 파초선의 위력이 실로 대단했던 모양이다.

인류의 언어는 매우 분명하고 인간 세상의 그 어느 것 하나도 빠뜨리지 않는다. 부채 언어는 그 함축적인 의미와 상징으로 우리를 풍부한 이상의 공간으로 안내한다. 부채 언어는 마치 자갈돌과 같이 세월의 풍파에 침식되고 깎여서 둥글고 아름다운 모습으로 변화됐다. 부채 언어는 한 조각 비취처럼 부채 문화의 거대한 사전 위에 아로새겨져 눈부시게 아름다운 광채를 쏟아내고 있다.

炎涼
爭佳人重感慨

6 소형 조각예술품, 부채

정교한 비단이 귀한 동하,

아리따운 미녀가 오 제위에 나왔구나.

마름한 모양이 백옥벽같고, 바느질한 것이 밝은 달처럼 둥글구나.

표면엔 칠보가 새겨져 있고,

가운데엔 진귀한 무소뿔을 품고 있도다.

경산 나무를 그려 넣고, 강가 낙신을 새겼네.

중국 부채문화는 심오한 문화적 의미를 내포하며 중국 문화의 유기적 구성 요소로 자리매김했고, 대나무 문화와 불교문화와도 밀접한 관계를 맺고 있다. 이러한 부채문화로 말미암아 중국은 부채의 왕국으로 불리기도 한다. 부채의 주요 재료로는 대, 나무, 상아, 대모(玳瑁, 거북의 한 종류), 비취(이러한 재료들은 조각하기에 매우 적합하다), 조류의 날개, 기타 종려나무, 빈랑나무 잎사귀, 밀짚, 파초 등이 있는데, 이들을 이용해 아름다운 자태를 뽐내는 여러 종류의 예술부채를 만들어 낼 수 있다. 이렇게 수려하고 정교한 부채는 다시 숙련된 장인들의 조각하고, 태우고, 뚫는 작업을 통해, 또는 명필 화가가 발묵해 그려 넣은 서화 덕분에 그 예술적 가치가 더욱 높아지고 괄목할 만한 우수한 명작으로 다시 태어났다.

부채와 조각예술에 관한 이야기를 하기에 앞서, 먼저 3천 년 전 탄생한 중국 소형공예에 대해 미리 살펴보는 것이 좋을 것 같다. 1977년 가을, 섬서(陝西) 기산현(岐山縣) 경당공사(京當公社) 풍추(風雛) 마을에서 발굴된 서주(西周) 시대 건축물 유적지에서는 다량의 갑골이 출토되었다. 그 중 백여 개의 갑골에는 거미줄 같이 미세한 글씨들이 새겨져 있었는데, 모두 점괘를 기록한 갑골문이었다. 그 크기가 1밀리미터도 채 되지 않아 육안으로는 잘 구별해 낼 수가 없었다. 특히 한 갑골 조각은 단춧구멍 크기만한 껍데기에 30개가 넘는 글자가 미세하게 조각되어 있었는데, 글자를 조각한 곳의 면적이 갑골의 1/2도 채 되지 않았다. 정말 놀라웠다. 아마 이것이 현존하는 가장 오래된 미세 조각 작품일 것이다.

대나무 조각은 당나라 때 시작되었다. 하지만 당송 이전부터 각종 문헌에는 소형 조각을 했다는 기록이 간간이 발견되었다. 원명 시기부터 정밀 조각 부채들이 선을 보이기 시작했다. 장약애(張若靄)가 편제

한 『연운보급성선목록(烟雲寶笈成扇目錄)』
에는 궁중에서 보관하던 명대 접선 3백
개를 언급한 내용이 나오는데, 그 중에는
종려죽을 투각(透刻)한 부채 6개와 부챗
살에 조각을 새긴 2개의 부채도 포함되어
있었다. 대나무 조각의 절묘한 예술은 청
대에까지 널리 계승 발전되었다. 가정(嘉
定), 주악(周鍔), 귀안(歸安) 한조(韓潮) 등
이 뛰어난 대나무 조각가로 이름을 날렸
다. 명나라 어겸(於謙) 이후 청말(淸末) 양
주(揚州) 어석(於碩)의 부챗살 조각은 이전
누구의 작품과도 견줄 수 없을 만큼 훌륭
했다. 그는 손가락 굵기만한 부챗살에 30
행의 글자를 새겨 넣었는데, 글자가 너무

● 소주(蘇州) 단향(檀香)
부채 공방의 단향선(檀香扇)

작아서 그 글자 크기로 한 치(약 3cm)의 너비를 채운다면, 만 자도 능히
다 적어 넣을 수 있을 것 같았다. 또한 모든 글씨가 고르고 조금의 흠도
없으며, 20배 확대경으로 들여다보아야 글자들을 분명하게 분별할 수
있을 정도였다. 그는 상아 조각에도 조예가 깊어 많은 국내외 명사들이
앞 다투어 그의 작품을 소장하려 하고 있다.

이처럼 부채 조각은 부채 그림보다 늦게 탄생했지만, 또한 대나무
조각예술을 계승한 것이기도 해서, 대나무 조각예술과 함께 발전에 발
전을 거듭하며, 서로의 특색을 잘 살려 독특한 광채를 나타내고 있다.

부채는 부채면과 부챗살로 이루어져 있다. 옛날 사람들은 부챗살을
단순히 부채면을 고정하고 지탱해 주는 것으로만 보지 않았다. 고대
조각의 대가들은 조그마한 부챗살 위에 거대한 문장을 새겨 넣어 예술

적 가치를 높였고, 부채면의 서화와 조화를 이루어 상승효과를 내게
했다. 결국 누가 주인공이고 누가 들러리인지 모를 정도로 발전했다.
심미안적 관점에서 볼 때, 부채 조각은 그 자체가 이미 독립적인 공예
미술 분야이며, 부채의 미학적 의의를 더욱 풍성하게 만들어, 부채가

● 《산각청람도(山閣青晴嵐圖)》

가지는 전형적인 운치를 더하고 그 예술적 품위를 높이고 있다. 작은 부채가 더 아름다워지고, 아무리 보아도 싫증나지 않는 명품으로 발전한 것이다.

부채의 역사는 우선(羽扇), 환선(紈扇)을 거쳐 접선(折扇)으로 계속 발전했다. 그러나 접선의 부챗살은 우선이나 환선, 그리고 다른 종류 부채들의 손잡이와 비교할 때 더 풍부한 미학적인 의미를 지니고 있었다. 접선은 부챗살 수, 형태, 재질, 장식 및 조각 공예의 차이에 따라 그 종류가 천차만별이며, 부채면과 그 위에 그려진 서화와 결합해 더 많은 부채의 종류들을 만들어 냈다. 따라서 종종 부채 조각 예술이 곧 접선 조각 예술로 통하기도 한다. 유명한 단향선(檀香扇), 상아선(象牙扇) 역시 넓은 의미에서 나무와 상아로 제작된 부챗살에 조각을 새겨 만든 접선에 불과하다.

부챗살 조각 예술에는 조각, 꽃 장식, 탕화(燙花, 달군 쇠로 부챗살이나 목제 가구 따위에 무늬를 새기는 것), 상감 등의 기법들이 있는데, 그 중 '조각 기법'이 부챗살 조각 장식에서 가장 많이 이용되어 왔고, 가장 중요한 기법으로 여겨진다. 부채의 커다란 양 부챗살 위에 서화를 조각할 수도 있고, 또 그 조각을 양각(陽刻)이나 음각(陰刻)의 기법을 사용해 표현할 수도 있다. 사지(沙地)나 평지(平地) 기법으로 조각하기도 하고, 유청(留靑)이나 첩황(貼黃)의 기법을 사용하기도 한다. 투각 기법을 사용한 조각도 있다. 그리고 도안하는 사람과 조각하는 사람이 다를 수도 있다. 이렇게 복잡하고 다양한 기법들을 지면 관계상 일일이 다 설명할 수는 없을 것 같다.

고대 부채의 아름다움과 가치를 감상하려면, 종종 서화의 품격을 감상할 줄 알아야 하며, 부챗살에 조각된 기법과 내용을 볼 줄 알아야 한다. 또한 부채에 새겨진 조각이 누구의 작품인지도 분별해 낼 수 있어야 한다. 따라서 부채를 감상하는 것 역시 일종의 예술 행위라 할 수 있다. 부채 조각 기법은 크게 음각(陰刻)과 양각(陽刻)으로 나눌 수 있다. 음각은 도장을 찍었을 때 종이에 글자가 흰색으로 찍히게 하는 방법과 같고, 양각은 글자가 붉은색으로 찍혀 나오게 하는 방법과 유사하다. 음각은 칼을 사용하는 기술이 중요하고, 양각은 도안을 구성하는 작업이 중요하다. 음각은 단도(單刀), 쌍도(雙刀) 기법으로 구분되고, 단도는 다시 심각(深刻, 깊게 조각)과 천각(淺刻, 얕게 조각)으로 나뉜다. 언제 심각을 쓰고 언제 천각을 사용할지는 당시의 사회적 풍조와 관련이 있다. 명청 시기에는 천각이 유행했지만, 민국 이후에는 심각이 더 많이 사용되었다. 청대 후기 작가 마근선(馬根仙)은 심각과 천각 두 가지 기법 모두에 능했다고 한다. 또한 선형 조각 외에도 칼로 파거나 긁어내 입체적인 효과를 주기도 했다. 민국 초기 북경 장즈위(張志魚)의 양문쌍도심각(陽文雙刀深刻) 기법은 한 시대를 풍미했으며, 같은 시기 다른 유명한 작가 바이둬치(白鐸齋) 역시 양문심각(陽文深刻) 기법으로 칼의 깊이를 살짝만 주어, 부챗살 위에 미세한 해서체로 『반야바라밀다심경』 한 편을 조각했다. 모두 당시에 아주 유명한 공예품들이었다.

양각은 다시 사지(沙地)와 평지(平地)로 나뉜다. 사지는 '사지유청(沙地留靑)'이라고도 불린다. 유청(留靑)은 볼록하게 튀어나온 양각 무늬에 대나무 껍질을 남기는 기법을 말한다. 사지(沙地)는 대나무 껍질

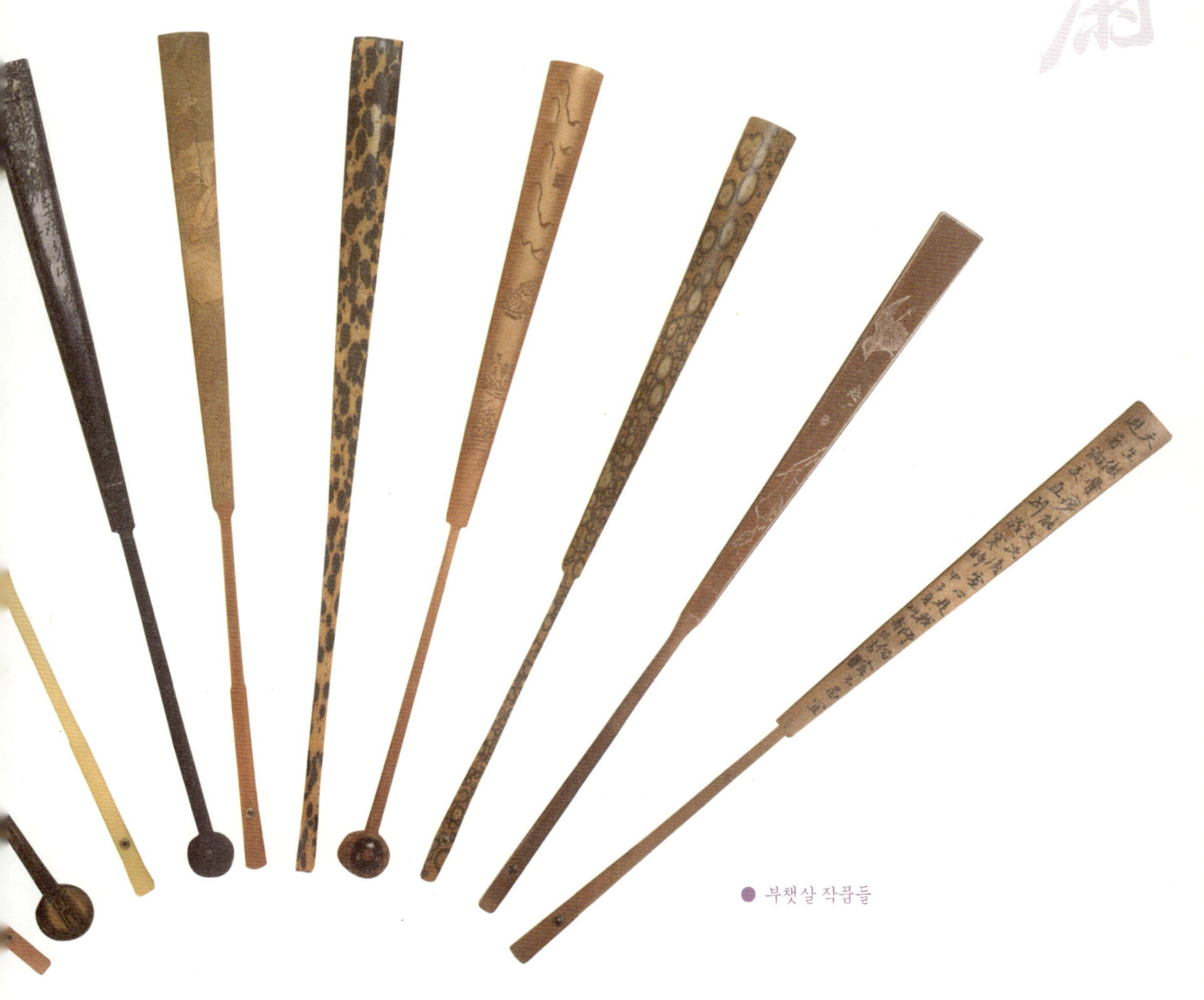

● 부챗살 작품들

을 제외한 부분에 특수한 칼을 사용하여 촘촘하게 작은 점들을 찍어내
는 수법을 가리키는데, 그 모양이 마치 해변의 백사장과 같아서 사지
(沙地)라는 이름으로 불리는 것이다. 평지는 바탕을 모두 평평하게 밀
어 버리는 기법을 말한다. 사지는 보기에 아름답고 또 조각하기에 힘이
들지도 않는다. 반면에 평지는 시간과 노력을 많이 들여야 하기 때문에
그 가치가 당연히 사지보다 높다. 대나무와 상아에 조각하는 것은 분명

청전(靑田, 중국 절강성 청전현에서 산출되는 납석)이나 수산(壽山, 중국 복건성 인후현 수산에서 나는 옥의 일종)과 같은 도장을 파는 돌에 조각하는 것보다 훨씬 어려운 작업임이 틀림없다. 그러나 조각가들에게는 자신들만의 비법이 있었다. 조각가들은 종종 조각칼을 개량하고 네모난 칼을 둥근 형태로 변형하거나, 조각하기 전에 특수한 약품에 재료를 담가 두어 부드럽게 처리한 후 솜씨 좋게 작업을 마무리했다. 부채의 기법은 변화무쌍했지만, 절대 그 기본에서 벗어나지는 않았다. 기법은 조각의 내용을 완성하는 수단에 불과하다. 따라서 조각하려는 내용에 따라 그 수법이 선택되고 사용되는 것이다.

● 명대(明代) 성무엽(盛茂燁)이 그린 《춘야연도리원도(春夜宴桃李園圖)》

부챗살 조각의 주제는 크게 세 가지로 구분된다. 도안(圖案), 서화(書畵), 금석문자(金石文字)가 그것이다. 부챗살 도안은 자수나 도기에 그려지는 도안과 비슷하지만, 그 주제와 내용면에서 조금 더 단순하다. 왜냐하면 부채는 조각할 수 있는 공간이 너무 협소해서 자기의 생각을

다 표현하기가 무척 어렵기 때문이다. 그래서 부챗살 중 대부분의 작품들이 백수(白壽, 여러 글자체의 '壽' 자로 '壽'를 크게 만드는 것), 백두(百頭) 동물, 뭉게구름, 박쥐, 팔보석(八寶石), 팔보길상(八寶吉祥), 보상화(寶相花, 불교에서 이상화한 꽃), 일간팔선(日看八仙), 만자(萬字), 회문(回紋, 어느 방향에서 보아도 모양이 같은 무늬) 등에 국한되어 창작되었다. 그러나 이러한 주제로 적지 않은 수작들을 만들어냈다.

도안, 서화 그리고 금석문자 중 서화가 최고로 여겨졌으며, 부채 조각이 훌륭한 예술 분야로 성장하는 데 중요한 척도로 작용했다. 부채 서화 조각에는 세 가지 기법이 있다.

첫째, 고대 서예 작품을 부챗살에 옮겨 밑그림으로 사용한 것이다. 이 방법은 상당히 숙련된 솜씨를 필요로 했는데 왜냐하면 협소한 부챗살 때문이었다. 원래의 작품과 그 규격이 맞지 않아서 조각가가 알아서 그 크기를 맞추고 다시 한번 창작해 내는 과정을 거쳐야 했다. 이 과정에서 명장과 일반인의 솜씨가 크게 구분됐던 것이다.

두 번째 기법은 전문 서화가가 부챗살에 밑그림을 그리고 나서 조각가가 그 그림을 새기는 방법이다. 두 사람의 전문 작가가 서로 연합해서 작품을 만들기 때문에 좋은 수작이 많이 나올 수 있었다. 장정제(張廷濟)와 장수지(張受之)가 함께 만든 서예 부채 조각, 임웅(任熊)과 채조(蔡照)가 만든 화훼·산수·인물 부채 조각, 왕쿤(汪琨), 장스위안(張石園) 등과 린제허우(林介侯)가 만든 산수 부채 조각, 탕윈(唐雲)과 쉬쑤바이(徐素白)가 만든 화조 부채 조각 등 그 수를 다 헤아리기 어렵다. 모두 출중한 대가들의 손을 거쳐 심오한 예술적 경지에 이른 작품들이다.

세 번째는 한 작가가 조각과 서화를 모두 담당하는 경우이다. 이렇게 다재다능한 작가는 사실 극히 드물었다. 좋은 구상을 손으로 옮겨 부챗살 위에 조각하거나 직접 밑그림을 창작하고 조각해 혼연일체를

이루었다. 청대 양롱석(楊聾石), 조지겸(趙之謙) 그리고 현대의 가오스
슝(高式熊), 궈란칭(郭蘭慶) 등이 바로 이러한 천재 작가들이다. 조각과
서화 예술의 수준이 모두 일정한 수준에 달하지 못하면, 비록 두 가지
재능을 모두 가지고 있다 해도 좋은 작품을 만들어내기가 어려웠다.
조각 기술이 좋으나 서화 예술 수준이 약간 못 미친다면 그 작품은 조
예가 깊을 수 없다. 또 서화 예술 수준이 독보적인 경지에 이르렀다 해
도 조각 기술이 이를 뒷받침해 주지 못하면, 역시 충분한 실력을 제대
로 발휘할 수 없을 것이다. 두 가지 모두를 갖추긴 힘이 드니 정말 유
감이다.

● 청대 화가 추길(鄒喆)의
《숭산소사도(崇山蕭寺圖)》

　　대가가 손을 댄 작품은 보면 금방 알 수 있다. 부채 조각은 원대에
시작되어 명청 시기에 성행했다. 중국의 부채 조각 예술은 부채 조각
명인들에 의해 이루어졌다 해도 과언이 아닐 것이다. 명대 성화(成化),
홍치(弘治) 시기에는 몇몇 강남의 대가들이 그 이름을 드높였다. 남경
의 이소(李昭), 이찬(李贊), 장성(蔣誠), 그리고 소주의 방(方)씨 명인들

은 모두 부챗살 제작과 조각으로 명성을 날렸다. 이후 복중겸(濮仲謙) 이 그 재능을 발휘하며 수마죽각(水磨竹刻)을 처음으로 제작했다. 그의 대나무살 부채는 현재 천진시 예술박물관에 보관되어 있다.

첫 번째 부채는 부챗살의 너비가 2센티미터 쯤 되고, 길이는 31센티미터가량 된다. 둥근 형태로 제작되었고, 그 개수는 모두 16개이다. 큰 부챗살에는 "눈 덮인 산중에는 은자가 누워있고, 달 밝은 숲 아래로 미인이 다가오네."라는 칠언시가 쓰여 있고, 나머지 큰 부챗살에는 매화 한 가지가 조각되어 있다. 그리고 '임술년 추석 중겸 제작'이라는 서명과 '가등(可登)'이라는 호가 새겨진 낙관이 찍혀있다. 조각 기법은 모두 음각(천각)을 이용했다.

두 번째 부채는 부챗살의 너비가 역시 2센티미터쯤 되고, 길이는 32.3센티미터이며, 모두 16개의 부챗살로 이루어져 있다. 큰 부챗살에는 수선화 한 떨기가 새겨져 있고 그 위에 "명월이 계단 아래로 얇게 퍼지니, 수많은 향기가 살며시 스며드네."라는 두 구절의 시가 적혀있다. 나머지 큰 부챗살에는 난초꽃이 한 떨기 새겨져 있고, '임술년 8월 중겸 제작' 서명과 '가등' 낙관이 찍혀있다. 역시 음각을 사용해 조각했다.

복중겸과 함께 그 명성을 날렸던 남경의 이약(李躍)은 대나무에 화초를 조각하는 작가로 유명하다. 그가 조각한 화초에서는 영롱한 운치가 배어 나온다. 장성은 장삼(蔣三)으로도 불렸는데, 그가 조각한 부챗살이 백은(白銀) 4냥에 거래됐다고 전해진다. 이 가격은 당시 정 9품 관직의 한 달 녹봉에 맞먹는 수준이었다고 하니 과연 선요(扇妖, 부채 귀신)라 할 만하다.

청대 초기 부채 조각은 강희(康熙) 시대의 주호(周顥)가 가장 유명했다. 그는 조각과 서화에 모두 능했다. 대나무에 조각한 붓놀림이 칼처럼 날카로웠고, 명암을 잘 표현했다. 자가 동강(桐崗), 호는 동(桐)이었던 절강(浙江) 신창(新昌)의 반서봉(潘西鳳)은 건륭(乾隆) 시기의 조각가였다. 그는 정판교와 함께 화초를 주제로 하여 부채 끝에 그림과 조각을 새겨 넣기도 했다. 민국 시대 장스위안(張適園)은 상비(湘妃) 부채 하나를 소장하고 있었는데, 대나무로 만든 부채 위에 매화 두 가지를 비스듬하게 그리고 시 한 수를 함께 적은 부채였다. 바로 반서봉이 조각하고 '노동(老桐)'이라 서명한 작품이었다. 정판교는 때때로 자기가 직접 칼로 부챗살을 조각하기도 했지만, 그의 조각 실력은 서화의 수준에 훨씬 미치지 못했다. 유명한 화가 해강(奚岡) 역시 부챗살 조각에 능했다. 건륭 52년에 그가 조각한 대나무 부채는 장쉐량(張學良)이 소장해, 1994년 소더비경매장에서 46,000 대만폐로 매각됐다.

청대 후기 마지막 부채 조각 대가는 아마 조주(潮州)의 귀안(歸安) 한조(韓潮)일 것이다. 그는 대나무살에 정밀한 조각을 새기기로 유명했는데, 대나무살 위에 자유자재로 수백 개의 글자를 새길 수 있었다. 해서(楷書)나 행서(行書)로 고대 금석문자를 본뜨기로도 유명했다. 그는 또한 심각과 천각을 서로 결합시켜 음각으로 산수·인물·동물 등의 작품을 남기기도 했다.

1930년대, 중국 북경에는 다시 한번 부채 조각의 대가들이 등장했다. 장즈위(張之魚)는 대나무 조각과 서화 도장에 뛰어나, 40여 년 동안 8천여 개의 부채를 조각했다. 그의 솜씨는 이미 신의 경지에 이르렀다. 그는 북평예술원(北平藝術院)에 초빙되어 대나무 조각과 도장 기술 교수로도 역임했으며, 『각죽치인무사자통(刻竹治印無師自通)』, 『선골탁집(扇骨拓集)』, 『기사암인포(寄斯庵印譜)』등을 저술했다.

1960년대에는 소주 부채 공방에서 여성용 단향(檀香) 부채를 제작했다. 부채를 보기 좋고 가볍게 하기 위해서 장인들은 얇은 부채면 위

에 손으로 공기를 투과시켜 꽃무늬 도안을 그려 넣었는데, 그 선이 매우 부드럽고 아름다웠다. 거기에 단향 천연의 향기를 더해 선존향재(扇存香在, 부채에 향기가 있다)라는 아름다운 별명을 갖게 됐다. 이러한 여성용 단향 부채는 부챗살 위에서만 이루어졌던 과거 부채 조각 예술의 한계를 부수는 새로운 조각 예술로 평가됐다.

1980년대 초반 소주 부채 공방은 소형 부채 세 개를 세상에 선보여 부채 예술의 고목에 또다시 새싹을 틔웠다. 이 세 부채는 크기가 겨우 성냥갑만한데, 한 부채에는 《천녀산화도(天女散花圖)》를 탕화 기법으로 그려 넣었고, 또 한 부채에는 당시 삼백 수를 새겨 넣었다. 그리고 마지막 부채에는 《호구춘경(虎丘春景)》을 조각했다. 세 부채 모두 그 기술이 정교하여 부채 중의 명품으로 불릴 만했다.

● 아름다운 소주(蘇州) 소형 부채. 16개의 부챗살로 이루어져 있으며 총 길이가 40센티미터이다. 아주 협소한 부채 면 위에 당시 삼백 수가 새겨져 있는데, 총 글자 수가 14,000여 자이고 인장이 308개나 찍혀져 있다.

부채 조각의 역사는 천 년이 채 되지 않지만 무수히 많은 명작들이 대가들에 의해 창작되었다. 아름다운 작품들은 마치 세월의 긴 강물 위에 뿌려진 수많은 진주처럼, 반짝반짝 그 빛을 발하고 있다. 조각칼은 부챗살 위에서 활주하고, 부채는 조각칼 아래에서 춤을 춘다. 부채 조각과 부채에 그려진 서화는 서로를 도우며 각자의 장점을 한층 더 빛나게 해, 마침내 중국 부채문화의 쌍벽을 이루게 됐다.

7 부채와 노래, 춤

귀밑머리 구름이 비스듬히 온 산을 붉게 물들이고,
봄은 한층 옅은 향기와 뒤섞이네.
부채를 들고 커튼이 드리운 창문을 나서니,
마음은 날아가는 벌레를 잡을 듯 하구나.
부드러운 고사리는 선반 아래로 무성하고,
가느다란 손짓으로 금종을 당기네.
고단한 노랫가락은 동풍에 박자를 맞추는 듯 하고,
근심은 떨어지는 꽃잎 속에 쌓여 있도다.

부채가 사람에 비유될 수 있다면, 그 심신의 기쁨을 표현해 내는 방식은 바로 노래와 춤이 될 것이다. 부채에 그려진 서화와 조각이 평면적인 예술이었다면, 부채를 이용한 노래와 춤은 바로 입체적인 영혼의 예술이었다. 부채는 노래와 춤을 통해 생동감 넘치는 기운을 발산해 냈고, 노래와 춤은 부채를 이용해 그 감정을 전달할 수 있었다.

『송서・악지(宋書・樂知)』에는 "노래는 원래 악(樂)의 시작이다. 노래를 부르다 흥이 나면, 손과 발을 놀리면서 춤을 추게 된다. 즉 무용이 노래 다음인 것이다. 노래하며 춤을 추면 그 기쁨에 흥이 나게 되는데, 이 때 박자가 없으면 넘치는 기운을 막을 수가 없다. 그래서 사람들은 오성(五聲, 궁(宮)・상(商)・각(角)・치(緻)・우(羽)의 다섯 음을 뜻함)과 팔음(八音, 금(金)・석(石)・사(絲)・죽(竹)・포(匏)・토(土)・혁(革)・목(木)의 여덟 가지 악기와 그 소리를 뜻함)으로 그 기운을 다스렸으니, 이를 소위 악(樂)이라 한다. 악은 낡은 풍습과 습관을 교정하고 편안하고 바른 몸과 마음을 갖는 데 도움을 준다."라는 말이 나온다. 이를 볼 때 고대에는 가(歌)・무(舞)・악(樂)이 삼위일체를 이루며 서로 잘 통했던 것 같다. 사람들은 희로애락을 노래와 춤, 음악으로 나타냈다. 그리고 이 때에는 반드시 부채 하나를 집어 들고서 흥을 돋우었다.

부채는 노래, 무용, 음악 중에서 없어서는 안 되는 중요한 도구였다. 진대(晉代) 오가잡곡(吳歌雜曲)에 보면 "처음에는 노래로 시작하고 이어서 관악기로 음악을 연주한다. 관악과 금석의 음악에 맞추어 또다시 노래가 선택된다."라는 말이 있다. 이 말은 먼저 선창하며 악기를 연주하고, 다시 그 격률에 따라 가사를 지었음을 의미한다. 예술의 표현 방식이 점점 다양해지면서 사람들은 복잡하고 미묘한 감정을 더욱 정교하고 세밀한 방법으로 표현할 수 있게 되었다. 진대 중서령(中書令) 왕민(王珉)은 백단선을 손에 들고 『단선가』 노래로 시녀와의 정을 표현했다. 사람들은 이 작품을 시가(詩歌) 문학으로 알고 있지만, 사실은 가사와 곡이 있는 사랑 노래였다. 그가 사랑했던 노비는 노래 부르기를 좋아했다고 한다. 그녀는 먼저 "백단선아, 슬퍼서 눈물을 흘리는 것을 우리 서방님이 보시겠네."라고 선창하고, 다시 "백단선아, 네 얼굴이 초췌하기가 오랜 나그네보다 못하다. 우리 서방님을 만나기가 부끄럽구나."라고 노래했을 것이다. 울고 하소연하며 노래하는 가운데 그 감정이 더욱 복받쳐 올라왔을 것이다. 그리고 함께 노래하던 이민 역시 틀림없이 눈물로 그 앞을 가렸을 것이다.

통속적인 당시 사랑 노래가 요즘 젊은이들이 즐겨 부르는 유행가 가사와 별반 다르지 않다. 이런 노래는 이미 오래전 진나라 시대부터 끊임없이 우리 귓가를 맴돌고 있었던 것이다.

● 청대 화가 우지정(禹之鼎)의 《교원지삼호도(喬元之三好圖)》. 왼쪽 세 명의 여악사(女樂士)가 피리를 불며 노래하고 있는데, 그 중 노래하는 악사 손에 부채가 들려 있다.

『단선가』는 부채를 주제로 한 한 편의 사랑 노래였다. 이 노래는 당나라 무즉천(武則天) 시대에 악보에 수록되기도 했는데, 아쉽게도 지금은 가사만 전해질 뿐 악보는 전해지지 않는다. 『단선가』와 같은 애정 노래로는 왕희지의 아들 왕헌지와 그의 첩 도엽이 부른 『도엽가(桃葉歌)』, 『답왕단선가(答王團扇歌)』등도 유명하다. 파도가 반짝거리는 진회(秦淮) 강둑에 앉아 왕헌지와 도엽은 선창하고 화답하며 서로의 사랑을 부채로 전달했다. 너무나 아름다운 광경이 펼쳐지지 않았겠는가.

근대에 접어들면서 중국 화북 지역과 동북 지역 민간에는 화선면조(畫扇面調)가 유행했다. 한 절이 다섯 구로 이루어져 있고 계속 반복해서 부르는 노래이다. 『화선면(畫扇面)』은 아녀자 백준영(白俊英)이 더운 여름날 서화 부채에 그려진 풍경을 노래한 것이다. 백준영은 부채에 그

● 북방인들은 춤추고 노래할 때 부채를 중요한 도구로 사용한다.

려진 각종 풍경, 희곡 고사, 충효절의 등을 즐겁고 유쾌한 곡조로 노래하며, 그 대상과 자신의 마음이 혼연일체가 되는 기쁨을 표현했다. 호북(湖北) 민간 노래인 『십파선자(十把扇子)』 역시 생활의 정취를 반복적으로 노래한 것으로 깊은 인상을 남긴다.

부채를 노래하고 또 노래하고, 노래가 있는 곳에는 반드시 부채가 있었다. 고대 사람들은 노래를 부를 때 종종 부채의 도움을 받았다. 부채가 무슨 도움을 주었을까? 얼굴을 가리고, 은근한 자태를 감추고, 입술과 소리를 막는 데 도움을 준 것이다. 다음의 고시(古詩)들을 한번 살펴보자.

"부채 가운데 오만한 얼굴이 나타나고,
곡조 가운데 밝은 봄기운이 연주되네."
"부채를 들어 노래를 부른다."
"노래는 아직도 단선 뒤에서 들려오네."
"꾀꼬리 노래 소리가 단선 뒤로 들려온다."
"얇은 비단으로 어찌 그 소리를 막을 수 있으리오?"
"노래 소리가 부채 뒤에서 교태를 부린다.
"웃음을 감추며 부채에 기대네."
"곡을 읊조리며 붉은 입술을 감춘다."
"자태를 감추며 부채를 노래하네."
"노래의 기복을 가린다."
"서화 부채로 부끄러움을 가리네."
"부끄러워 얼굴을 가리고, 교태가 가득하나 소리는 없구나."

작은 부채에서 이렇게 오묘한 효과가 발휘될 줄 누가 알았겠는가?

공상임(孔尚任)의 『도화선』에서는 얼굴을 가리는 부채의 기능이 더없이 아름답게 표현됐다. 진회(秦淮)의 가희(歌姬) 이향군(李香君)은 강제로 입궁해 『연자전』을 공연하게 됐는데, 그녀의 부끄러워하는 모습이 홍광(弘光) 황제 눈에는 너무나 요염해 보였다. 그래서 황제는 "기녀에게 궁궐의 도화(桃花) 부채를 주어 그 요염한 모습을 가리게 하라."고 명했다. 사실 부끄러워 얼굴을 부채로 가리는 것은 지금도 흔히 볼 수 있는 장면이다. 부끄러움은 인간의 본능이기 때문에, 사람이 부끄러움을 느낄 때마다 부채는 그 능력을 여실히 발휘할 수 있었다.

부채 노래가 오래 전부터 존재해왔다면, 부채 무용 역시 오래 전부터 흔히 볼 수 있었다.

부채 무용은 중국 한당(漢唐) 시대에 등장했다. 한대 『파유무녀무(巴渝舞女舞)』와 당대 『예상우의무(霓裳羽衣舞)』를 보면, 연주를 시작할 때 박자 판을 두드리고 은쟁(箏)을 천천히 치면, 아름다운 여인들이 경쾌한 노래에 맞춰 우아한 춤을 추며 나와 유연하고 고상한 운치를 자아내는데, 그 모습이 너무나 황홀했다고 적혀있다.

원대에는 송대와 마찬가지로 음악과 춤에 관한 제도가 확립되어 있었다. '수성대(壽星隊)'라 불리던 악대는 황제의 생일을 축하하는 '천수성절(天壽聖節)' 의식에서 공연하던 전문 악대였다. 그 중 제 9 악대는 머리에 옥관을 쓰고 비취 비녀 장식을 한 30명의 여성으로 구성되어 있었고, 여성들은 금박을 입힌 넓은 소매의 옷을 입고 어깨에 옥패를 단 채 손에 부채를 들고 춤을 췄다고 한다. 이 때 음악과 무용이 서로 조화를 이루었다고 전해진다.

청대에 이르러 의식 제도가 크게 정비되었다. 궁중 예인들의 공연

프로그램 중에는 마지막을 장식하던 변방 지역 음악과 무용도 포함되어 있었다. 그 중 안남국악(安南國樂)에서는 무용을 맡은 네 사람이 머리에 두건을 쓰고 망포 위에 노란 리본을 달고 채색 부채로 춤을 췄다. 고대 부채 무용은 고분 벽화 중에도 등장한다. 감숙(甘肅) 주천(酒泉)의

● 청대 화가 임훈(任薰)의
《화조도(花鳥圖)》

16국 시대 분묘 벽화 《연거행악도(燕居行樂圖)》 중에도 악대 앞에서 춤을 추고 있는 두 명의 무희가 그려져 있다. 한 명은 양 손에 단문선(單門扇)을 들고 아래위로 오르내리며 유연하게 춤을 추고 있고, 또 다른 한 명은 박수로 박자를 맞추며 사뿐 사뿐 뛰어오르고 있다. 아름다운 부채와 춤이 생동감 있게 표현되었다. 원대에서 청대에 이르기까지,

● 여동(女童)이 부채춤을 춘다.

궁중의 화려한 의식과 연회에는 부채를 사용한 여성 군무가 절대 빠지지 않았다. 부채 무용은 황제의 위엄과 즐거운 분위기를 드높이는 중요한 요소였기 때문이다.

현대에 접어들면서 부채를 사용한 무용 작품들이 셀 수 없을 정도로 많이 제작되었다. 중국과 대만에서 유행하고 있는 《채차박접(採茶撲蝶)》, 《모리화(茉莉花)》 등은 모두 부채 무용의 아름다운 운치를 잘 보여주는 작품들이다. 특히 무용가 천아이렌(陳愛蓮)이 주연한 《춘강화월야(春江花月夜)》는 부채 응용에 심혈을 기울인 수작이다. 몽롱한 광채와 구성진 비파 반주 소리 가운데 와어(臥魚, 누워있는 물고기) 자세에서 얌전한 모습을 한 십대 소녀 한 명이 서서히 등장한다. 소녀는 부채를 꺼내 흔들며 완만한 무용 동작을 보여주는데, 달빛 아래 춘강의 경치를 정교하게 표현해 냈다.

부채는 사람 덕분에 영혼을 가지게 되었고, 사람은 부채에 자신의 감정을 의탁할 수 있었다. 모두 무용을 통해서였다. 사람이 부채 속에 있고, 부채가 사람 가운데 있었다. 사람과 부채는 서로 융화되어 한 몸을 이루었다. 꽃이 필 때의 즐거움, 저녁 꾀꼬리가 비상하는 환희 등을 모두 부채를 통해 세밀하게 표현하고 전달했다. 당시(唐詩) 『춘강화월

야(春江花月夜)』가 눈앞에 펼쳐진 풍경의 아름다움을 노래한 것이라면, 부채춤 《춘강화월야(春江花月夜)》는 그 풍경 가운데 피어나는 즐거움을 표현한 것이다. 아름다운 곡조가 아직도 귓가에 은은하게 들려오는 것 같다. 울려 퍼지는 음악 소리 가운데 몽롱한 부채 그림자가 드리우고, 무대에서 펼쳐지는 춤사위가 또한 단아하고 아름다우니, 누가 오늘밤 나와 함께 나룻배를 타고 달빛이 떨어지는 누각을 찾아 가겠는가?

중국의 민간 무용 중에서도 부채는 없어서는 안 되는 중요한 도구였다. 무용에는 각양각색의 부채들이 모두 등장하지만, 일반적으로 접선 형식의 채색 부채가 가장 많이 사용되었다. 채색 부채는 그 모양이 눈부시게 아름다울 뿐만 아니라, 춤을 추기에도 편리했기 때문이다. 중국 북방 농촌 지역에서 유행하던 앙가(秧歌)는 각종 인물로 분장한 무용수들이 접선, 무늬 비단, 손수건 등을 들고 추던 춤이다. 하북(河北)의 창주락자(滄州落子), 하북 완현(完縣)을 중심으로 전해지는 평지교(平地蹺), 섬서(陝西)의 낙천노앙가(洛川老秧歌), 산서(山西)의 여량앙가(呂梁秧歌), 산서 원평(原平)과 정상(定襄) 일대의 풍앙가(風秧歌) 등은 모두 남녀 중 한 명이 부채를 들거나 남녀 모두 부채를 들고 추는 춤이다.

지역마다 약간의 차이는 존재한다. 도등(跳燈)이나 사등(耍燈)으로도 불리는 화등(花燈)은 사천(四川), 귀주(貴州), 운남(雲南) 지역에서 유행한 춤이다. 운남화등(雲南花燈)이 광장에서 공연될 때에는 일반적으로 남자 무용수는 채색 등을, 여자 무용수들은 꽃부채와 화등을 들고 춤을 췄다. 음악이 연주되기 시작하면 무용수들은 몸을 S자 형태로 만들어 좌우로 움직이는 구부린 동작으로 등과 부채를 서로 교환한다. 리드미컬한 몸동작이 보는 사람의 마음을 시원하게 만든다.

화고(花鼓)는 남자 무용수들이 부채로 연기하는 무용이다. 강소(江蘇) 태호(太湖) 일대의 어람화고(魚籃花鼓)는 원말 고기잡이 어녀(魚女)

가 몽고 병사를 희롱한 고사를 소재로 제작된 무용이다. 몽고 병사는 손에 붉은 등과 접선을 들고 두 명의 어녀 무용수 사이에서 춤을 추는데, 그 동작이 매우 익살스럽다.

채차등(採茶燈)의 춤사위는 남방 지역에서 유행했다. 일반적으로 무용수는 왼손에는 차 바구니를, 오른손에는 채색 부채를 들고 노래하며 춤을 춘다. 강서(江西)의 감남채차무(贛南採茶舞) 기본 무용 동작은 왜자보(矮子步, 낮은 걸음 동작), 단수화(單袖花, 소매 한 자락으로 표현하는 동작), 선자화(扇子花, 부채 동작)이다. 선자화 동작은 다시 남녀에게 모두 통용되는 단선화(單扇花, 부채를 하나만 들고 표현하는 동작)와 여성들이 주로 추는 쌍선화(雙扇花, 두 개의 부채로 표현하는 동작) 동작으로 나뉜다. '대형(隊形)' 동작이 주를 이루는데, 그 대형의 모습이 너무 아름다워 보는 사람의 넋을 잃게 만든다.

민간 가무의 소품들 역시 부채와 깊은 인연을 맺어왔다. 부채 소품들은 종종 중국 남방의 명절놀이, 북방의 등회(燈會)와 같은 대형 행사에서 중요한 부분을 담당해왔다. 중국 남북 지역 전역에서 볼 수 있는 포한선(跑旱船, 배타는 시늉을 하는 민간무용) 무용은 채련선(彩蓮船)이라고도 불리며 당대부터 유행했다. 색지를 묶어 화려한 배를 만드는 이 무용은 명절마다 공연되었다. 큰길가나 광장에서 무용수들이 뛰어서 큰 원을 만들고, 아름다운 아가씨들이 배 옆에서 파도를 만들며 부채로 춤을 춘다. 정말 흥미로운 무용이다.

부채를 사랑하고 다루는 데에는 중국의 조선족 역시 한족에 결코 뒤지지 않는다. 예로부터 가무에 능했던 조선족은 부채춤 역시 멋들어지게 잘 소화했다. 순백의 한복을 곱게 차려입고 부채를 들며 경쾌하게 선보이는 아름다운 춤동작은, 유려하게 날아오르는 신선을 연상케 한다. 부채춤은 조선족 특유의 민족 문화를 선명하게 보여준다.

　운남의 하니족(哈尼族) 역시 독특한 부채춤을 선보인다. 하니족은 흰 꿩을 평화와 자유의 상징으로 여겼다. 그래서 부채춤을 출 때 조선족처럼 흰 옷을 차려 입고, 양손에 종려나무 부채나 깃털 부채를 들고 춤을 춘다. 흰 꿩의 모습을 모방한 그들의 춤사위는 아주 날렵하고도 아름답다.

　민족의 전통 부채춤이 소박하다면, 현대의 부채춤에는 낭만과 열정이 깃들어 있다. 1950년대 말 대형 가무서사시 『동방홍(東方紅)』중 《규

● 부채와 음악이 한데 어울려 고상한 운치를 자아낸다.

● 무용 대형(隊形) 속의 부채.

화향양(葵花向陽)》의 부채춤에는 하북 민족무용인 《모리화(茉莉花)》와 호남의 《요원소(鬧元宵)》 등 특색 있는 다양한 부채춤이 등장한다. 무용인 양리핑(楊麗萍), 티벳의 탁마(卓瑪)는 모두 유명한 부채춤 계승자이자 창시자이다. 이들의 춤동작은 부드러우면서도 신선하며 강한 느낌을 준다. 1997년 설날 저녁 공연에서 성도전기문공단의 30여 무용수들은 '황토와 가파른 언덕'으로 분장하고, 채색 부채와 붉은 비단을 휘두르며 《용선무(龍扇舞)》를 연출했다. 빠른 음악과 간결한 춤동작에 한순간도 무대에서 눈을 뗄 수 없었다. 남성적인 기질의 춤사위가 기존에 보여줬던 부드러운 부채춤 분위기를 단번에 일소하는 듯 했다. '춘란배(春蘭杯) 무용 콩쿠르'에서는 남성 군무인 《선무(扇舞)》가 재현되어 남성적인 강한 아름다움을 보

여 주었다. 홍콩 반환을 기념하는 축하 공연에서도 《화선번권영친인(花扇飜卷迎親人)》, 《웅사환무경회귀(雄獅歡舞慶回歸)》가 선보였다. 천 여 명의 무용수들이 화려한 부채로 정연하게 춤을 추며 거대한 파도 소용돌이를 연출해 냈다.

최근 중국의 한 TV 음악 프로그램 '이강운(漓江韻)'에서 노래·음악·춤과 함께 아름다운 소녀들이 사뿐하게 이강(漓江)의 대나무 뗏목 위에서 춤을 추는 장면이 나왔다. 소녀들은 모두 흰 저고리와 긴 치마에 남색과 흰색이 섞인 옅은 안개 같은 비단 부채를 양손에 들고 있었다. 소녀들의 춤 사이로 아련한 노랫소리가 천천히 들려왔다.

산이 곱구나. 물이 곱구나. 사람은 산과 물보다 더 곱구나. 산이 취했네. 물이 취했네. 사람은 산과 물보다 더 취했네.

여기에서 부채춤과 노래는 확실히 단순한 춤과 노래의 차원을 넘어서서, 그윽하기 이를 데 없는 아름다운 부채의 운치를 보여주고 있는 것 같다. 부채의 아름다움과 TV 음악의 아름다움, 그리고 가무의 아름다움이 서로 합해지고 훌륭한 조화를 이루어, 감각적인 유쾌함과 정신적인 즐거움을 동시에 맛보게 해주었다.

부채는 특유의 생명력과 표현력으로 가무와 결합되는 행운을 잡을 수 있었다. 부채는 자기 자신의 슬픔과 기쁨을 고상한 궁전과 공연장으로 옮겨, 수많은 사람들이 연출하는 대규모 단체 대형 중에서 빛을 발하며 우아한 자태를 뽐내고 있다. 부채는 노래와 춤사위에서 자신의 영감을 찾고 인기를 모을 수 있었다. 부채의 기쁨은 바로 춤과 노래이며, 춤과 노래의 화려함 뒤에는 부채가 숨어있다.

8 연극의 필수요소, 부채

붉은 촛불 가을빛이 그림 병풍에 차가운데,

가볍고 작은 부채로 흐르는 반딧불만 두드린다.

서울거리 밤 달빛은 물처럼 차가운데,

우두커니 앉아 견우직녀성만 바라본다.

중국과 해외 연극 역사에서도 부채는 중요한 역할을 담당해 왔다. 연극 속에 부채가 맡았던 역할은 더위를 쫓고 바람을 불러일으키는 것은 아니었다. 부채는 극중의 주요한 장식물로 사용되었고, 등장인물의 풍격과 심리 상태를 두드러지게 하는 데 더 큰 몫을 담당했다.

중국 전통 극에서 제왕과 장상이 등장할 때에는 항상 은대(殷代)부터 만들어 사용했던 우선(羽扇)을 사용해 인물의 성격을 강조했다. 연극 『난릉왕(蘭陵王)』 중에서 난릉왕이 순행을 나갈 때면, 의례 왕의 시종이 우선을 들고 나와 왕을 수행했다. 이 때 우선은 왕의 위세를 나타내 주는 장식품으로 사용되었다. 이 연극과 희랍의 고대극 『지상(至上)』에 등장하는 대관의식 중에도 부채가 등장하는데, 깃털로 만든 대형 부채를 무대 양 쪽에 배치해 엄숙하고 웅장한 대관의식의 분위기를 상징적으로 잘 나타냈다. 『공성계(空城計)』 중에서 제갈량으로 분한 유명한 배우 양바오선(楊寶森)은 하얀 우선을 가볍게 흔들고 만면에 미소를 띠며, 태연자약한 군사(軍師)의 모습을 잘 표현했다.

중국 한대에 탄생한 환선(紈扇)은 고대 연극 무대를 풍성하게 만들어주는 중요한 장식품으로 자주 사용되었다. 『염양루(艶陽樓)』에서 대가 댁 규수들은 한결같이 비단 환선으로 아리따운 용모를 가리며 부끄러움 많고 소심한 성격을 나타냈다. 명대 곤극(昆劇, 중국 전통 연극의 하나로, 원대에 강소성 곤산현에서 민간 연극으로 발생함. 명대에 위량보(魏良輔, 곤극의 창시자) 등의 개혁을 거쳐 각지에 전해지면서 특히 흥성하여 명대에서 청대 중엽에 이르기까지 주요 연극의 하나로 성장함. 민간 연극의 형성과 발전에 중대한 영향을 끼쳤음) 『완사기(浣紗記)』에서 서시(西施)를 분장할 때면 항상 꼭지에 작은 거울이 달린 호신환선(護身紈扇)을 들었다. 서시는 이 거울을 통해서 혹시 자기 뒤를 따라오고 있을지도 모르는 남자들을 감시할 수 있었다. 서양으로 전해진 환선은 가면부채의 형태로 무대에 올려졌다. 얼굴을 노출하기 싫어하는 숙녀를 연기할 때, 배우는 부채면에 가면을 그리고 눈 위치에 구멍을 뚫어서 얼굴에 착용했다.

당대(唐代)에 등장한 복렴선(輻帘扇)은 독특한 구조로 제작된 부채이다. 배우는 복렴선 부챗살 가운데 다른 부채 조각을 감춰 두었다가,

● 『서상기(西廂記)』 '유전(游殿)'의 스틸컷

부채를 왼쪽에서 오른쪽으로 힘껏 던져 부채 위로 숨겨둔 부채 도안이 관중들에게 보이도록 연기했다. 『서상기(西廂記)』에서 장생(張生)은 앵앵(鶯鶯)이 보낸 "달밤 서상(西廂) 아래서 기다립니다."라는 쪽지를 읽고 부채에 그려져 있는 붉은 모란꽃을 노출시키며, 터질 듯한 기쁨을 연기했다.

경극 『천녀산화(天女散花)』, 『낙신(洛神)』 등에서 극중 선녀들은 송대에 제작되기 시작한 절첩선(折疊扇)을 들고 나온다. 이 부채는 정교한 구조로 제작되어 자유자재로 접고 펼 수 있었으며, 부채 위에 운모 조각을 새겨 넣어 아무도 모르게 부채 너머로 다른 세상을 들여다 볼 수 있었다. 어떤 부채는 비단으로 제작되어 우아함과 고귀함을 보여주기도 했다. 현재 고궁박물관에 보관 중인 두 폭의 송대 비단 그림에는 송대 잡극 이야기가 그려져 있다. 부말(副末, 전통 극에서 여자 조연과 함께 골계역(익살스러운 역할)을 하거나 개막 직후 또는 극중에 설명을 하는 남

● 현재 고궁박물관에 보관 중인 두 폭의 송대 비단 그림에는 송대 잡극의 이야기가 그려져 있다. 부말(副末)을 담당한 배우는 허리춤에 부채를 꽂고 그 위에 초서로 혼(渾)이라는 글자를 쓰거나, 등에 부채를 꽂고 말색(末色)이라는 두 글자를 적었다.

자 배우 역)을 담당한 배우는 허리춤에 부채를 꽂고 그 위에 초서로 혼(渾)이라는 글자를 쓰거나, 등에 부채를 꽂고 말색(末色)이라는 두 글자를 적어 배우의 역할과 성격을 강조했다. 이때 부채는 극중 인물의 역할을 암시하는 전문적인 도구로 사용되었다.

　　하남(河南) 언사(偃師)의 송대 묘지에서 출토된 '송잡극 배우 정도새 (丁都賽) 조각 벽돌'에는 12세기 초 송대 잡극의 젊은 여배우였던 정도 새의 연기 장면이 부조로 새겨져 있다. 조각된 연기 장면은 정도새가 머리띠로 허리를 묶고 등에 단선을 꽂은 채 양손을 맞잡아 절을 하고 있는 모습이었다. 원(元) 태정(泰定) 원년(서기 1324년)에 산서(山西) 홍 동명응왕전(洪洞明應王殿)에 그려진 잡극 벽화에도 여배우 충도수(忠都 秀)가 초연한 장면이 그려져 있다. 그 중 충말(沖末, 고대극의 배역 중 하 나로 중년 남자 배역) 역으로 분한 모습에서는 약한 다리를 두건으로 묶 고 청색 바탕의 궁중 복장을 입고는 손에 단선을 들고 있었다. 또 시녀 역할을 연기할 때는 용투(龍套, 전통 극에서 시종이나 병졸이 입는 옷)를 입고 궁중용 접선을 들기도 했다. 부채가 극중 배역의 성격을 극대화시 키는 도구와 표지로 사용되었던 것이다.

　　연극 예술 중 창잠(唱賺, 창극과 비슷한 송대의 가곡), 제궁조(諸宮調, 송·금·원 시대에 성행한 설창 문학의 일종), 고자사(鼓子詞, 송대 북으로 박자를 맞추면서 하는 설창)는 모두 한 때를 풍미했던 설창(說唱, 말과 노 래를 섞어가며 이야기하는 극의 한 방법) 예술이다. 창잠 연예인들 중 선이 이랑(扇李二郎)이 가장 훌륭한 배우로 평가되었다. 이 예인은 성이 이씨 고 항렬이 이(二)였는데, 사람들은 그의 이름 앞에 선(扇)이라는 명칭을 덧붙여 불렀다. 이는 당시 관중들이 '창잠' 시 사용한 부채 예술에 얼 마나 열광했었는지를 알 수 있게 해주는 좋은 사례이다. 고대 성대모사 를 하던 배우는 빈 방이나 무대 막 뒤에 앉아서, 집안에서 나는 자질구 레한 소리나 시정의 시끄러운 소리 등을 모방해 속세의 작은 단면을 연 출했다. 극이 끝나면 막 뒤에서 배우가 등장했는데, 이때 그가 손에 들 고 있는 부채의 용도는 단순한 성목(醒木, 청중의 주의를 끄는 데 사용했던 나무토막)의 역할이었다.

중국 절민(浙閩) 지역에는 특이한 고대극의 일종인 선희(扇戲)가 있었다. 선윤(扇允)이라 불리기도 한다. 소위 선희는 연기자가 두 개의 거대한 부채를 들고 연기하는 것을 말하는데, 한 부채는 덮개로, 나머지 한 부채는 무대로 사용되었다. 흥을 돋우는 역할을 담당하는 15~20센티미터가량의 작은 비단 인형이 나와 노래와 연기를 펼치고, 때로는 시문을 낭독하고 싸움을 벌이기도 한다. 이 때 악대의 반주와 설창이 곁들여져서 생동감 있는 운치를 더한다. 부채가 없었다면 선희는 공연될 수 없었을 것이다.

중국 전통극의 무대 위에서 부채는 각 배역의 특성을 나타내는 중요한 도구로 사용되었다. 그리고 부채로 배역을 연출하는 데에는 일정한 방식이 존재했다. 학자는 부채로 소탈함을 나타냈고, 여자 역은 부채로 교태와 수줍음을 두드러지게 표현했다. 화검(花臉, 얼굴을 여러 가지 물감으로 분장한 배역)은 부채로 위풍당당함을 표현했으며, 광대는 부채로 익살스러움을 강조했다.

경극의 대가 메이란팡은 특히 부채 연기에 능했다. 그는 『귀비취주(貴妃醉酒)』에서 매우 화려한 부채춤을 췄다. 옥석교 옆에서 양귀비는 머리를 들어 달을 바라보다가, 또 머리를 숙여 물고기를 감상하는 등 마음 상태에 따라 이리저리 몸놀림에 변화를 주었다. 손에 든 부채를 때로는 가슴 위에 올려놓기도 하고, 때로는 펼쳐서 머리 옆에 뉘이기도 하고, 또 위아래로 춤추듯 움직이기도 하고……. 연기를 감상하는 내내 복받쳐 오르는 끝없는 감동과 재미를 억누를 길이 없었다. 메이란팡은 단지 한 접선을 빌려 양귀비의 취한 모습과 그 복잡한 심정을 섬세하고 자연스럽게, 그리고 신의 경지에 이른 것처럼 아름답게 표현해냈다.

연극은 하나의 종합예술이다. 연극 안에는 문학, 음악, 무용, 무술, 잡기 등이 모두 들어있다. 연극은 또한 표현성이 강력한 예술로, 배우의 노래와 낭송, 기술과 몸놀림이 상당히 중요하다. 중국 전역에는 약 3백여 종류의 연극이 분포되어 있는데, 그 중 경극이 가장 유명하며, 유명한 배우 역시 가장 많다.

부채를 주제로 한 연극과 전통극은 그 수를 헤아리기 어려울 정도로 많다. 원말 도종의(陶宗儀)의 『철경록(輟耕錄)』에 기록된 『원본명목(院本名目)』 중에는 『타선(打扇)』 한 막이 수록되어 있다. 원명(元明) 사이에 등장한 작가 미상의 작품 『풍풍마마지선기(風風魔魔紙扇記)』는 아쉽게도 현재 전해지지 않는다. 명말 기표가(祈彪佳)가 쓴 『원산당곡품(遠山堂曲品)』에는 『단선(檀扇)』 전기가 언급되어 있는데, 남녀간의 결혼에 관한 이야기이다. 명대 유명한 사대부 서문장(徐文長)의 문하생 사반찬(史磐撰)이 지은 『청량선여(淸涼扇余)』 역시 지금은 존재하지 않는다. 이 밖에도 흥미진진한 이야기로 유명한 『도화선(桃花扇)』, 『심향선(沈香扇)』, 『초선기(蕉扇記)』, 『소내내적선자(小嬭嬭的扇子)』 등은 몇 백 년 동안 회자되며 전해지고 있다. 그 중 청초 연극 작가 공상임(孔尙任)의 작품 『도화선』은 이별과 만남의 정을 빌려 한 나라의 흥망성쇠를 나타냈다. 극 중 부채는 작품 전체를 관통하며 여러 가지 크고 작은 이야기 속으로 들어가, 주인공의 애정과 그 처지를 사실적으로 묘사하는 데 큰 도움을 주었다.

연극 무대에서 사용되는 부채는 그 종류가 매우 다양하며, 응용 기

● 월극(粵劇, 중국 광동성 지방극의 일종)『십오관(十五貫)』

법 또한 하나의 예술 분야로 자리 잡았다. 형식은 내용을 효과적으로 표현하기 위해 존재하는 것이다. 부채 역시 극중의 배역에 따라 선택적으로 사용되었다. 군사와 고문 배역을 연기할 때는 아모선(鵝毛扇)을 들어 지혜를 나타내고, 부잣집 아가씨는 단선으로 아름답고 부귀한 모습을 표현한다. 남자 배역은 접선을 들어 그 소탈함과 대범함을 드러내며, 여자 배역을 맡은 배우는 우모소선(羽毛小扇)으로 명랑하고 아름다운 성격을 나타낸다. 생(生, 남자 주인공), 단(旦, 여자 배역), 정(淨, 악역), 말(末, 조연이나 단역), 추(醜, 광대 배역) 등 연극의 모든 배역이 각각의 특성에 맞는 부채를 사용해, 극중 인물의 복잡한 성격과 감정의 변화 등을 생동감 있게 표현할 수 있다.

무대에서 가장 많이 사용되었던 부채는 접선이다. 역시 배역에 맞게 그 모양, 크기, 색깔, 성질 등에 차이를 두었다. 또한 같은 종류의 접선이라 해도 그 부채를 펼치고 접고 흔드는 방식을 달리해, 더욱 다양하게 극중 인물의 특성을 표현해냈다. 화검은 주로 큰 부채를 사용하고, 무사 역은 부채를 탁탁 소리 내며 펼친다. 또한 어릿광대는 부채를 반만 펼치고, 남자와 여자 주인공은 부채를 가볍고 섬세하게 모으거나 흔들어댄다. 배역이 다르면 그 부채 동작 역시 모두 다른 것이다.

몇 개의 배역이 무대에서 동시에 부채를 사용할 때에도 역시 다양한 부채의 응용이 돋보인다. 고급 관료 역은 정교한 금박 접선을 사용하고, 사대부와 학생은 서예 부채 접선을 들고 연기한다. 가난한 공자, 하급 문인, 관아의 고문과 막료, 그리고 일반 백성 배역은 흰 종이 접선을 들고, 그 보다 낮은 신분은 검은 부채를 든다. 포악한 악질 토호는 커다란 접선을 들고 나와 그 거만한 작태를 강조한다.

『타어살가(打漁殺家)』 중의 곱슬머리 호예영(虎倪榮)은 화검 배역으로, 펼치면 길이가 두 척이나 되는 커다란 접선을 사용해 호방하고 강직한 성격을 표현했다. 『수호전』에 등장하는 혼강룡이준(混江龍李俊)의 신분은 서생(須生, 재상이나 충신 학자 등의 남자 배역)이었다. 그는 중간 크기의 접선을 사용해 영민하고 용맹스러우면서도 침착한 인물의 성격을 드러냈다. 『제삼해(除三害)』 중의 악역 주처(周處)는 큰 접선을 손에 쥐고 부채를 크게 접었다 펼쳤다 했던 반면에, 단역인 길노인은 작은 부채를 매우 조심스럽게 펼쳐 보여 극명한 대조를 이뤘다. 『삼차구(三岔口)』에서 광대 유리화(劉利華)는 작은 접선을 섬세하게 움직이며 기묘한 운치를 살렸다. 월극(越劇, 중국 절강성 승현(嵊縣)이 발원지로 그 지방 민가에서 발전해 이루어진 지방극) 『양축(梁祝)』 중의 『십팔상송(十八相送)』 막에서는 남장을 한 여자 주인공 축영대(祝英臺)와 동창생인 양산백(梁山伯)이 모두 도금 부채 한 자루씩을 들고 등장한다. 그러나 양산백은 부귀를 상징하는 모란이 그려진 부채를 들고, 축영대는 까치와 매화가 그려진 부채를 들고 나와 차이를 보였다.

한편, 특정한 인물의 등장에도 항상 부채가 사용되었다. 제갈량의 등장에는 우모선이 함께 나왔고, 철선공주는 파초선과 함께 등장했다. 실성한 제공화상(濟公和尙)은 분명 찢어진 부채 한 자루로 그의 등장을 알렸을 것이다. 그리고 이

● 『목단정(牧丹亭)』 고대 판화. 아름다운 시절이 언제이던가, 마음을 즐겁게 하는 기쁜 일은 어느 집에나 있으려나?

● 각종 연극에는 모두 부채 연기가 있다.
곤극(昆劇)에도 물론 나온다.

혜낭(利慧娘)은 음양(陰陽) 부채를 사용했다. 배역을 맡은 연기자가 혹시 실수로 부채를 잘못 사용했을 때는 곧 웃음거리가 되고 말았다.

연극의 표현에는 부채가 빠질 수 없었고, 무엇보다도 접선이 많이 사용되었다. 연극의 전통적인 배역 중 접선을 가장 사랑했던 배역은 바로 젊은 남자 배역이다. 젊은 남자 역을 맡은 배우는 손에 부채를 들고 주름이 잡힌 옷을 입어서, 멋스럽고 학자풍이 나는 공자와 서생의 특징을 잘 살렸다. 경극 『습옥촉(拾玉鐲)』의 부붕(傅朋), 『홍낭(紅娘)』의 장생(張生), 곤극 『옥잠기(玉簪記)』의 반필정(潘必正), 그리고 『목단정(牧丹亭)』의 유몽매(柳夢梅) 등이 모두 이런 배역에 해당된다. 부채 연기 동작을 이용해 배역의 소탈하고 대범한 성격과 학자다운 냄새를 표현했다.

　부채 연기는 연극의 '동작' 연기 기본 동작 중의 하나이다. 부채 연기가 없었다면 극중 인물을 제대로 잘 형상화할 수 없었을 것이다. 자주 사용됐던 정형화된 연기 기법으로는 부채를 펼치는 연기, 돌리는 연기, 거두어들이는 연기, 손으로 잡는 연기, 부채를 바르게 드는 연기, 기울여 드는 연기, 품에 넣는 연기, 부채를 들어올리는 연기, 어깨에 메는 연기, 부채로 얼굴을 가리는 연기, 가슴에서 부채질하는 연기, 배 아래에서 부채질하는 연기, 등에 부채를 꽂는 연기, 가볍게 찌르는 연기, 부채로 파도를 일으키는 연기, 던지는 연기, 펼쳐서 던지는 연기, 바르게 돌리는 연기 등이 있었다.

　각종 연극에는 모두 부채 연기가 포함되어 있었는데, 그 중 천극(川劇, 중국 사천지방의 고대극. 사천 방언으로 연기되며 3백 년의 역사를 가짐)에서의 연기가 가장 정교하고 훌륭하다. 부채를 이리저리 변화시키는 천극의 기법은 매우 다양하고 정교했다. 여러 부채 동작을 결합해 신분에 맞는 다양한 무용 동작을 표현했고, 인물의 정서와 성격을 드러냈다. 연극 속에 등장한 부채 속에 또 다른 재미와 이야기가 들어 있었다. 천극 변검(變臉, 중국 전통 극에서 배우가 신속하게 얼굴 표정이나 가면을 바꾸는 것을 의미함) 묘기에는 부채의 공이 컸다.

　최근에도 간단한 부채 묘기가 무대에 올랐는데, 1997년 설날 기념 연극 공연에서 경극과 천극의 배우들이, 접선을 들고 부채 연기를 펼쳐 사람들의 이목을 집중시켰다.

　연극은 허구의 예술이다. 연극의 도구로 사용되는 부채 역시 허구의 매력을 발산시키는 데 큰 몫을 담당한다. 부채는 말채찍으로도 사용되고, 칼이나 검을 대신할 수도 있다. 부채를 들고 아래위로 흔드는 동작은 바로 붓으로 글씨 쓰는 것을 나타낸다. 부채를 펼치면 편지를 읽는 것이 되고, 손에 들면 돈 꾸러미로도 변신한다. 머리 뒤에 놓고 목침으로도 사용하고, 어깨에 짊어지는 짐으로도 표현된다. 또한 손에 받쳐 들어 작은 차 쟁반으로도 사용한다. 허구와 사실의 묘미를 부채를 통해 잘 살리는 것이다. 천극 무대 위에서는 30여 가지가 넘는 부채 연기를 사용해 젊은 문인 배역을 연출했다고 한다. 또한 천극의 유명한 배역인 양우학(陽友鶴)이 펼치는 부채 기교가 70여 가지에 달한다고 하니, 부채의 신기한 매력을 다 맛볼 수 있을 것 같다.

부채는 또한 평탄(評彈, 민간문예의 한가지로 '평화(評話, 지방 사투리로 이야기 하는 것)'와 '탄사(彈詞, 현악기에 맞추어 노래하고 이야기 하는 것)'를 결합한 형식) 배우의 수중에서도 그 빛을 발했다. 다년간 축적한 경험을 바탕으로, 평탄계(評彈界)에서는 부채를 이용한 연기에 일정한 규율을 정했다. '무사는 앞가슴에 부채를 두고, 문인은 손바닥에 부채를 든다. 상인은 아랫배에 부채를 두고, 졸개는 머리에 부채를 둔다.' 부채의 위치가 그 인물의 성격을 대변하는 것이다.

상해평탄단(上海評彈團) 배우인 야오인메이(姚廕梅)는 『석안원(石按院)』 중의 양전(楊傳)을 연기할 때, 가슴에서 부채를 흔들며 자신이 맡은 배역이 관직자임을 나타냈다. 그러나 양전이 당회에서 나와 자기 방에 들어가 관복과 관모를 벗을 때에는 다시 부채를 머리 위에 꽂아, 양전이 사실은 관복과 관모에 익숙하지 않은 낮은 신분의 사람임을 분명하게 나타냈다. 평화(評話) 극(劇) 『임해설원(林海雪原)』에서 양자영(楊子榮)은 호랑이를 잡으러 산에 들어갈 때, 먼저 부채를 말채찍으로 사용했다가 나중에는 비수로 이용해, 한 자루 부채의 변화무쌍한 작용을 제대로 표현해 냈다.

동북 지방의 이인전(二人轉, 두 사람이 춤추며 노래를 주고받는 민간예술)에는 설(說, 말하기), 창(唱, 노래 부르기), 주(做, 동작), 무(舞, 무용), 절(絶, 연기)의 다섯 가지 연기 기법이 존재하는데, 그 중 절(絶)은 바로 부

● 메이란팡(梅蘭芳)이 표현
하고 있는 부채 연기

채를 사용하거나 손수건을 사용하는 연기를 가리키는 것이다. 하얼빈의 '이인전', '저팔계방풍쟁(豬八戒放風箏)' 연기에서는 각종 부채를 조합해 연을 날리는 동작을 선보였다. 허구의 실을 당겨 연이 공중에서 팽팽하게 날려지는 장면을 관중들이 상상할 수 있도록 연기했는데, 그 묘사가 정말 뛰어났다.

평서(評書)나 평화(評話)는 한 사람이 연기하는 것으로, 이야기만 할 뿐 노래를 부르지는 않는다. 그러나 전통 만담에서는 반드시 주역과 보조역이 함께 나와 재담을 주고받아야 그 다채로운 분위기를 잘 살릴 수 있었다. 주역은 접선을 손에 들고 여러 가지 재주를 자랑했다. 만담의 대가 호우바오린(侯寶林)은 『매포자(賣包子)』 단락에서 경극 배우 치린퉁(麒麟童, 저우신팡(周信芳)을 뜻함)이 항일전쟁 시기에 연기를 중단하고 만두를 팔아 생계를 꾸렸던 이야기를 연기했다. 호우바오린은 잠시 손에 들고 있던 부채를 접어서 어깨에 만두 시루를 메고 거리로 나가 만두를 파는 모습을 연기했다. 이어서 다시 부채를 펼쳐 들고 양손에 들면서 만두 쟁반인양 연기했고, 다시 두부를 사서 집에 돌아가서는 부채로 두부와 밀반죽을 써는 부엌칼을 연출했다. 『개행(改行)』 단락에서는 흰 종이 접선으로 수박을 썰고, 부채를 펴서 물건을 정리해 두는 선반을 표현하기도 했다. 또한 경운대고(京韻大鼓)를 배울 때에는 부채를 막대기로 사용하여 질냄비를 두드려 부수기도 했다. 부채는 대가의 수중에서 자유자재로 변신하며 물 만난 고기 마냥 그 재능을 발산했다. 부채가 없었다면 이러한 만담이나 평서(評書)의 이야기를 계속해 나갈 수 없었을 것이다.

연극이라는 예술 장르가 없었을 때에도, 사람들은 이미 부채를 사용하고 있었다. 연극 예술이 탄생한 이후, 부채는 더욱 그 빛을 발하게 되었다. 부채와 연극의 결합은 현대의 매체를 통해 더욱 발전

하게 되었다.

중국 중앙 TV 프로그램 중에 남녀노소 누구나 좋아하고 높은 시청률을 자랑하는 《곡원잡단(曲苑雜壇)》이라는 프로그램이 있다. 프로그램의 내용은 잠시 접어 두더라도, 프로그램을 시작하는 대목에서도 심금을 울리는 감동이 전해진다. 유쾌한 음악 소리가 흐르는 가운데, 한 면을 펼친 커다란 접선이 브라운관 멀리에서 둥근 원을 그리며 눈앞으로 다가온다. "만담, 소품, 마술, 잡기, 평서, 유머, 설창예술, 전국에 계신 시청자 여러분 곡원잡단(曲苑雜壇)을 많이 시청해 주세요."라는 노랫소리가 함께 곁들여지며, 부채는 상하좌우로 이리저리 요동치며 관중들의 구미를 자극한다. 《곡원잡단(曲苑雜壇)》 프로그램의 시작에 부채가 사용되지 않는다는 것은 상상하기도 힘들고, 그보다 더 좋은 시작은 없을 것이란 생각이 든다.

9 부채와 문인

단선아, 단선아, 미인의 병든 얼굴을 가리는 도다.

곱던 얼굴이 삼 년이나 초췌했으니,

뉘와 함께 관현을 다시 맞출꼬.

관현아, 관현아, 봄풀들이 소양로 길을 끊어 놓는구나.

부채는 문인 사대부들의 사랑을 받던 물건이었다. 단선이 미녀와 연결되는 것처럼, 부채는 문인과 매우 밀접한 관계를 맺어왔다. 역사와 문화, 그리고 예술이 함께 숨쉬고 있는 부채는, 곁에 두며 감상하기에 전혀 손색이 없었다. 부채는 또한 신분을 분명하게 나타내고 청아한 운치를 자아냈다. 이러한 부채의 모든 특색은 바로 문인 사대부가 마음에 그리고 갈망하던 이상향의 모습 바로 그것이었다. 문인들은 고상함과 여유를 중시했고 섬세한 감정과 풍부한 상상력을 갖추고 있었다. 또한 문인들은 기개가 있었고 특별한 대상을 즐겨 탐닉하곤 했다. 부채는 문인들의 까다로운 입맛을 충족시키기에 충분했다. 그래서 문인들은 부채를 소매 속에 넣고 다니면서, 부채에 글씨를 쓰고 그림을 그리고, 부채를 통해 예와 의를 드러냈다. 또한 부채를 빌려 자신의 감정을 토로했으며 부채를 통해 사랑과 우정을 표현해 냈다. 이렇게 훌륭한 동반자가 없었다면 문인들의 인생이 얼마나 무미건조했겠는가!

접선 없이는 하루도 살지 못했던 명청 시기 문인 사대부들은 말할 것도 없고, 민국(民國) 시기에도 부채를 완상하는 문인들의 풍조가 상당히 유행했다. 매년 단오와 입추 사이는 부채를 사용하는 계절로 여겨졌다. 신분이 높았던 문인들, 특히 서화 수집가와 서화 금석학자들은 매번 다른 부채를 들고 나오며 변화를 즐겼다. 문인들은 집회에서 부채를 서로 교환하며 감상하고 품평했다. 부채의 계절이 되면 문인들은 부채에 글씨를 쓰고 그림을 그리는 한편, 각종 부채를 모아 부채 전시회를 열기도 했다.

문인의 풍류와 도리에 충실했던 몇몇 문인들은 날마다 다른 부채를 들고 다니며 부채의 계절을 마음껏 만끽했다. 매일 다른 부채를 들려면 아마 백 개 이상의 부채를 마련해야 했을 것이다. 상해 선종진(沈鍾瑾) 선생은 해마다 단오 전에 백 개 이상의 부채와 그에 어울리는 백 벌의 옷을 미리 준비해, 여름 내내 매일 다른 스타일을 선보이며 자신의 부채 사랑을 자랑했다고 한다.

● 루쉰(魯迅) 역시 일본인 친구에게 두 폭의 부채 그림을 선물한 바 있다.

　당시 이렇게 매일 다른 부채를 들고 다닌 목적은 단순히 멋을 부리기 위해서만은 아니었다. 부채를 보호하려는 목적도 있었다. 명인이 만든 부채라도 일단 손상되면 예술가치와 시장가치가 단숨에 떨어지기 때문이다. 부채를 자기 생명처럼 사랑했던 몇몇 문인들은 부채의 계절이 지나고 가을바람이 불어와도, 부채를 사람들 앞에 과시하며 풍아한 멋을 부렸다.

　문인들은 부채를 완상하고 수집하며 옛일을 회고하고 자신의 성정을 다듬었을 뿐만 아니라, 자신의 안목을 키우고 인생의 의미를 풍성하게 다졌다. 부채는 하나의 광산이라 할 수 있다. 문인들은 부채의 광산에서 자신에게 필요한 금을 마음껏 채취했다. 문인들의 이러한 취향은 단순히 좋아하는 대상에 빠져 이성을 잃어버리는 맹목적인 중독과는 전혀 차원이 달랐다.

청대 이어(李漁)는 중국의 위대한 극작가이자 문학계에서는 꽤 알아주던 풍류 전문가였다. 그가 저술한 『한정우기(閑情偶寄)』에는 희곡의 표현 기법뿐만 아니라, 음주가무, 수신, 정서 함양의 비결 등 풍류에 관련해 다루지 않은 내용이 없었다. 문인의 거주 환경에 대해서도 그는 "창문을 열고 아름답게 조화를 이룬 경치를 감상할 수 있는 곳보다 더 좋은 주거지는 없다."라는 이론을 개진한 바 있었다. 그는 실제로 서호(西湖) 호숫가에 살았는데, 독특한 모양의 작은 유람선을 고안한 적이 있었다. 그가 구상한 배의 모습은 다음과 같다.

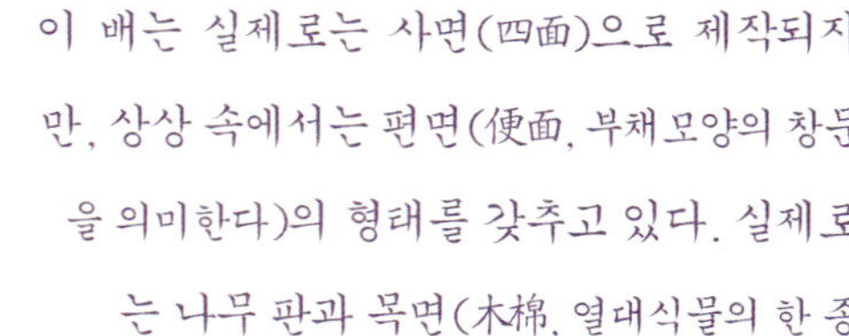

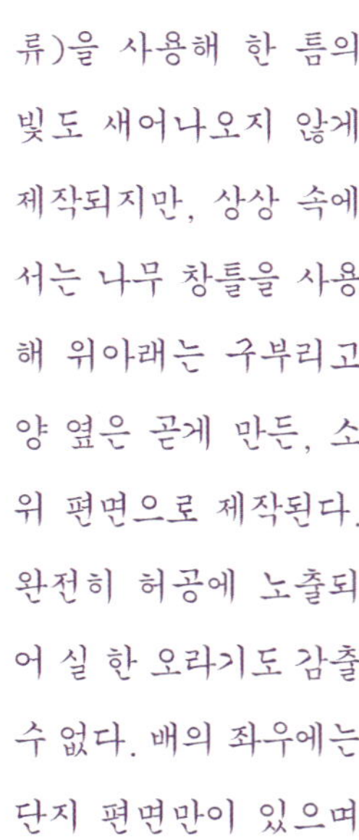

이 배는 실제로는 사면(四面)으로 제작되지만, 상상 속에서는 편면(便面, 부채모양의 창문을 의미한다)의 형태를 갖추고 있다. 실제로는 나무 판과 목면(木棉, 열대식물의 한 종류)을 사용해 한 틈의 빛도 새어나오지 않게 제작되지만, 상상 속에서는 나무 창틀을 사용해 위아래는 구부리고 양 옆은 곧게 만든, 소위 편면으로 제작된다. 완전히 허공에 노출되어 실 한 오라기도 감출 수 없다. 배의 좌우에는 단지 편면만이 있으며

그 외에는 아무것도 존재하지 않는다. 그 가운데 앉아서 호수 양편의 아름다운 빛을 감상하고 산소리를 듣는 것이다. 절에 모셔진 불상과 연기가 피어오르는 대나무 숲도 바라본다. 그리고 이리저리 오가는 나무꾼과 시종, 술 취한 노인과 유람하는 여인들, 모든 삼라만상이 편면 속으로 들어와 자연의 그림을 완성하고, 또 때때로 그 모습을 바꾸며 절대 일정한 형태를 유지하지 않는다. 배가 저절로 움직이기만을 기다리지 않고, 직접 노를 저으며 스스로 눈에 보이는 풍경을 바꾸어 보기도 한다. 또 울타리를 받치며 경치를 달리해 보기도 한다. 배에 밧줄을 맬 때면 바람이 수면 위를 스치며 물의 색깔을 이리저리 바꾼다. 하루에도 수천수만 가지로 변하는 아름다운 산수 풍경화가 편면 속에 담겨있는 것이다. 이 편면을 제작하는 데에는 많은 비용이 들지 않는다. 단지 굽은 나뭇가지 두 개와 곧은 나뭇가지 두 개만 있으면 된다.

여기서 말하는 편면은 이어의 마음속에서만 존재하는 오늘날의 사진기와 같은 존재였다. 여러 산수풍경과 초목, 벌레, 물고기 등이 모두 그 속에 담겨 있으니, 상상으로나마 얼마나 아름답고 휘황찬란했겠는가!

이어와 동시대 사람인 완원(阮元)은 양광총독(兩廣總督)의 관직을 가진 인각대학사(仁閣大學士)로, 학문의 조예가 깊고 옛것을 좋아하는 취향이 있었다. 그는 금석 고문을 감상하는 것을 좋아해 많은 작품을 소장하고 있었으며, 『적고재종정이기예식(積古齋鍾鼎彝器隸識)』을 편찬하기도 했다. 그는 항상 고문을 탁본해 부채의 도안으로 사용했는데, 사람들은 이를 완씨선(阮氏扇) 또는 박고선(博古扇)이라 불렀다.

청말 문학자이자 서예가였던 유월(俞樾)은 전서와 예서에 능했고, 금석학자로도 명성이 자자했다. 그가 한번은 복(福), 수(壽) 두 글자가 새겨진 벽돌을 구했는데, 매우 고풍스럽고 소박했다. 그의 제자 왕정정

(王廷鼎)은 고려지(高麗紙, 뽕나무 껍질을 원료로 해서 만든 두꺼운 종이)로 붉은 색 탁본편(拓本片)을 만들어 부채면으로 붙이고, 나머지 한 면은 흰 명주를 입혀 십여 개의 부채를 제작해 스승과 친구들에게 선물로 주었다. 이 부채의 이름이 복수선(福壽扇)이다. 유월은 부채에 칠언 율시를 쓰기도 했다. 그 중에는 이런 구절도 있었다.

별장 산중 초목은 아직 자라나지 않았고, 집 누각은 여전히 장공(蔣公)의 사당과 인접해 있구나. 복수(福壽) 글자가 적힌 부서진 이 벽돌들은 어디서 왔을꼬? 손님과 친구가 함께 모였을 때 얻은 것이라네. 첩운(疊韻) 운율은 아직도 벽돌 위로 들려오는 것 같으니, 주석을 달아 검은 실로 그 소리를 구분할 필요가 없는 것 같도다. 누군가 제나라 환선(紈扇)을 본뜨려한다면, 포규선을 함께 들고 있는 것도 좋을 것 같구나.

벽돌을 소장하고 탁본하고 시를 짓고, 정말 문인의 풍치가 가득하다. 한동안 회자 되었던 아름다운 이야기이다.

부채에 대한 중국 문인들의 지극한 사랑은 중국인이 아니면 체험해 보기 어렵다. 말 그림 작가인 쉬베이홍(徐悲鴻)은 임백년(任伯年)의 정교한 서화 부채 하나를 손에 얻고 대단히 기뻐했다. 그는 직접 '베이홍의 생명'이라는 글자를 부채에 새기고 이를 기념했다고 한다. 라오서(老舍) 선생 역시 고상한 부채를 수집하며 감상하는 것을 즐겼다. 그가 소장하고 있던 서화 부채는 그 수가 백여 개에 달했다. 그래서 부채의 계절이 되면 날마다 하나씩 바꾸어 들며 우아하고 신선한 멋을 자랑했다고 한다. 또한 그는 부채가 상하지 않도록 늘 애지중지하며 전심을 기울여, 보는 사람들의 탄복을 자아내기도 했다.

부채에 대한 태도를 보면 그 문인의 품성과 교양을 짐작할 수 있다.

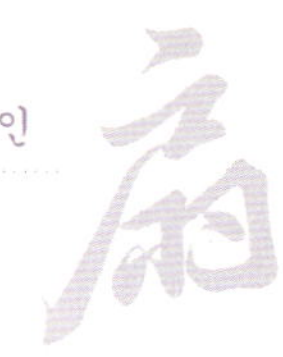

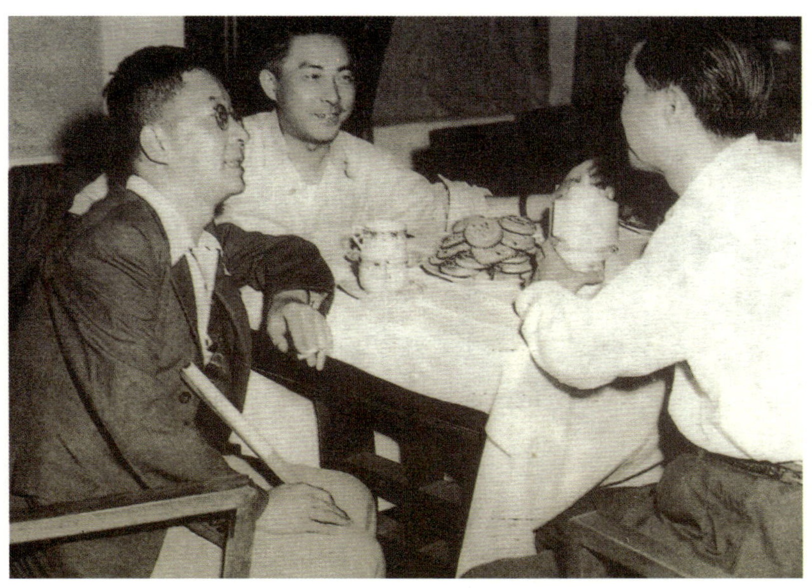

● 라오서(老舍) 선생은 항상 부채를 손에서 떼어 놓지 않았다. 마오저둥(毛澤東) 주석과 접견할 때조차 부채를 내려놓지 않았다.

당송팔대가의 한 사람이었던 유종원은 성품이 강직했고, 이익을 위해 의를 저버리는 소인배들을 매우 증오했다. 그의 『포사자설(捕蛇者說)』은 오랫동안 입에서 입으로 전해오고 있다. 그와 부채 하나에 얽힌 흥미진진한 한 이야기 역시 지금까지 전해오고 있는데, 그가 아직 남전위(藍田尉, 관직이름)에 재임하고 있었을 때 일어났던 이야기이다.

어느 날 유종원이 막 공무를 마치고 나오는데, 한 하인이 짧은 깃털로 만든 작은 부채를 가지고 와서 이렇게 말했다.

"유대인, 어떤 부채 장수가 이 부채를 대인께 드린다고 가져왔습니다."

유종원이 부채를 받아 들고 천천히 살펴보니 허술하기 짝이 없는 조잡한 부채였다.

"그 사람이 이런 부채를 내게 주더냐?"

"네. 그 사람이 파는 부채는 다 이런 수준이었습니다."

유종원은 의아해하며 다시 물었다.

"부채를 주면서 뭘 요구하지 않더냐?"

"없었습니다. 저도 묻지 않았습니다."

"음, 알았다. 그만 물러가거라."

유종원은 부채를 들고 후원을 이리저리 걸었다. 이 때 마침 한 하급 관리가 와서는 유종원의 손에 들린 부채를 보고서 어젯밤 저자거리에서 본 부채를 떠올리게 되었다. 이 하급관리는 어제 거리에서 그 부채를 살까 하다가 좀 조잡해 보이기도 하고, 가판대에 손님도 없고 해서 그냥 사려던 생각을 접었던 것이다. 그런데 지금 유대인이 바로 그 부채를 들고 있는 게 아닌가? 자기도 사서 들어야겠다는 생각을 하고, 즉시 부채 가판대로 달려가 부채를 사고 그 중 몇 개는 친구들에게 선물로 주었다. 값도 비싸지 않았고 사람들의 반응도 좋았다.

하급관리는 부채 가판대 앞에서 여러 개의 부채를 사며 자신의 고상함과 우아함을 자랑했다.

"이 부채는 유대인도 사용하는 부채입니다."

이 이야기를 들은 사람들은 앞 다투어 부채 가판대로 달려갔고, 그 앞은 곧 북새통을 이루게 되었다. 그리고 부채는 금세 동나버렸다. 다음날 관아의 사람들은 너나 할 것 없이 모두 그 작은 깃털 부채를 들고 한껏 멋을 부렸다. 이를 본 유종원은 하인에게 물었다.

"오늘이 무슨 부채의 날이냐?"

"사람들이 모두 유대인을 따라하는 것입니다. 지금 이 부채가 유행입니다."

유종원은 하인에게 저자로 나가 부채 장수가 어떻게 부채를 팔고 있는지 알아보라고 시켰다. 하인이 시장에 나가서 보니, 부채 장수는 그저 이렇게 외쳐대기만 하는 것이었다.

"이 부채로 말할 것 같으면 정교하고 영롱하기가 이를 데 없는 정말 우수한 명품입니다. 여러분들 아시나요? 유대인도 이 부채를 사용하고 있습니다. 대인은 50문(文, 화폐 단위)을 주고 이 부채를 샀습니다. 관아 관리들도 다 쓰고 있어요. 나중에 오면 없습니다!"

하인은 이 소리를 듣고 크게 놀라 한 걸음에 유종원에게로 달려갔다. 유종원은 이 말을 듣고 분개하며 부채를 하인에게 돌려주었다.

"조잡함을 감추려고 나를 이용해 먹었구나! 당장 이 부채를 돌려주어라. 그리고 다시는 내 이름을 팔지 말라고 전해라!"

하인은 부채를 들고 황급히 달려가 부채 장수에게 유종원의 말을 전했다.

"이건 당신이 어제 준 부채요. 유대인의 존함을 이용하지 말아요!"

부채를 받은 부채 장수는 사람들 앞에서 추태를 보이자, 부채 판을 정리해 곧장 달아나 버렸다.

● 유종원(柳宗元)은 부채 장수의 술책에 걸려들었다.

문인의 도리 역시 부채를 빌려 설명했다. 명대 왕양명(王陽明)과 그의 두 제자 왕여중(王汝中)과 성증(省曾)은 어느 더운 여름날 한 방에 앉아 책을 읽고 있었다. 날씨가 너무 더워서 왕양명이 학생에게 부채질을 좀 하라고 명했다. 그러자 성증은 계속해서 "감히 그럴 수 없습니다"라며 극구 사양했다. 스승 앞에서 방자하게 예의에 어긋나는 행동을 할 수 없다고 생각한 것이다. 그러자 왕양명이 그를 일깨우며 이렇게 얘기

했다.

"성인(聖人)의 학문은 이렇게 속박하고 고통스러운 것이 아니며, 또한 이렇게 융통성 없고 고루하지도 않다."

왕양명은 시중 들 때 부채를 사용해도 되는가에 관한 문제를 통해, 『논어』중 공자와 증자가 나눈 문장을 해석하며, 인재시교(因材施敎, 그 인물에 맞게 교육하다)의 깊은 뜻을 분석했던 것이다. 문인들의 의혹을 풀고 큰 도를 깨우치는 데 바로 부채가 사용된 것이다.

왕양명과 같은 시대 사람이었던 당백호는 풍류를 즐길 줄 아는 유명한 재인(才人)이었다. 부채와 관련된 그의 고사에서도 그의 정감과 재기(才氣)가 잘 나타나 있는데, 사람들은 고사 속의 그를 매우 칭찬하고 추앙했다.

당백호는 소주(蘇州) 사람으로 어려서 집안이 매우 가난했다. 그가 12살이 되는 해, 그는 아버지가 경영하는 작은 주점에서 음식을 배달하는 일을 하고 있었다. 책을 살 돈이 없어서 한가한 시간이면 혼자서 조용히 글씨를 쓰고 그림을 그렸는데, 그 필치가 생동감이 넘쳐 사람들의 감탄을 자아내기도 했다.

당시 유명한 문인이었던 축지산(祝枝山)은 이러한 당백호의 처지를 동정해, 당백호에게 "내가 와서 네게 글을 가르쳐주마. 다음에 술 마시러 올 때는 다른 선생님 한 분을 더 모시고 와서 네게 그림을 가르쳐 주도록 하겠다."라고 말했다. 당백호는 이 말을 듣고 뛸 듯이 기뻐했다.

다음날, 축지산은 그의 친구이자 유명한 화가인 심우전(沈友田)을 데리고 주점을 찾았다. 심우전은 당백호의 그림을 보고 매우 감탄하며, 그를 자신의 제자로 받아 들였다. 이렇게 해서 세 사람은 나이를 뛰어 넘는 우정을 쌓아가게 되었다.

한 번은 축지산과 심우전이 당백호에게 글과 그림을 가르치려고 주점을 향해 걸어가고 있었는데, 갑자기 돈을 가져오지 않은 사실을 깨닫게 되었다.

"큰일 났다. 돈이 없으면 당백호 아버지가 그림을 가르치지 못하게 할 텐데, 이를 어쩌지?"

두 사람은 술 마실 생각은 아예 뒷전으로 미루고, 주점 문 앞을 뱅뱅 돌며 걱정했다. 당백호 아버지가 이 모습을 보고 그들에게 권했다.

"두 분 다 원래 돈을 내실 필요가 없습니다. 백호가 두 분에게 공짜로 글과 그림을 배우고 있는데, 어찌 제가 죄송하지 않겠습니까? 저희 집이 비록 이렇게 가난하지만, 두 분께 술을 대접할 형편은 됩니다."

당백호 아버지가 권하는 바람에 주점에 들어선 축지산은 한 가지 방책을 생각해냈다. 그는 수중에 있던 접선을 보고서 이렇게 외쳤다.

"맞다! 맞다!"

그는 심우전에게 이렇게 말했다.

"우리가 여러 날 동안 당백호를 가르쳤지만 아직 얼마나 배웠는지 테스트도 해보지 않았군. 오늘 한 번 시험해 보세. 이 아무것도 그려져 있지 않은 접선 위에 시와 그림을 그리게 해보잔 말일세. 그 다음에 나가서 그 부채를 파는 거야. 만일 부채가 팔리면 술값이 생기지 않겠나?"

당백호는 스승의 분부를 받고 매우 기뻐하며 일필휘지로 한 수의 칠언 율시를 짓고, 이어서 시에 어울리는 《강남춘도(江南春圖)》 한 폭을 그렸다. 푸른 산과 맑은 물, 그리고 붉은 복숭아꽃만 보아도 봄기운이 피어오를 것만 같았다. 주위에서 구경하던 손님들 중 한 사람이 일부러 당백호를 골려주려고 "부채에 사람을 그려 넣으면, 내가 20냥을 주어 그 부채를 사겠다."라고 말했다. 그러자 당백호는 붓을 들어 복숭아꽃 가지 밑에 미인 한 명을 그려 넣었다. 미인의 손에는 단선이 하나 들려 있었고, 목을 길게 뺀 모습이 마치 남편이 돌아오기를 기다리는 것 같았다. 산수화에 인물이 더해지니, 부채 위에 곧 생기가 돌았다. 사실 손님의 제안을 들었을 때, 축지산과 심우전은 매우 당황했다. 왜냐하면 당백호에게 산수화만 지도했지 아직 인물화는 가르친 적이 없었기 때문이다. 그러나 당백호의 그림을 보고 두 사람은 안도의 한숨을 내쉴 수 있었고, 주점 안은 손님들의 웃음으로 가득 찼다.

그 손님은 얼굴이 붉어지며 울며 겨자 먹기로 약속한 20냥을 주어 그 부채를 살 수밖에 없었다. 이 때부터 당백호가 부채로 어려운 문제를 해결한 이야기가 세상에 전해지게 되었다.

당백호는 글씨와 그림으로 큰 명성을 얻었다. 청대 조설근이 창작한 『홍루몽』은 세상을 압도할 만한 명작 중의 명작이다. 조설근은 소설로도 유명했지만, 그의 글씨와 그림 역시 북경 향산(香山) 일대에서 그 명성이 자자했다.

향산에는 한류삼(漢劉三)이라고 하는 가난한 사람이 살고 있었는데, 위로는 어머니를 모시고 아래로는 처자를 먹여 살리며 간신히 살아가고 있는 사람이었다. 그런데 그가 학질에 걸려 집안사람들 모두 굶어 죽을 형편에 처하게 되고 말았다. 그는 아픈 몸을 이끌고 산에 나무를 하러 갔다가 중간에서 옴짝달싹 못하며 주저앉고 말았다. 그는 혼자서 "그래 죽어 버리자. 죽어서 이런 생고생을 면하는 게 낫겠다."라고 생각했다.

마침 조설근이 그 길을 지나다가 그를 발견하고, 자초지종을 듣고는 하늘은 절대 사람을 죽게 내버려두지 않는다며 위로해 주었다. 수중에 돈이 없어서 조설근은 자신이 지니고 있던 접선을 한류삼에게 주며 말했다.

"이 부채에는 내가 친필로 난초꽃을 그려 넣었습니다. 이걸 가져다

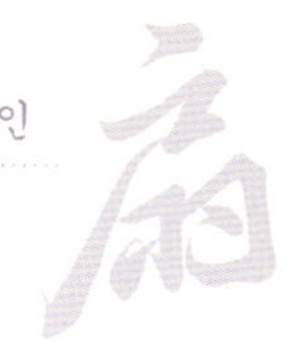

팔면 10냥은 족히 생길 것입니다. 집에 돌아가 병도 고치고, 아이들 먹을 것도 사주십시오. 남은 돈이 있으면 그걸 밑천으로 삼아 작은 찻집이라도 열어 보세요. 잘 살 수 있을 겁니다.”

구사일생으로 살아 난 한류삼은 황급히 산에서 내려가 부채를 팔고, 정말 작은 찻집을 열게 되었다. 그는 조설근의 은혜를 생각하며 금으로 인풍가수(仁風可樹) 네 글자를 현판에 새겼다. 조설근의 의로움이 곧 아름다운 미담으로 전해졌다.

그때 향산에는 자신을 왕야(王爺)라 칭하던 한 부자가 있었는데, 이 이야기를 듣고 조설근을 방문하게 되었다.

“조선생, 제 아들놈이 이번에 향시(鄕試)를 보게 되었습니다. 행운의 그림 한 점 그려주실 수 없으신지요? 글씨도 좀 써주시고요!”

● 타고르는 메이란팡의 부채에 시를 적어 주었다.

그는 말을 마치고 책상위에 부채를 올려놓았다. 조설근은 별다른 말 없이 붓을 들어 부채에 마른 매화가지 하나를 그리고, 그 위에 작은 참새를 그려 넣었다. 왕야는 감탄하며 말했다.

“오, 한 폭의 아름다운 희작등매도(喜鵲登梅圖, 까치가 매화에 오르는 그림)가 되었군요. 정말 오묘합니다!”

조설근은 또다시 붓을 들어 웅장한 힘이 느껴지는 필치로 한 수의 시를 지어 적었다.

“부채질하니 선선한 바람이 불고, 왕자는 공부에 전념하는구나. 8월

추석 시험에서 장원을 하리라.”

왕야는 기뻐하며 연신 “길하도다! 길하도다!”라고 외치며 부채를 들고 총총히 사라졌다.

그 이후로 왕야는 여기저기에다 부채를 자랑하기 시작했다. 그런데 한 문인이 부채를 보고 막 웃는 것이 아닌가! 왕야는 이를 기이히 여겨 한 늙은 서생에게 글과 그림이 뜻하는 내용이 무엇인지 물어 보았다. 서생은 부채를 보고 이렇게 대답했다.

“솔직하게 말씀드릴 테니 화내지 마십시오. 이 그림의 의미는 ‘보잘 것 없는 참새가 높은 가지에 기어오르려 한다’ 라는 뜻입니다. 바로 댁의 자제가 향시에 낙방할 것이라는 뜻이지요. 그리고 이 시는 말입니다. 각각의 첫 글자를 함께 읽으면 무슨 말인지 곧 아실 겁니다.” (시의 원문은 ‘扇扇有風凉, 王子上學堂. 八月仲秋考, 頭榜壯元郎’ 이다. 여기서 각 구절의 첫 글자를 붙여 읽으면, 扇王八頭, 즉 ‘왕씨 머리통을 한대 갈기다‘ 라는 뜻이 된다)

왕야는 그 속뜻을 깨닫고는 곧 기절해 버렸다고 한다.

작은 부채 하나에 얼마나 많은 세상 희로애락이 담겨 있는가? 또 일개 나약한 선비들 역시 얼마나 많은 세상사 애환을 품고 살아갔는가? 내 친구가 한번은 이런 이야기를 들려주었다. 친구가 잘 알고 지냈던 광동의 한 여류 작가가 우연히 한 경매 행사에 참가하게 되었는데, 그곳에서 그녀의 눈을 사로잡은 한 경매품을 만나게 되었다고 한다. 그것은 작은 부채였는데, 과거의 부채 주인은 바로 시인 쉬즈모(徐志摩)의 어린 시절 지기(知己) 루샤오만(陸小曼)이었다. 여류 작가는 흥분하며 부채의 경매를 지켜보았는데, 의외로 경매에 참가하려는 사람이 없었다. 경매 중개인이 몇 번이나 호가를 불러대며 참가자를 모았지만, 아무도 손을 들지 않았다. 여류 작가는 크게 상심하여 속을 외쳤다. ‘당신

들 이 부채를 어찌 이렇게 대접할 수 있단 말이야!' 결국 여류 작가를
경매에 데리고 갔던 사업가가 그 부채를 낙찰 받아 여류 작가에게 기념
선물로 주었다고 한다. 루샤오만이 지녔던 부채가 여류 작가의 손으로
옮겨진 것이다. 구천에서 이를 본 쉬즈모는 오히려 다행이라고 생각했
을지도 모른다. 이제 이 부채에는 두 여성의 혼이 깃들게 되었다. 그녀
들은 부채를 세상이 다하는 그날까지 소중하게 간직할 것이다.

정취를 알고 의리를 아는
문인 곁에는 곱고 아름
다운 부채가 있었다.

● 송충원(宋忠元)이
그린 조설근의 모습

10 혼례 · 장례에 깃든 부채 문화

가늘고 약한 비단을 어디에다 쓸까.
붉게 물들여 그만 신혼 휘장 속 부채를 만들어버렸네.
방금 장문에 바치고 흐느껴 울었는데,
벌써 백량을 맞이하는 연회가 시작될 시간이구나.
화장해 얼굴을 가리고 노래하는 용모를 몰래 보아야지.
부채엔 다만 한 쌍의 황백조만 그리고,
외롭게 나는 기러기는 그리지 마세요.

부채는 생활의 필요에 의해 탄생했다. 사람들의 물질문화가 날로 다양해지고 복잡해지면서, 자연스럽게 부채 위에도 이런 저런 다양한 모습들을 새기게 되었다. 부채는 우리 생활의 대변인이 되어 부채만의 고유하고 풍성한 언어를 형성했고, 다양한 표현형식도 만들어 왔다. 부채는 사람과 마찬가지로 복잡하고 섬세한 감정을 지니고 있는 듯하다. 사람에게 생로병사가 있고 달이 차면 기우는 것과 같이, 부채 역시 만남의 기쁨과 헤어짐의 슬픔을 고스란히 간직하고 있다.

문인들의 수필 중에서 우리는 각선지석(却扇之夕, 부채를 치우는 밤)이라는 말을 자주 발견하게 된다. 문인은 역시 문인답게 결혼이라는 좋은 일을 부채와 연관 지어 비유했다. '각선지석' 이란 바로 신혼 초야를 의미한다. 신혼 방안 가득히 화촉을 밝히고 기쁨이 충천한 가운데, 신부는 부채 뒤에 자기 몸을 숨기고 꽃으로 얼굴을 가린다. 신랑이 각선시(却扇詩)를 읊으며 신혼 방으로 들어오면, 그제야 신부는 수줍은 듯 부채와 꽃을 치우며 아리따운 얼굴을 드러운다. 신랑 신부는 함께 술잔을 나누며 합방을 치른다. 인생에서 가장 즐거운 때가 바로 '화촉을 밝힌 신혼 초야와 과거 합격자 명단에 이름을 올리는 순간' 일 것이다. 그리고 모두 부채와 깊은 관련이 있는 순간들이다. 신혼 초야는 '부채를 치우는 밤' 이라 불리지 않는가? 과거에 합격한 수재들을 황제는 아름다운 궁전으로 불러 친히 어선(御扇)을 하사하지 않았던가?

'각선지석' 과 관련해서 남북조의 하손(何遜)은 "그 무엇이 화촉을 밝힌 밤 가벼운 부채로 치장한 신부만 하리오?"라는 시를 지었고, 북주(北周)의 유신(庾信)은 "휘장 안에서 술잔을 나누고, 침상 앞에서 부채를 치운다."라고 노래했다. 모두 기쁨이 넘치는 혼인 풍습을 노래한 것이다.

각선지석 혼인 풍습의 유래에 대해 살펴보려면, 멀리 원시 고대 시대로까지 거슬러 올라가야 한다. 당리(唐李)는 『독이지(獨異志)』에서 다음과 같은 내용을 기록했다. 원시 고대 시기 인류가 큰 홍수를 만난 후 세상에는 복희와 여와 두 남매만 남게 되었다. 인류의 멸종을 막기 위해 두 사람은 어쩔 수 없이 서로 결혼하기로 했다. 두 사람은 남매지간으로 결혼을 하는 것이 부끄러워서, 풀로 부채를 만들어 얼굴을 가렸다고 한다. 그 후로 사람들이 결혼할 때에 이 방법을 그대로 본떠 답습했고, 널리 퍼져나가 하나의 결혼 풍습으로 자리 잡게 된 것이다.

『세설신어(世說新語)』에도 이와 유사한 기록이 전해진다. 진대(晉代) 온교(溫嶠)는 사촌 누이를 신부로 맞이하게 되었다. 신부는 손으로 비단 부채를 펼치는 것을 참지 못하고 얼굴을 드러내고 말아 사람들의 웃음거리가 되었다고 한다. 남조(南朝) 진대(陳代) 주정굉(周正宏)은 『간신부시(看新婦詩)』에서 "십오 년을 기다리다 드디어 오늘 정혼자가 오는구나. 사위의 얼굴이 미옥(美玉)과 같고, 신부의 얼굴이 복숭아꽃보다 더 곱다. 눈물이 비 오듯 흐르고, 또 웃음이 아침 안개같이 피어오른다. 환선을 살짝 치우니 절세미인이 따로 없구나."라고 읊었다. 모두 각선(却扇)하는 결혼 풍습을 표현한 것이다.

이상은(李商隱)이 지은 시 『대동수재각

● 《초선사녀도(蕉扇仕女圖)》

선(代董秀才却扇)』이 떠오른다.

> 화선(畵扇)이 휘장 밖으로 나오는 것을 막고, 청산을 가리며 그 재능을 감추는구나. 둥근 것은 명월이고, 그 안에 있는 것은 계수나무렷다.

시대가 변하면서 신부의 얼굴을 가리던 비단 부채는 점점 붉은 꽃이 수놓아진 '얼굴을 가리는 수건'으로 바뀌게 되었다. 신부가 수건으로 얼굴을 가리고 신혼 방으로 들어가면, 신랑은 '얼굴 수건을 들어 올려' 합방의 예를 지킨다. 비단 부채가 '얼굴 수건'에 그 자리를 양보한 것이다.

지금까지는 신혼 방안의 부채를 이야기 했다. 아가씨들이 시집갈 때에도 역시 부채가 사용되었다.

청대 만주족 여자들은 시집갈 때 반드시 춘궁선(春宮扇)을 준비해 갔다고 한다. 유정기(劉廷璣)의 『재원잡지(在園雜誌)』에는 "좌우로 펼칠 수 있는 3면으로 제작되어, 은밀히 누워있는 사람들을 그려 넣은 부채를 삼면선(三面扇)이라 부른다."라는 기록이 나온다. 춘궁선의 정면에는 산수 인물화가 그려져 있고, 뒷면을 열어보면 춘궁화(春宮畵, 음란한 그림을 그린 춘화를 가리킴)가 그려져 있었다고 한다. 그 시기에는 남녀 간의 일을 쉬쉬하는 분위기였다. 당시 어머니들은 딸들에게 차마 지금처럼 당당하게 성에 관한 얘기를 들려줄 수가 없어서, 부득이하게 이런 암시적인 방법으로 스스로 성지식을 터득하도록 교육했다. 만주족은 중국 관내로 들어온 뒤에도 여전히 민족의 풍습에 따라 성문제를 조심스럽게 다루었다. 특히 미혼의 어린 소녀들에게는 매우 엄격했다. 그러나 삼면선이 있어 이런 문제를 순조롭게 해결할 수 있었다. 옛날 사람들의 생활의 지혜가 엿보이는 대목이다.

　　부채는 신부의 치장과 혼례 의식에도 사용되었다. 의장 부채는 원래 황제가 순행 시에 그 위세를 나타내기 위해 사용되었던 것이다. 그러나 청대 후기에 이르러, 일반 백성들 역시 의장 부채를 사용하는 습관을 갖게 되었다. 부채는 그 격을 낮추어 평민들의 혼인 장소에 모습을 드러내게 되었다. 민국 시기에는 이런 습관이 더욱 성행해 하나의 풍습으로 형식을 갖추기에 이르렀다. 청대 왕응규(王應奎)가 『유남수필(柳南隨筆)』에서 기록한 내용에 따르면, 소주 일대에서는 집안의 가세와 신분의 귀천을 가리지 않고, 결혼식에 부채와 우산, 은빛 참외 등을 사용해 의식의 위엄을 나타냈다고 한다.

　　이러한 풍습은 소주뿐만 아니라 광동 번우(番禺) 일대까지 전해졌다. 신부가 가마에서 내리면 신랑은 접선으로 신부의 머리를 때린다. 그러면 신부는 급히 신혼 방으로 들어간다. 신부에게 첫 시작부터 호된 맛을 보여주고 앞으로 살아가면서 경거망동하지 말라고 경고하는 것이다. 부채가 옛 예교(禮敎)에 함께 묶여버린 것이다.

　　옛날 대만 고웅시(高雄市) 농진(濃鎭) 일대에서는 딸을 시집보낼 때 길일을 택해 신

● 청대 부채 문화

● 하늘에서는 비익조(比翼鳥)처럼 금슬이 좋고, 땅에서는 가지가 한데 이어진 두 나무처럼 화목하기를 바라네.

랑을 불러 신부를 데려가게 했다. 신랑이 와서 신부를 가마에 태워 돌아갈 때 신부의 어머니나 친척 어른이 두 손으로 물을 한 사발 들고 나와 가마에 물을 뿌렸다. 가마가 움직이면 신랑은 손에 들고 있던 부채를 즉시 집어 던졌다. 그러면 물을 뿌린 사람이 그 부채를 거두어 힘껏 부채질하며 이렇게 소리를 질렀다고 한다.

"더 시원해져라. 아 시원하다. 아 시원하다."

이 말은 사실 같은 음을 내는 다른 한자를 의식한 것이다.

즉, "더 착해져라. 더 착해져라. 아 착하다." (중국어에서 부채질하여 시원하다는 뜻으로 扇涼 한자를 사용한다. 이 한자는 착하다는 의미인 善良과 그 발음이 같다) 이 풍습은 두 가지 의미를 지니고 있다. 먼저 신부에게 착한 부인이 되어 남편과 백년해로하고 절개를 지키라는 가르침을 주는 것이다. 즉, 한번 엎질러진 물은 다시 주워 담을 수 없다는 의미이다. 또 다른 의미는 바로 딸을 시집보내 일생의 소원을 달성한 기쁨을 표현한 것이다.

옛날 조선족의 결혼 풍습으로 선추목안(扇推木雁)이라는 이채로운 의식이 있었다. 결혼 당일, 신랑은 예복을 갖추어 입고 들러리와 함께 신부의 집으로 간다. 신부의 집에서 신랑은 먼저 신랑방(新郞房) 앞뜰로 나간다. 들러리는 흰 명주 추가 달린 부채를 신랑에게 건네고, 신부측은 동시에 아름답게 조각된 나무기러기를 신랑 앞에 내어 놓는다. 신랑은 무릎을 꿇고 앉아 부채로 나무기러기를 미는데, 반드시 신랑방 앞 계단까지 밀어야 한다. 추안(推雁) 풍습은 신랑의 민첩성을 시험해 보는 일종의 테스트였다. 잘 밀리지 않는 나무기러기 때문에 신랑은 종종 진땀을 흘렸고, 사람들의 웃음을 자아내기도 했다. 신랑이 기러기를 밀다가 뒤집으면, 사람들은 신랑을 바보로 여겨 일생동안 그를 놀려댔다고 한다. 그래서 신랑은 기러기를 미는 일에 전력을 기울일 수밖에 없었다. 기러기는 자기 짝을 잃으면 평생을 독신으로 지낸다고 한다. 추안은 바로 결혼한 부부의 영원한 행복과 안녕을 기원하는 풍습이었다.

조선족이 이성을 중시했던 것과는 달리, 광서(廣西) 장족(壯族)은 항상 낭만적인 감성을 중요하게 여겼다. 장족 젊은 남녀들은 가우(歌圩, 노래 장터)에서 서로의 정을 쌓아 나갔다. 이 가우는 풍류우(風流圩), 삼월삼가절(三月三歌節)로도 불렸고, 『시경』에 나오는 관저(關雎)의 옛 풍습이었다. 이 절기가 되면 사방 몇 십 리 밖에서 미혼 남녀들이 아름다운 의복을 차려입고, 정성스레 선물을 마련해 가우에 나와 대가(對歌, 일문일답식의 노래)를 벌였다. 그들은 노래로 친구를 사귀고, 노래로 정을 나눴다. 대가 방식은 담가(擔歌)와 선가(扇歌) 두 가지 종류가 있었다. '담가'는 흰 천으로 멜대를 묶어서 진행됐는데, 흰 천 한 면에는 화조도를 그렸고, 다른 한 면에는 사랑 노래를 적었다. '선가'는 흰 부채 위에 한 면은 화조도를 그리고 다른 한 면에는 10곡의 사랑 노래를 적어 진행되었다. 사랑 노래는 반드시 깊은 의미를 담고 있어야 하고, 앞뒤 호응을 이루게 하는 등 그 형식과 순서에 맞게 지어져야 했다. 젊은 남녀들은 가우에서 사랑 노래를 적은 부채를 들고 마음에 드는 상대를 골라, 부채를 서로 주고받으며 애정의 증표로 삼았다.

여기서 부채는 또 사랑하는 남녀를 연결해 주는 중매쟁이 역할로 변신했다.

상술한 내용이 모두 부채 위에 그려진 달콤한 생활을 이야기한 것이라면, 이제부터는 불행과도 인연을 맺었던 부채의 슬픔과 아픔도 함께 이야기해 보자.

중국 고대 장례 문화 중에도 부채를 사용한 흔적이 엿보인다.

고대에는 출관할 때 꾸몄던 관장식을 삽(翣)이라 불렀는데, 그 모양이 부채와 비슷했다. 『예기』를 보면 주인장치(周人牆置)라는 기록이 나온다. 주례(周禮)를 계속 지켰던 후한대에도 한대 규정에 따라 삽을 제작했다. 삽은 나무로 짠 틀로 너비가 3치, 높이가 2.4치로 네 방향에 모두 두 개의 모서리가 있었다. 흰 천으로 감싸고 그 위에 도안을 그려 넣었다. 길이는 5치 정도였다. 출관 시, 행여가 먼저 나가고, 삽을 든 사람이 그 뒤를 따르며 관 옆을 가렸다. 묘지에 당도하면 관을 내려 구멍에 넣고, 묘지 옆에 삽을 세웠다. 망자의 신분에 따라 삽의 도안과 숫자도 달랐다. 주대(周代) 천자는 8개, 제후는 6개, 대신은 4개를 사용했다. 이는 의장 부채의 규격과도 비슷했다. 고대인들은 살아서나 죽어서

나 체면을 중요시했던 것 같다.

　위진남북조 시대 무릇 사람이 죽은 상가에는 반드시 흉문을 세워 사람들이 잘못 들어오는 것을 막았다. 흉문은 집 대문 밖에 나무틀을 짜 세우고, 흰 천을 이용해 문틀을 묶어 문처럼 만들었다. 이것은 후대에 나온 장례용 건축물과 비슷한 것이었다. 이 문을 만드는 데 비용이 많이 들어서, 진 성제(成帝) 함강(咸康) 7년에는 이 풍습을 금지했다. 이후 흉문은 없어지고 흰 부채를 의미하는 소선(素扇)을 사용해 인근에 상사(喪事)를 알리는 풍습으로 바뀌었다. 사람들은 문 앞에 흰 부채를 걸어 두어 상가임을 알렸다. 또 부러진 파초선을 걸어 두고 문 옆에 흰 종이 한 묶음을 걸어 두기도 했다.

　이 밖에도 민간에는 장자(壯者)가 처를 잃었을 때 대야를 두드리며 노래를 불렀다는 고사가 전해진다. 고사에서 장자의 처는 초나라 왕손에게 재가(再嫁)하기 위해 벽관(劈棺, 관을 부수다), 선분(扇墳, 묘지를 깨트리다)했다고 전해진다. 그래서 후세 과부가 새로 재가하기 위해서는 반드시 선간분토(扇幹墳土, 묘지를 깨끗하게 부수고 깨트리다)를 해야만 했다. 그런데 애초에 선간분토는 불가능한 것이 아닌가? 이는 재가를 하지 말라는 말과도 같은 것이다. 당시 봉건예교를 구실로 부녀자들을 얼마나 심하게 속박했는지 짐작할 수 있다.

　인생의 무한한 기쁨과 쓰디 쓴 슬픔의 눈물이 이 작은 부채 안에 함께 어려 있을 줄 그 누가 알았겠는가?

● 무린(繆麟)이 그린
《금어도(金魚圖)》

炎涼　賞昌重遲
爭佳人重感催

11 부채와 관련된 아름다운 풍습들

궁중 비단 안 벌들이 매화를 따라가고,

보선 위 난새가 날개를 펼치네.

여러 번 부채를 접으니 청풍이 몰려오고, 손으로

한번 꼬니 가을 생각이 나는구나.

흔들흔들 운모가 가볍게 움직이고, 아름다운 가지가 가늘게 이어지네.

옥련환을 풀지 마라.

꽃 장식 부채추가 멀리 날아갈까 두렵구나.

민속(民俗)이란 말은 글자 그대로 민간에서 유행하고 있는 습관과 풍속을 의미한다. "속(俗)은 습관이다. 위에서 내려오는 교화(敎化)를 풍(風)이라 하고, 아래에서 성행하는 습관을 속(俗)이라 한다(『주례』)." 고대 봉건사회에서는 통치 계층으로부터 내려오는 교화를 '풍(風)'이라 일컫고, 일반 백성 사이에서 전해지던 습관들을 가리켜 '속(俗)'이라 불렀다. 민간의 풍속은 역사적으로 계승되고 관습적으로 형성된 것이다. 민속은 민족 전통 문화라는 거대한 구조물 중의 한 부분이라 할 수 있다. 또한 민속은 고대 사회의 토템, 무속, 종교 신앙과도 밀접한 관계를 맺고 있다. 민속은 종종 "한두 사람이 제창하면 수천 수백 명이 이를 따른다."라고 표현되기도 한다. 이는 민속의 강한 영향력을 의미하는 것이다. 또한 민속은 강한 안정성과 전승력을 기반으로 대를 거쳐 전승되어 왔다.

만일 민속을 잎이 무성한 커다란 나무에 비유한다면, 부채 풍속은 바로 이 나무 위에서 자라고 성장한 한 줄기 나뭇가지라 할 수 있겠다. 또한 민속을 힘차게 흘러가는 황하에 비유한다면, 부채 풍속은 중국 문화의 거대한 물줄기 위에 소용돌이치며 솟아오르는 뽀얀 물보라라 할 수 있을 것이다. 부채 풍속은 중국인의 지혜와 생활이 결집되어 있고, 그 이상과 추구가 담겨 있는 하나의 작은 결정체이다. 부채 풍속은 관습적으로 형성된 문화생활의 현상이

● 북방지역의 채고교(踩高蹻). 전통 복장을 하고 명주 손수건과 접선을 들고 춤춘다.

며, 그 안에는 사람들의 회심에 찬 미소가 가득 담겨져 있다.

　진대(晉代)에는 부채를 이별의 선물로 주는 풍습이 있었다.

　부채는 부끄러움을 가려주는 도구뿐만 아니라 이별의 선물로도 사용되었다. 친구가 멀리 떠날 때 부채를 서로 나누며 이별의 정을 달랬다. 간소한 선물이었지만, 그 안에 담겨진 인의(仁義)의 정은 그 무엇보다도 깊었다. 오늘날까지도 전해지는 원굉(袁宏) 양인풍(揚仁風)의 고사는 바로 이 진대의 풍습을 생생하게 반영한 것이다. 양인풍은 원래 강남 일대 사람들이 부르던 부채의 별명이었다. 북경 이화원(頤和園)에도 양인풍이라 불리는 건축물이 있다. 이 건축물 안의 정원에는 산수와 누각이 배치되어 있고, 전체 건축물의 조형이 마치 펼쳐놓은 접선 모양과 비슷하다. 그러나 역시 원굉의 고사가 이화원 건축물보다 더 생동감 있고 흥미롭다.

　동진(東晉) 시기 사안(謝安)이라는 뛰어난 재상이 한 명 있었다. 사안은 그의 조카 사현(謝玄)과 함께 8천 명의 정예부대로 전진(前秦) 부견(符堅)의 8만 군사를 격파해, '팔공산(八公山)아래 초목이 모두 병사다' 라는 속담을 만들어내기도 했다. 이 이야기는 후일 초목개병(草木皆兵)이라는 고사성어의 유래가 되었다.

　사안에게는 원굉이라는 친구가 있었는데, 지혜가 남달랐고 언변에도 능했다. 두 사람은 의기투합하여 절친한 친구가 되었다. 그러던 어느 날 원굉이 동양(東陽) 태수직을 맡아 떠나

●잡기 '뇌련상(打連湘)'에 필요한 도구는 채색 부채, 대나무 판, 그리고 동전이 달린 대나무 장대였다.

게 되었다. 사안은 친구를 위해 송별연을 열어주면서, 그 송별연에서 친구의 능력을 함께 시험해보기로 했다.

송별연을 마치고 헤어질 즈음, 사안은 소맷자락에서 부채를 꺼내 원 굉에게 주었다. 그리고 아무 말도 하지 않았다. 원굉은 이미 사안이 부 채를 선물하는 의미를 알아차렸고, 사안의 어깨를 두드리며 이렇게 말 했다.

●송대(宋代) 부채 그림. 아침 단장을 마친 부인이 거울을 보고 있고, 한 시녀는 두 손으로 차 쟁반을 나르고 있다. 다른 부인은 손을 뻗어 쟁반 안의 찬합을 꺼내고 있다.

"친구, 안심하게나. 그곳에 부임하면 이 부채로 따뜻한 인정의 바람을 일으켜 백성들을 편안하게 다스리겠네."

원굉의 총명한 기지에 사안은 크게 탄복했다. 그 후로 '인풍(仁風)을 일으켜, 백성들을 위로하다.' 라는 말이 생겨나 전해졌다. 백성들은 부채를 '양인풍' 이란 이름으로 대신해 부르며 독특하고 아름다운 속뜻을 은근히 나타냈다.

원굉이 멀리 떠날 때 사안은 부채를 선물했다. 당대(唐代)에도 파교(灞橋) 앞까지 나와 배웅하며, 버들가지를 꺾어 다시 만날 날을 기약하는 이별 풍습이 있었다. 버들가지를 꺾고 부채를 선물하는 것 모두 멀리 떠나는 친구에게 아쉬운 석별의 정을 표현하는 한 방법이었다.

어떤 한 문인은 이별할 때 친구들이 선물한 부채가 한 꾸러미나 되어, 그것이 귀찮아 친구들의 아름다운 정성을 거절했다고 한다. 진정한 문인이라면 편리함과 우정, 두 가지 모두에 주의했어야 했다. 친구들이 선물한 부채에 적힌 시들을 하나하나 정성스럽게 베껴 쓰고 부채는 다시 친구들에게 돌려주었다면, 문인은 두 가지 모두를 다 얻을 수 있었을 것이다.

중국은 예로부터 '예의의 나라' 라고 불렸다. 고대에 행해졌던 예교는 주로 『주례』에 기록되어 있었다. 『주례』에는 길례(吉禮), 흉례(凶禮), 군례(軍禮), 병례(兵禮), 그리고 가례(嘉禮)에 관한 내용들이 적혀 있는데, 그 중 가례가 가장 복잡했다. 『주례』에는 "가례로 사람을 대할 때는, 반드시 음식으로 친척과 형제를 대접하고, 혼인과 관례의 예로 성인 남녀를 대해야 한다. 또한 손님의 예로 오랜 친구를 대해야 하고, 향연의 예로 각지에서 온 손님을 대접해야 한다. 마지막으로 경사의 예로 타국인을 대접해야 한다."라고 기록되어 있다. 『주례』 안에는 당시 봉건 사회를 유지하는 모든 질서가 포함되어 있었다. 당시에는 정보 전달이 쉽지 않았기 때문에, 서로의 집을 직접 방문하며 의사소통할 수밖에 없었다. 친구를 방문할 때는 절대 빈손으로 갈 수 없어서, 일반적으로 사색수례(四色水禮, 과일이나 과자 같은 간단한 선물)를 준비했다. 사색수례에는 천선(川扇, 사천 부채)과 항선(杭扇, 항주 부채)이 빠질 수 없었다. 부채는 사용하기 편리한 일상 생활용품이었기 때문에, 선물로 주기에도 매우 적합했다. 부채는 더위를 가시게 해주고 얼굴을 가리는 용도로도 사용될 수 있었다. 남자들은 부채를 들고 호방한 자태를 연출했고, 여자들은 부채로 정숙하고 아름다운 맵시를 자랑했다. 부채 한 자루만 있으면 갑자기 필요할 때 적절히 사용해 곤란함을 면할 수 있었을 뿐 아니라, 동시에 자신의 우아함도 함께 나타낼 수 있었다. 이것이 바로 일석삼조가 아니고 무엇이란 말인가?

이후주(李後主)는 부채 시에서 "손안에 든 부채로 서로 인사하며 예를 차리네."라고 읊은 바 있는데, 이는 당시 세태를 조명한 것이다. "집집마다 단선에 육방옹(六放翁)을 그려 넣는다네." 역시 송대(宋代) 민간 풍습을 반영한 것이다. 당시에는 부채를 보편적으로 사용했을 뿐만 아니라, 어떤 사람은 부채에 푹 빠져 돈이 없으면 빌려서라도 비싼 명품 부채를 사 자신의 신분과 지위를 과시하곤 했다. 경성(京城)을 묘사한 '희극(戲劇)'에는 다음과 같은 죽지사(竹枝詞) 구절이 나온다. "다원(茶園) 누각 위로 환간들의 위세가 피어오른다. 방석을 깔고 책상다리를 하고 앉아 단선을 부치며 고상한 척 하고 있다." 몇 구절의 죽지사에 당시 허풍스러운 사회의 풍조가 반영되어 있다. 역사는 현실을 반영하는 거울이다. 현실은 또한 역사의 연속이다. 오늘날 얼마나 많은 사람들이 돈을 빌려서라도 비싼 핸드폰을 사서 하루 종일 손에 쥐고 앉아, 전화가 오기만을 기다리고 있는가? 어쩌면 하루 종일 한 통의 전화도 걸려오지 않을지도 모른다. 핸드폰 주인은 전화가 오든 말든 신경 쓰지 않

는다. 그저 작고 예쁜 핸드폰만 있으면 그만이다. 체면에 살고 체면에
죽는 사람들. 옛날이나 지금이나 하나도 다를 것이 없는 것 같다.

사람들은 친구 집을 방문하면서 사색수례를 준비했다. 이여진(李汝
珍)의 『경화연(鏡花緣)』에 따르면, 당대(唐代) 부녀
자들은 춘선을 선물했다고 한다. 아가씨들
사이에 친분을 쌓을
때 특별히 필요했
던 선물인 것 같
다. 『경화연』 제
63회에는 재주
있는 여성들이 2
월 하순 '부시(部
試)'와 '전시(殿試)'
에 참여했다고 쓰여
있다. 등장인물 진소
춘(秦小春)은 당규신
(唐閨臣)에게 이렇게
이야기한다.

"내일 동생이 예
쁘게 그림을 그려 춘
선을 드릴 것입니
다."

제72회에서
는 '백목정(白
木亭)에서

● 부채는 일상생활 속에서 다양하게 사용되었다.

여덟 아가씨가 춘선에 글씨를 쓰다' 라는 이야기가 등장한다. 당시 규방 아녀자들은 봄, 여름 서화 부채를 선물로 주며 은밀한 금란지교를 쌓았음을 알 수 있다.

평상시 친구를 만날 때면 사색수례를 준비하고, 여성들은 춘선으로 우정을 교환했다. 명절이 되면 높은 조정에서부터 멀리 강호에 이르기까지, 모든 사람들이 부채를 가지고 특별한 날을 기념했다.

당 이전 단오절에는 반드시 선물을 교환하고 서로를 축하하는 구습이 있었다. 당나라 태종은 단오에 여러 대신들에게 비백선(飛白扇)을 선물해 망극한 황은(皇恩)을 나타냈다. 황제의 시범으로 단오절에 부채를 선물하는 풍습이 생겨난 것이다. 고대 장안이나 성도 등지에서는 단오 전에 반드시 부채 시장을 열었다. 갖가지 부채들이 그 아름다움을 과시하는 시장에서, 사람들은 편리하게 명절 부채를 고르고 선물했다. 일찍부터 명절 기분을 즐겼던 것이다. 당대에는 낙양 사람들이 단오에 벽온선(辟溫扇)을 선물했고, 양송 시기에는 백성들이 5월에 찹쌀, 물, 여러 음식, 쑥, 꽃, 화선(畫扇)으로 서로를 대접하는 풍습이 크게 성행했다. 양광(兩廣) 지역 역시 10월에 부채를 선물하는 풍습이 있었다. 양광은 영남 지역에 위치하고 있기 때문에 기후가 몹시 무더웠다. 또 가지나무는 2, 3년이면 벌써 큰 나무로 성장해서 가지를 따려면 반드시 사다리를 준비해야만 했다. 겨울에 접어들면 사람들은 혼돈(餛飩)을 먹으며 땀을 흘렸다. 이럴 때면 으레 부채를 써서 땀을 식혔다. 그래서 이 지역에서는 10월에 부채를 선물하는 것이 지극히 정상적인 일로 여겨졌던 것이다. 현지 민요 중에는 다음과 같은 가사도 있었다.

"사다리에 올라가 가지를 따서, 부채질하며 혼돈을 먹는다."
영남 지역의 풍습을 제대로 반영한 노래이다.
고대에는 부채를 선물하는 것이 상대방에 대한 예의이자, 상대에 대

한 관심과 존경을 함께 나타내는 것이었다. 근래에 와서는 이러한 의미
에 변화가 생긴 듯하다. 다소 그 뜻이 폄하되고 나쁜 뜻으로 변질되었
다. 대만, 홍콩, 마카오 지역에서는 싫어하는 사람에게 부채를 주는 풍
습이 있다. 그 지역 사람들에게는 송선(送扇, 부채를 선물하다)이 곧 송
산(送散, 헤어짐을 선물하다)을 의미
했다. 친구들은 이렇게 헤어지고

● 당대 매 단오절에는 신하
들에게 비백선(飛白扇)을 하
사해 망극한 황은(皇恩)을
나타냈다.

떠났다. 송선과 송상(送喪, 죽음을 선물하다) 역시 비슷한 음을 가지고 있다. 누군가 부채를 선물한다면, 그것은 곧 그 사람이 죽기를 바라는 것이 아니겠는가? 부채는 여름에 사용되고 가을이면 버려지기 때문에 그 수명이 오래가지 않는다. 그래서 이 곳 사람들은 '부채를 선물하는 것은 곧 보고 싶지 않다는 뜻'으로 생각했다. 중국인의 이상적인 바람을 소동파는 다음과 같은 사(詞)로 표현했다.

단지 그 사람과 오래 오래 함께 하기를 바랍니다. 천리 밖에서도 같은 달을 바라볼 수만 있다면.

부채를 선물하는 것은 바로 이러한 염원과 상반되는 행동이다. 따라서 부채는 자기가 사용할 물건이지 절대 누군가에게 선물로 줄 물건은 못된다. 선물로 줄 때는 반드시 신중해야 하고, 사랑하는 사이라면 꿈에라도 생각해서는 안 될 것이다.

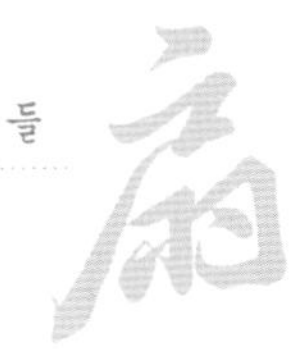

청말 민국 초기, 민간에서는 부채를 사용하는 데에도 일정한 규범이 만들어져 엄격하게 지켜지게 되었다. 문인 사대부, 관료와 거상은 초여름에 접선을 사용하고 중간에 단선을 사용하다가, 폭염이 기승을 부리면 우선을 사용했다. 날씨가 선선해지면 다시 단선을 꺼내어 부치고, 가을과 겨울이 되면 접선을 사용했다. 일반인들과 스님 도사는 주로 접선을 많이 사용했는데, 무더운 여름 스님들은 포규선(蒲葵扇)을, 도사는 우선을, 그리고 일반 상인들은 접선이나 포규선을 사용했다. 그 이후로는 이렇게 엄격하게 구별을 두어 제한하지는 않았다. 청대 만주인 남자들은 더운 여름날 허리에 띠를 두르고, 그 속에 부채, 안경집, 빈랑나무 쌈지 등을 넣어 다녔다. 허리춤에 이렇게 많은 물건을 넣고 다니면서도 귀찮아하기는커녕 오히려 자신을 스스로 멋쟁이라고 생각하며 오랜 습관을 버리지 않았다고 한다.

수도인 북경은 항상 첨단 유행을 선도해왔다. 금을 뿌린 사천 부채가 유행하기도 하고, 옥대(玉帶)를 조각한 부채가 유행의 선봉을 차지하기도 했다. 궁정 비단 부채가 유행하는가 하면, 또 갑자기 파초선이 선풍을 끌기도 하며 사람들의 눈길을 사로잡았다. 청대 이홍약(李虹若)은 『도시총재(都市叢載)』에서 도문(都門)의 죽지사 『파초선』을 읊었다.

> 삼복더위가 기승을 부리고 온 산이 불타오르는 듯 하구나. 다른 행인
> 에게서 파초선을 가져와 몰래 부채질하네.

이를 볼 때 당시 도성에서 파초선을 사용하는 것이 매우 보편적이었음을 알 수 있다. 소박한 민간 풍습에 한층 시원해짐을 느낀다.

민간 풍속은 매우 소박하며 평민 백성의 생활의 지혜가 그 속에 담겨 있다. 백성들은 종종 부채를 빌려 세상사를 비유하고, 아름다운 미

● 명인(名人) 서화 부채 진품

래에 대한 염원을 나타냈다. 그들은 한대 기물 위에 적혀 있던 길상(吉祥)문자를 본떠 길상도안들을 상상해냈고, 그것으로 행운이 가득한 생활을 영위하고픈 자신들의 바람을 함축적으로 표현해냈다. 명청 양대에는 길상도안이 더욱 풍성하고 다채로워져, 천진(天津) 양류청년화(楊柳靑年畫) 중에는 적지 않은 길상도안이 등장했다. 한 폭의 부채에 박쥐의 입술과 날개를 그리고, 주위에 색색의 실로 장식한 금전을 달았다. 그래서 부채 하나만 있으면 곧 복이 눈앞에 펼쳐졌다. 복희길상(福喜吉祥)을 쓴 채색 세화(歲畫, 설날 실내에 붙이는 그림)에는 가운데에 박쥐 날개를 그려 넣기도 했는데, 이는 복(蝠, 박쥐), 선(扇), 길(桔, 도라지), 경(磬, 경쇠) 네 글자가 같은 음의 복(福), 선(善), 길(吉), 경(慶)의 뜻을 의미했기 때문이었다. 아름다운 도안이 그려진 부채는 명절의 기분을 더하는 데 유용했을 뿐만 아니라, 즐거운 나날을 염원하는 사람들의 마음을 표현하기에도 안성맞춤이었다.

일반 백성들이 부채에 길상도안을 그려 비교적 간단하게 직접적으

로 자신들의 마음을 표현한 반면, 고상한 문인들은 부채에 산수 인물과 초목 벌레를 그려 넣어 함축적으로 고상한 풍치를 드러냈다. 문인 사대부들은 수중 부채에 발묵(潑墨)해 글과 그림을 그리며 부채를 감상하고 비평했다. 게다가 많은 부채가 있어도 유명한 부채를 구걸하며 서로 자신의 우아함을 과시하기도 했다. 이러한 풍조는 매우 성행해 일반 백성들조차 이에 예속되었는데, 좋은 부채를 손에 넣으면 갖은 방법을 동원해 서예 대가들에게 부채에 글과 그림을 그려달라고 졸라댔다. 일단 성사되기만 하면 종일 이를 감상하며 즐거움을 만끽했다. 남북조 시기에는 부채에 낙수(洛水)여신을 그리거나, 진왕(秦王)의 부인이 난새(중국 신화에 나오는 새)를 타고 연무 사이로 사라지는 그림을 그려 넣었다. 당대에도 여전히 난새를 타고 오르는 여인을 즐겨 그렸고, 송대 왕안석은 부채에 '달 옆으로 여인이 난새를 타고 오른다.' 라는 글을 적어 넣기도 했다. 진나라 여인이 난새와 함께 나란히 날아오르는 모습, 얼마나 기묘한 풍경인가! 남송 시대의 시 "집집마다 단선에 육방옹(六放翁)을 그려 넣는다네." 역시 당시 평민 계층이 부채에 그려 넣은 그림의 소재를 집약적으로 반영한 것이며, 하루 빨리 어렵고 굴욕적인 생활에서 벗어나 아름다운 산하를 다시 되찾고 싶은 백성들의 바람과도 일치하는 것이다.

문학이 사회생활을 총체적으로 반영하듯이, 부채 그림 역시 시대와 그 운명을 같이 했다. 부채 그림만 보아도 당시의 사회적 특징을 단번에 알게 될 때도 있다. 증국번(曾國藩)은 보패형(寶珮蘅)에게 보낸 편지에 "천진 민심이 여전히 흉흉합니다. 사람들은 양인(洋人)을 죽이는 그림을 새겨 종이와 부채에 찍어내며 그 뜻을 표현하고 있습니다."라고 썼다.

의화단은 칼만 들고 서양인의 총과 포에 맞서 싸운 것이 아니라, 세화와 종이, 그리고 부채에 그림을 그려 그들의 무기로 사기를 충전하고 그들의 뜻을 만방에 떨쳤다. 산동박물관에 소장되어 있는 목판 인쇄 부채 그림에는 당시 산동 치천(淄川)성 농민 유덕배(劉德培)가 이끌던 민중 봉기의 한 장면이 그려져 있다. 부채면은 가로 너비가 50센티미터쯤 되며, 의병과 청군이 치천성에서 대치하며 성을 공략하고 수비하는 전쟁 모습을 담고 있다. 부채 그림이 있었기에 비장한 역사가 보존될 수 있었다. 지금도 애국정신을 교육하는 향토 자료로 이용되고 있다.

1930년대 일제의 중국 유린으로 전국에는 크고 작은 항일 봉기가 일어났다. 민간에서는 역시 이와 유사한 인쇄 부채 그림이 등장했다. 국운이 경각에 달린 당시 사회상은 부채 그림의 생동감 있는 소재로 작용했고, 부채는 이에 응답하며 충실하게 당시의 생활상을 기록했다.

지금에 와서도 부채의 이러한 작용은 절대 수그러들지 않았다. 여행 문화가 활기를 띠면서 많은 사람들이 여행 간판을 내걸며 여행용 부채의 탄생을 예고했다. 기념의 의미가 강한 여행용 부채는 여행지의 풍경을 그리거나 그 지역의 문화를 소개하여 여행객을 불러 모으는 데 일조하고 있다. 비록 그 장식이나 제작 수준을 상술한 다른 부채들과 함께 논할 수는 없지만, 부채에 일상생활의 풍습을 담고 있다는 점에서는 일맥상통한다.

부채에는 시가 빠질 수 없었다. 부채 그림에 길상을 상징하는 여러 도안들이 사용된 것처럼, 시에도 세상을 일깨우는 아름다운 언어가 자주 사용되었다. 시어들 역시 그림과 마찬가지로 간접적으로 당시 생활상과 사람들의 사상 감정을 표현했다. 문인의 정취는 '청풍(淸風)이 천천히 밀려온다.', 예술인의 노력은 '예술의 정진에는 끝이 없다.' 라는 말로 표현했다. 평민들의 기원은 가화만사성(家和萬事成) 등등. 과거 부채에는 『문창제군음즐문(文昌帝君陰騭文)』, 『태상감응편(太上感應篇)』,

『반야바라밀다심경(般若波羅密多心經)』등과 같은 세상을 권면하는 잠언
도 쓰여 지고 인쇄되었다. 보통 사람들은 파초선으로 연기를 피우며 이
렇게 말했을 것이다.

"유월이라 날씨는 무더
워 부채와 한시라도 떨
어질 수가 없구나. 누
가 와서 부채를 빌
리네. 당신은 덥지
만 나는 하나도 안
더워요."

얼마나 소박한
언어인가? 일반
백성들만이 이러
한 통속적인 표현
을 즐길 수 있었을
것이다. 이런 통속적
인 언어는 일정한 압운(押
韻)이 있어 입에 딱딱 들어맞았
고, 나중에는 속담으로까지 발전해 천년
세월동안 전해져 내려오고 있다. 원대 육영(陸泳)은 『오하전가지(吳下
田家志)』에 당시 강남에서 유행하던 속담 하구구가(夏九九歌)를 소개했
다. 지금은 동지수구(冬至數九)라는 말로 더 알려져 있다. '하구구(夏九
九)'는 여름이 시작된 이후 날수를 센 것이다. 하구구가 중에는 "첫 번
째, 두 번째 9일은 부채가 없어서는 안 된다네. 9일이 세 번이면 27일
이라. 얼음물이 꿀처럼 달구나." 라는 말이 나온다. 일찍이 민간에서 유

● 부채에 반영된 옛 풍습의
한 장면. 화가가 옛날 부채에
그려졌던 그림을 보고 다시 제
작한 것도 있다.

행하던 가요에도 이런 가사가 나온다. "5월이면 단오절 용선(龍船)을 강둑에 대고, 6월이면 부채가 수중에 있네." 이 역시 열망에 가득 찬 백성의 생활을 반영한 노래이다.

속담은 일반 민중의 언어 중 가장 생동감 있는 언어 표현임과 동시에, 풍부한 문학적 감성을 함께 지니고 있는 것이다. 민간 속담은 민속 문화가 집중되고 정제된 언어 총체이다. 백성은 노동과 삶의 현장에서 부채를 미화하고 풍성한 부채 언어를 창조해 냈으며, 부채의 기능도 함께 발전시켜 나갔다. 그리고 부채를 중심으로 형성되어 오래도록 전해진 각종의 함축적 의미들이 이제는 부채 문화와 풍속으로 성장했다. 중국의 민속 문화를 한층 더 풍성하게 발전시킨 부채는 이제 중국 민속

● 복리고(福利古) 진은 중국 양삭(陽朔) 공예 부채의 주요 산지이다. 사원에 모셔진 신상들 역시 부채로 치장하고 있다.

문화의 중요한 한 구성원으로 당당히 그 이름을 올리게 되었다.

중국 항주는 명품 부채 산지로 유명하다. 항주시 구역 내 흥충항(興忠港)에는 부채 산업의 시조를 모신 전당이 자리하고 있다. 이 시조의 이름은 제환(齊紈)이다. 주나라의 한 제후가 이 제환 부채를 만들어 후세 사람들의 복을 빌었다고 전해진다. 춘추전국시기 제환노호(齊紈魯縞)로도 불리며 한 시대를 풍미했다. 제환은 본래 제나라에서 생산되는 하얀 명주를 말하는 것이고, 노호는 노나라의 하얀 생사를 일컫는 말이었다. 모두 부채에 사용되는 고급 재료였다. 수천 년의 변천 과정을 통해 이들은 부채를 제작하는 물질에서 부채를 창시한 시조로 탈바꿈되었다. 이런 변화가 가능했던 이유는 바로 부채 문화의 매력 때문일 것이다. 일반 백성들의 눈에는 부채의 창시자가 만대를 영원히 축복할 존귀한 신의 모습으로 비춰졌다. 우리는 부채 문화의 보이지 않는 힘에 탄복할 수밖에 없으며, 부채 민속 정경에 도취될 수밖에 없다.

부채와 건축미

장안 유월이면, 옥하교 버드나무 아래서
시원한 얼음을 판다네. 들어올린 놋그릇 높이가 열 장을
넘어도 이 더운 여름은 정말 견디기 어렵구나.
홀연히 앞에서 불어오는 바람과 수정으로 만든 부채 추를 보니,
기분이 절로 시원해지는 것 같도다.
바람이 온 정원 안에 가득하니 어디선가
청아한 소리가 들려오는 듯하네.

● 환형(環形)으로 이루어진 건물의
내부 모습이 단선(團扇)과 유사하다.

중국 부채에는 그 자신만의 독특한 시와 그림이 있고, 춤과 희곡, 그리고 풍속 등 여러 다양한 언어가 있어 그 누구도 흉내 낼 수 없는 아름다운 문화를 형성하고 있다. 이러한 부채의 아름다움은 자신이 내포하고 있는 자체의 미(美)뿐만 아니라, 중국 문화예술과 결합함으로써 더욱 빛을 발하게 되었다. 그러나 부채 형태의 아름다움은 아직 충분히 발휘되지 못했다. 그 아름다움을 계속해서 깊은 잠에 빠져있게 내버려 둔다면, 이는 매우 큰 유감이다. 다행히 부채는 조경건축의 세계로 들어가 그가 갖고 있는 형태 미학을 유감없이 발휘했다. 부채 형태의 아름다움과 조경의 아름다움은 너무나 정교하게 잘 융합되어, 그 아름다움이 조경예술의 아름다움 때문인지, 아니면 부채 형태의 아름다움 때문인지를 잘 분간할 수 없게 만들었다.

중국의 조경예술은 유구한 역사와 독특한 품격을 자랑하고 있다. 중국 강남 소주 지역의 졸정원(拙政園), 유원(劉園), 사자원(獅子園), 창랑정(滄浪亭), 양주 지방의 개원(個園), 양씨소원(楊氏小園), 가정현의 추하(秋霞), 북경의 원명원(圓明園), 승덕의 피서산장(避暑山莊) 등은 모두 중국 조경 건축의 전형을 보여주는 유명한 작품들이다. 고대 솜씨가 뛰어났던 장인들은 자연의 아름다움을 모방해, 건축물의 정원 내에 정자와 누각을 만들거나 작은 언덕과 푸른 돌들을 배치했으며, 무성한 꽃과 나무를 심고 회칠한 벽과 날아갈 듯한 처마를 만들어 냈다. 때로는 부채 모양의 창문을 만들고 작은 다리 밑으로 맑은 시냇물이 흘러가게 조성하기도 했다. 그들의 조경기술은 매우 뛰어나 천연의 자연보다 더 아름다웠으며, 독특한 운치마저 자아냈다.

특유의 공예 미술품인 부채는 조경 건축물 중에서도 그 이름값을 톡톡히 발휘했다. 황가(皇家)의 정원에서 감상할 수 있었던 부채 형태의 신묘한 효능은 고대 관저와 민간의 주거지에까지 광범위하게 활용되었다. 깊은 곳에 자리한 안마당과 높은 안채와 깊은 회랑에서, 그리고 처마와 회벽들 속에서 우리는 자주 부채형의 부조를 목격할 수 있다. 또한 대청 안채에 그려진 많은 부채 도안과 작은 부채형 창들은 깊은 감동과 안락함을 전해주고 있다. 들고 나며 항상 보게 되는 처마 끝 부채와당은 우리로 하여금 생활의 깊이와 정취를 느끼게 해준다.

아름다운 정원 안의 누각과 서재에 이르면, 서예의 대가들이 부채형 편액에 적어 놓은 정자의 이름과 아호를 만나게 된다. 부채모양의 아름다움과 서예의 예술이 한데 어우러져 백중을 가리기 힘들게 한다. 명산대천을 방문할 기회를 잡게 된다면, 틀림없이 그 곳에 펼쳐져 있는 부채모양의 정취를 감상할 수 있을 것이다. 악양(岳陽) 깊은 계곡의 영촌(英村)을 방문하고 복건(福建) 태녕(泰寧)의 상서제(尙書第)를 참관한다면, 또는 안휘(安徽) 이현(黟縣)의 이서체명택(以西遞明宅)이나 둔계(屯溪)의 옛 거리를 걸어 본다면, 그 풍경 속에 숨어 있는 나무 부채 판이, 바람을 잡으며 자연 그대로의 소박한 아름다움을 한층 더 살려주고 있음을 감상할 수 있을 것이다.

부채 형태의 아름다움을 가장 먼저 응용한 조경 건축물은 바로 수나라 조주교(趙州橋)이다. 조주교는 안제교(安濟橋)라고도 불린다. 주국 화북(華北) 일대에는 다음과 같은 민요가 전해진다.

창주(滄州)의 철사자(鐵獅子)와 경주탑(景州塔),
정정(正定)의 대보살(大菩薩)과 조주교(趙州橋).

조주교는 그 외형이 펼쳐놓은 부채를 닮은 세계 최초의 아치형 다리이다. 중국의 유명한 가무극 『소방우(小放牛)』에도 다음과 같은 노래 가사가 나온다.

조주교는 누가 만들었나?
옥석난간에는 누가 머물렀나?
누가 나귀를 타고 다리를 지나갔는가?
누구의 수레가 도랑을 다졌는가?

조주교는 노반(魯班) 시조가 만들었고
옥석난간에는 성인(聖人)이 머물렀다네.
장과로(張果老)가 나귀를 타고 다리를 건너고,
시(柴) 대감이 수레를 타고 도랑을 다졌다네.

    1,300년 전 수나라 왕조는 혼란스러웠던 남북조의 장기 분열을 잠재우고 통일 국가를 건설했다. 사통지성(四通之城)으로도 불렸던 조주(趙州)는 화북 지역 수륙 교통의 요충지였다. 그러나 남북으로 오가는 수많은 마차와 행인들의 행렬 때문에 이 곳은 자주 정체되었다. 백성들이 얼마나 절박하게 다리의 건설을 바랐겠는가? 민간 전설에 의하면, 건축의 시조였던 노반(魯班)이 백성들의 이 같은 바람을 듣고, 대형 석교를 건설할 것을 결심했다고 한다. 조반 시조는 숙련된 장인으로 변신해 부채 형태의 돌에 커다란 구멍을 뚫었다. 나머지 공정은 다리 건축에 능했던 이춘(李春)이 맡아, 길이 37.37미터, 높이 7.23미터에 달하는 거대한 궁형(弓形) 석조 교각을 완성했다. 강을 건너는 최장 길이는 50.82미터에 달했다. 이 조주교는 현존하는 가장 오래된 석교이다. 현대 교각 건축학의 측면에서 볼 때, 부채형 모

● 중국 남심(南潯) 옛
도시의 부채 모양 창문

양의 돌로 아치 형태를 만든 이 기술은, 교각 측면의 압력을 줄이고 수
명을 연장할 수 있는 구조 역학의 원리가 응용된, 매우 과학적이고 선
진적인 건축 방법이었다. 이춘 역시 그 나름대로 구상이 있었겠지만,
아무래도 자신도 모르는 사이 우연히 이러한 과학적인 역학 방식을 채
택해 교각을 건설하게 된 것 같다. 유명한 중국 과학기술사 전문가들과
영국의 조셉 니덤(Joseph Needham) 교수는 일찍이 조주교를 다음과
같이 평가한 바 있다.

"이춘은 조주교를 건설한 이후 학파와 그의 고유한 풍격을 갖추게
된 것이 분명하며, 이는 수세기 동안 지속되었다."

"아치형태는 중국에서 발명되어 유럽으로 전해졌다."

낙양시 고분박물관에 가면 북송 시기의 몇몇 전묘(甎墓)의 모습을
감상할 수 있다. 사각의 묘실 안 네 모퉁이에는 적당한 높이의 부채형
벽돌로 몽고의 파오(몽고 유목민의 천막식 가옥) 형태를 만들어 놓았는
데, 조주교에 사용된 솜씨와 매우 유사하다. 그리고 고대인들에게 자리
잡고 있던 천지관(天地觀), 즉 하늘은 둥글고 땅은 네모지다는 의식도
함께 반영된 것으로 보인다.

● 물이 마른 서호(西湖)의 오정교(五亭
橋). 교각의 아치는 부채 형태를 하고 있는
데, 물 위에 비친 모습이 달처럼 둥글다.

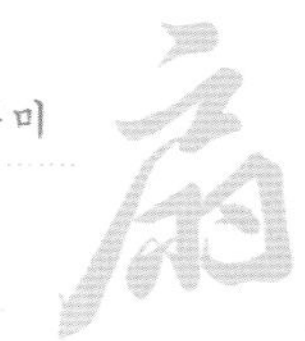

　　인식의 한계로 말미암아 고대인들은 하늘의 모양을 둥근 덮개처럼 생각하고 땅은 쟁반처럼 평평하다고 생각했다. 이러한 관념은 건축물에도 그대로 반영되었다. 옛 도읍지였던 낙양의 왕성공원은 주나라 왕성의 옛 유적지 위에 건설되어 있다. 왕성공원의 서부 운락대(韻樂臺) 앞 지면에는 돌을 붙여 만든 왕룡구도(王龍舊圖)가 자리하고 있는데, 외형은 사각이고 내부는 원형이다. 커다란 원형석을 중심으로 사방이 부채 모양의 돌로 조화롭게 장식되어 있다. 북경의 천단(天壇)은 명나라 영락 18년에 건축된 것으로 명청 양대의 황제들이 하늘에 제사를 지내던 장소이다. 둥근 언덕 정상에는 푸른 돌을 깎아 만든 평평한 제단이 있다. 중심에 있는 둥근 돌을 기준으로 테두리 9개를 원형으로 둘러놓았으며 각 테두리에는 부채 모양의 돌을 8개, 18개, 27개……81개를 배치했다. 이는 '돌고 돌아서 다시 원점으로 되돌아간다.' 는 구구제법을 활용한 것이다. 부채형 돌로 만들어진 둥근 언덕은 주변의 자연과 어우러져 아름다운 조화를 이루고 있다.

　　선형미(扇形美)는 현대에 와서도 계속 각광받고 있다. 백리동성(百里東城)으로도 불리는 중국 호북성(湖北省) 십언시(十堰市)는 '이기(二汽)'의 소재지로 유명하다. 시 중심 도서관 앞에 위치한 '육언(六堰)'은 수만 평방미터에 달하는 광장으로, 선홍색과 백색의 두 가지 부채형 인조 대리석이 깔려있다. 그 이음새가 매우 간결하고, 야간에 등을 밝히면 대낮처럼 환하다. 부채 모양의 대리석 한 조각 한 조각에는 많은 여행객들로 발 디딜 틈이 없다. 여행객들은 부채 모양의 대리석 위에서 음악 분수를 감상하고 여기저기서 피어오르는 묘연한 정취를 느낄 수 있다.

　　선형의 아름다움이 사용된 조경 건축 장식의 백미는 바로 차경(借景, 조경예술에서 정원 밖의 경물을 빌리거나 정원 내의 각 풍경들을 서로 잘 조화시켜 일체화되게 하는 기법)이다. '차경' 기법은 우러러보는 풍경과 숙여보는 풍경, 그리고 원경(遠景)과 근경(近景) 등으로 나뉜다. 차경은 조경의 경치를 한층 더 분명하게 하고 농도를 조절해, 한 폭의 산수화와 같은 풍경을 연출해낼 수 있다. 조경 장소가 협소할 경우 구부러진 회랑을 만들고 벽을 병풍처럼 둘러싸는 방법으로 공간을 잘 활용해, 그윽하고 신비로운 분위기를 만들어낼 수도 있다. 벽에 부채 모양의 작은 창문을 달면 진중하면서도 명쾌한 표정을 만들어낼 수 있다. 이 창문은 통풍과 채광에도 좋을 뿐 아니라 벽 내부와 외부의 풍경이 조화를 이루게끔 해주니, 도대체 작은 창문 하나로 얼마나 많은 정취를 자아낼 수 있단 말인가? 깊숙이 자리 잡은 정원 한 가운데서, 꽃 장식의 작은 선형 창문 너머로 바깥세상을 살짝 엿본다. 저 멀리 산과 물 사이로 정자 누각이 보이고, 꽃과 나무들 사이에서 한가로이 거니는 사람들도 보인다. 그 사이로 제비가 춤추고 꾀꼬리가 노닌다. 마치 부채 위에 그려진 한 폭의 봄 풍경화를 보는 듯하다. 한편 창 밖에서 들여다 본 정원의 내부에는 괴석과 풀들이 우거진 가운데 나그네 한 사람이 조용히 앉아 있다. 부채 위에 또 한 폭의 소요화(逍遙畵)가 펼쳐지는 것이 아니고 또 무엇이겠는가?

명대 장대(張岱)는 『서호몽심(西湖夢尋)』에서 "포부사(包副使) 함북원(涵北園)은 비래봉(飛來峰) 아래에 8개의 방을 지었는데, 둥근 정자가 멀리 보이는 것 같다. 팔괘(八卦)로 나눈 것이 꼭 부채를 닮았다. 좁아지는 곳에 횡으로 휘장이 달린 침상 하나를 놓아두어 앞뒤로 여닫을 수 있게 했다. 휘장을 안에서 내리면 침상은 밖에 있게 되고, 휘장을 밖에서 내리면 침상은 안에 있게 된다. 함(涵) 노인은 그 안에 앉아 빗장 위로 창문을 열고, 향을 태우기도 하고 베개에 기대어 보기도 한다. 그러면 마치 8개의 침상이 모두 나오는 것처럼 보인다."라고 말했다. 옛사람들의 유유자적한 생활에 대한 열망은 오늘에 뒤지지 않는 듯하다.

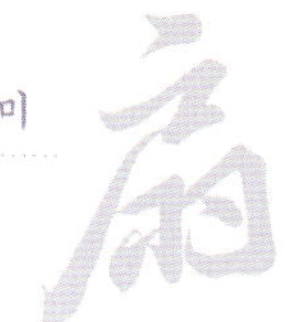

여가 활동과 부채를 이용한 인테리어 방면에서, 청대 유명한 소설가이자 극작가였던 이어(李漁, 자는 입옹(笠翁))는 가히 최고 권위자라 할 수 있다. 이어는 전국 명산대천을 두루 다니기를 좋아했는데, 특히 서호(西湖)를 가장 아껴 말년에는 전 가족이 항주 운거산(雲居山)으로 거처를 옮겼다. 그는 산수와 가까이 생활하는 것을 무척 좋아해 직접 겨자 농원을 짓기도 했다. 일설에 의하면 그 곳 층원(層園)에 스스로 글을 써 다음과 같은 대련을 붙여 놓았다고 한다.

繁冗驅人, 舊業盡抛塵市里.

湖山招我, 全家移入畫圖中.

번잡한 일들로부터 벗어나고, 오랜 일과 시끄러운 세상을 버리노라.

호수와 산이 나를 부르니, 모든 가족이 그림 속으로 들어가도다.

● 중국 절강(浙江) 남심(南潯) 소련장(小蓮莊)의 부채 정자. 내부와 외부 구조가 펼쳐 놓은 부채 형태를 하고 있다.

그가 말하는 그림은 어떤 그림이었을까? 그는 항주 운거산 푸른 산 속에 집을 한 채 마련했다. 그 곳에서 머리를 숙이면 성곽이 한 눈에 다 보인다. 서호와 가까이 붙어 있어 푸른 파도와 초록의 이끼를 감상할 수도 있다. 빙 둘러 가며 정경을 바라보노라면, 나무 숲 사이로 연기와 안개가 가득 차 있고 아침저녁으로 백 가지가 넘는 다양한 정경들이 눈 앞에 펼쳐진다. 층층이 펼쳐지는 다양한 경치를 보고 그 곳의 이름을 '층원' 이라 붙인 것이다. 『서호신지(西湖新志)』는 층원이 남달랐던 이유를 다음과 같이 설명하고 있다.

"문과, 창문, 그리고 편액과 대련이 모두 독특하고 새롭다. 그곳에서 지내며 그 사물들을 감상하는 것은 정말 범상치 않은 일이다."

무엇이 그렇게 범상치 않았던 것일까? 『이원총화(履園叢話)』, 『홍설인연(鴻雪因緣)』 등의 기록에 따르면, 북경 선무문(宣武門) 밖의 혜원(惠園), 우배자(牛排子) 골목의 반묘원(半畝園), 그리고 신작로 입구에 있는 곤자패륵부화원(棍子貝勒府花園) 등은 모두 이어의 작품이라고 한다. 이러한 조경들의 특징은 화려한 장식에 치중하지 않고, 평탄하게 이어진 작은 산들 위에 소박한 돌들을 운치 있게 간격을 두고 엮어 놓아 그윽한 정취를 자

● 양주 개원(個園)의 풍경

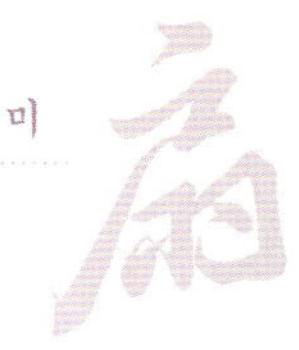

아내게 했다는 데 있었다. 『한정우기(閑情偶寄)』 중에는 이어가 거처에 창문을 구상하며 개진한 "창문을 열고 아름답게 조화를 이룬 경치를 감상할 수 있는 곳보다 더 좋은 주거지는 없다."라는 이론이 나온다. 그는 서호 호숫가에 살면서 한 척의 유람선을 구상한 적이 있는데, 그것은 창의 격식을 뛰어넘는 기이한 것이었다. 어떤 점이 기이했던고 하니, 배의 양 쪽에 부채 모양의 창문을 장식하는 것이었다. 배 가운데에서 밖을 바라보면 한 폭의 산수화 부채가 눈앞에 어른거리고, 호숫가를 유람하는 사람들은 그 둥근 창을 통해 배 안을 들여다본다. 역시 한 폭의 인물화 부채가 펼쳐지는 것이다. 유유자적한 운치가 모두 그 가운데 모여 있다. 호수와 산은 그림을 방불케 하고, 유람하는 사람들은 활기차 보인다. 그리고 부채 모양의 창을 통해 눈앞에 펼쳐지는 수천수만 가지의 그림들을 생생하게 감상할 수 있으니, 정말 눈과 마음이 즐겁지 아니한가?

이어를 중국 조경예술의 대가라 불러도 결코 부족함이 없을 듯하다. 그가 고안한 유람선은 비가 오면 그 창으로는 비와 바람을 막을 수가 없었기에, 그는 다시 창 밖에 고무래 하나를 준비해 열고 닫을 수 있게 했다. 부채 모양을 띠도록 고무래 여백에도 창살을 박아 넣고 비스듬하게 놓아둔다. 창틀은 위는 넓고 아래는 좁게 설계하고 오래된 매화와 그윽한 난초, 그리고 기암괴석과 새, 벌레의 그림이 그려진 창호지를 발라 한 폭의 서화 부채를 완성한다.

"이 밤 또 다른 비단으로 부채 창을 제작한다면, 그곳에 화등(花燈)과 풀벌레를 그려 넣으련다. 밤이 깊어 창문 안에 모닥불을 피우면, 밖에서 보기에 한 잔의 부채 등불이 켜져 있는 듯 하지 않겠는가."

그의 주도면밀한 구상은 우리의 감탄을 자아내기에 충분하다. 정말 애석한 점은 그가 구상한 이 유람선은 제작되지 못했다는 것이다. 이후 그는 금릉으로 거처를 옮겼고, 겨자 농원에 '이 창을 누각에 만들어 깊은 산의 경치를 감상하련다.' 는 구상을 세우기도 했다. 그러나 당연히 유람선의 생동감 있는 정취에는 미치지 못했다.

유람선의 아쉬움을 메우기 위해, 이어는 집에 부채 모양의 창을 달고 그 위에 선반을 달아, 화분, 조롱, 소나무 분재, 괴석 등을 두고 수시로 감상했다.

"터질 듯한 꽃망울의 난 화분을 창 밖으로 내어 놓으니, 마치 부채 위에 한 폭의 그윽한 난이 그려져 있는 듯 하다. 사발 가득 꽃을 피운 국화를 창문 안으로 들여 놓으니, 역시 한 폭의 국화 그림이 부채에 들어오는구나."

그 정경을 가히 짐작할 만하다. 아랫부분을 덮어 화분과 사발을 보이지 않게 하면, 정말 부채 그림을 감상하는 것처럼 보였을 것이다. 혹시 실내에 부채 모양이 새겨진 벽장을 놓고 그 안에 산과 물이 있는 작은 경치를 꾸며 놓았다면, 이 역시 절경이요 고풍스러운 가구의 아름다움이 함께 배어났을지도 모른다.

명청 시대 이래로 조경 건축에서 부채 형태의 아름다움을 응용한 예는 쉽게 찾아볼 수 있었다.

소주 사자원(獅子園)의 서남쪽 굽어진 회랑 끝에는 작고 정교한 건축물이 자리하고 있는데, 그 건축물의 이름은 '선정(扇亭)' 이다. 선정에서 주위 정경을 바라보면, 거의 모든 경치가 한 눈에 잘 들어온다. 독특한 구조로 되어 있는 선정 곳곳에도 부채 형태가 사용되었다. 선정은 하나의 '반쪽 정자' 라 할 수 있다. 회랑 벽과 합쳐져야만 비로소 완전한 건축물이 될 수 있다. 선정의 창 바로 아래에 부채 모양의 석탁(石卓)과 의자가 벽 안쪽으로 배치되어 있다. 창문에 끼워진 대련에는 "가까이 있는 버들은 아직 푸르지 않고, 앉아서 소나무 소리를 들으니 푸

른 파도가 이는 듯하구나."라는 글이 쓰여 있다. 양쪽 측벽 높은 곳에는 부채 모양을 상감한 두 개의 목패가 걸려져 있는데, 왼쪽에는 '선정'이라고 쓰여 있어 형태를 보고 이름을 지었음을 짐작케 해준다. 선정 가운데서 경치를 바라보면, 정말 특별한 정취가 풍겨진다.

소주 졸정원(拙政園) 서편 작은 섬 끝자락에는 부채 모양의 작은 집이 지어져 있다. 집 내부는 부채 모양을 띠고 있고, 연못과 마주 보도록 S자형 의자가 놓여 있다. 처마 밑 공간에는 "뉘와 함께 이 집에 앉을꼬?"라는 글이 적혀 있다. 집안 후벽에는 커다란 부채 모양의 창문이 나 있어 창문 너머로 언덕 위 무성한 초목을 감상할 수 있다. 벽 내부의 양 편에는 예서로 쓰인 대련이 붙어 있다.

강산에 시가 있는 듯하고, 꽃과 버들이 더욱 무사하고 사심이 없구나.

● 소주 졸정원(拙政園) 서편. 작은 섬 끝자락에 부채 모양의 작은 집이 있다. 처마 밑 편액에는 '뉘와 함께 이 집에 앉을꼬?'라는 글이 적혀 있다.

누군가 이 집에 앉아서 깊은 생각에 잠겨 있었을 것만 같다! 정말 정교한 것은 집 뒷산에 위치한 꼭대기가 삿갓 모양인 입정(笠亭)이다. 입정의 송곳 모양 꼭대기와 작은 집의 부채 모양의 형태는 좋은 조화를 이루고 있다. 정자의 기와와 지붕은 부챗살을 연상케 하고 집의 정면은 부채면을 닮아 한 자루의 커다란 접선이 높은 곳에서 수면 위로 떨어져 스쳐 지나가는 것처럼 보인다. 정말 솟구쳐 오르는 희열을 감출 방법이 없다.

기이한 이야기와 다채로움을 가장 많이 지니고 있는 건축물은 바로 이화원(頤和園) 안에 위치한 양인풍(揚仁風) 정원일 것이다. 전체 정원은 정면의 정전(正殿)과 조화를 이루도록 가산(假山)과 연못, 그리고 외벽을 배치해, 위에서 내려다보면 ㄴ자 모양처럼 보인다. 정원 안 정전에는 부채 모양의 창과 보좌, 등, 탁자, 편액 등을 배치했다. 마치 부채 세계에 온 듯한 착각을 불러일으킨다. 이 전각은 대태감(大太監) 이련영(李蓮英)이 자희태후(慈禧太后)에게 아첨하기 위해서 양식뢰(樣式雷)에게 의뢰해 설계한 것이라고 전해진다.

● 원명원(圓明園)
감벽정(鑒碧亭)의 풍경

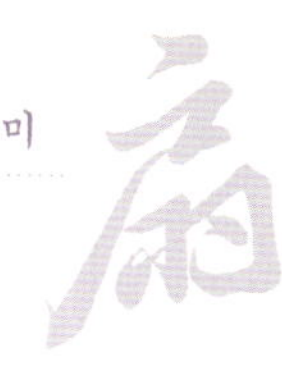

하루는 자희태후가 악수당(樂壽堂) 서편이 허전하게 비어 있는 것을 보고 이련영에게 물었다.

"이태감, 여기 빈 곳을 남겨두어 무엇을 할 생각이오?"

태후의 어투에는 불쾌함이 묻어 있었다. 이련영은 이를 알아차리고 웃으며 대답했다.

"마마, 남겨 두어서 무엇 하겠습니까? 팔각정이라도 세울까요?"

"아니, 아니야!"

태후는 고개를 저으며 말했다.

이련영는 연달아 여러 가지 누각의 이름을 대어 보았지만, 태후는 연신 고개만 저어댔다. 다급해진 그는 태후의 손에 들려 있는 비단 부채를 보고 한 가지 아이디어를 떠올렸다.

"마마, 소인이 듣자하니 들고 계신 부채의 다른 이름이 '양인풍' 이라 하옵니다. 마마의 하해(河海)와 같은 은혜를 천하에 펼치시고 따뜻한 인풍(仁風)을 일으키신다면, 태평성대를 이룰 수 있으실 것입니다. 양인풍이라는 정원을 꾸며 보심이 어떠실는지요?"

태후는 이련영의 아첨에 넘어가 흥미를 보이기 시작했다.

"뭐라고? 양인풍이라?"

이련영은 태후가 기뻐하는 모습을 보고 즉시 동진(東晋) 시대의 사안(謝安)과 원굉(袁宏)의 고사를 들려주었다. 태후는 기뻐하며 이련영에게 즉시 정원을 만들라고 명령했다. 이련영은 당시 건축의 고수였던 양식뢰(樣式雷)를 불러 3일 내로 양인풍 정원의 초안을 작성하라 명했다.

불쌍한 양식뢰! 대체 누가 양인풍을 본 적이 있단 말인가? 양식뢰는 끼니를 걸러 가며 이틀 동안 고심했지만, 아무런 생각도 떠오르지 않았다. 3일째 되던 날 저녁, 그의 집 문 밖에 60세가량 되어보이는 거지 노인이 찾아왔다. 양식뢰는 노인이 가엾게 보여 탁자 위에 놓여 있는 음식을 나누어 주며 얼른 가라고 말했다. 노인은 음식을 주섬주섬 챙기며 그에게 물었다.

"무슨 근심이 있어 보이십니다. 무슨 곤란한 일을 당하셨나요?"

양식뢰는 깊게 한 숨을 내쉬며 말했다.

"그놈의 정원 때문에 그러지 않느냐? 정말 화가 나서 죽을 것만 같다."

"화 내지 마십시오. 이 늙은이에게 부채가 하나 있는데, 저는 필요가 없습니다. 나리께 드릴 테니 화를 식히십시오."

이렇게 말하며 규화자는 부채를 꺼내 탁자에 내려놓았다. 그런데 마침 공교롭게도 부채가 음식이 담긴 탁자 위 넓은 그릇 위로 떨어지고 말았다.

양식뢰는 그릇 위로 떨어진 부서진 접선을 멍하니 바라보다가 눈을 번쩍 크게 뜨며 이렇게 외쳤다.

"바로 그거야!"

그는 즉시 종이를 펼치고 그릇 위에 펼쳐져 있었던 부채를 보며, 먼저 부채 모양의 정전을 그려냈다. 그리고 정전 앞으로 8개의 푸른 돌을 그려 부챗살처럼 만들었다. 두 그림을 합쳐놓으니 정말 접선 한 자루가 크게 펼쳐져있는 것처럼 보였다. 다시 가산과 연못, 그리고 외벽을 이용해 한자 풍(風) 자처럼 보이게 배치했다. 이것으로 접선을 선물했던 양인풍 고사 내용을 완벽하게 재현할 수 있었던 것이다.

그 다음날 아침, 양식뢰는 초안을 가져다 태후에게 보여 주었다. 매우 만족한 태후는 도안에 따라 3개월에 걸쳐 정원을 건설했다. 완공 후 태후는 정원의 이름을 '양인풍'이라 정하고 양식뢰에게 적지 않은 은자(銀子)를 상으로 주었다.

이것은 중국 고대의 부채형 건축과 관련된 한 에피소드이다. 사실

● 거실 안에도 부채 장식이 빠질 수 없다.

부채모양의 아름다움은 현대의 많은 건축물 중에도 널리 응용되고 있다. 미국의 워터게이트 빌딩은 중간에 원형 기둥을 두고, 그 주위를 부채 모양의 건물이 둘러싸고 있는 형상을 하고 있다. 중국 청도의 시정부 건물 역시 부채 모양을 한 고층 건축물이며 정문은 작은 활 모양 부분에 열려 있다. 부채와 부채면의 아름다움이 조경 건축물의 부채 모양으로 승화되어, 아름다움 위에 더 큰 아름다움을 더하고 있다. 부채 형태의 구조는 현대 건축물 속으로 들어가 건축물의 아름다움을 더욱 돋보이게 하고 있다. 그러므로 조경예술의 미가 부채 안에 포함되고, 부채의 아름다움이 조경 속으로 스며들었다 말할 수 있다. 미(美)라는 글자 속에 두 예술이 합쳐지고 승화되어 천 년의 시간동안 동거동락하고 있다.

13 무협소설과 부채

누가 초강의 구름을 잘랐나, 가을빛이 비단 마을에 가볍도다.

나무에는 궁인 반씨의 육궁 궁궐의 한을 적었는데,

눈물이 흉터가 되어 남았구나.

가지 절반에 축축한 향기가 배어나 어지럽도다.

포규선으로 채쩍질하니 복숭아꽃 운치가 살아나고,

시원한 바람이 작은 손수건을 적시노라.

　　부채하면 우리는 곧 더위를 피하게 하고 햇빛을 가려 그늘을 만들어주는 부채의 기능을 떠올린다. 또는 부채로 얼굴을 가리는 동작이나 예술과 결합하는 부채를 생각하게 될지도 모르겠다. 우리 눈앞에 다음과 같은 장면을 쉽게 떠올릴 수 있을 것이다. 한 문인이 부채를 손에 들고 그의 멋과 운치를 자랑하고 있다. 한 여인은 부채를 들고 아리따운 용모를 수줍은 듯 보여주고 있다. 그런데 한번이라도 부채로 비바람과 천둥번개를 일으키고, 천군만마를 지휘하며 적군을 물리치는 모습을 상상해 본 적이 있는가? 혹은 얌전해 보이기만 하는 부채 속에 실은 무술의 비기와 협객의 의협심이 감추어져 있을지도 모른다는 것을 상상해 보았는가?

　　중국 문인들의 이상은 학문에 깊이 심취하고 무사 안일한 삶을 영위하는 데 있었다. 그리고 천하를 다스릴 만한 재인(才人)이 나타나 태평성대를 누리기를 고대했다. 그러나 또 다른 한편으로는 자신만의 절묘한 기술로 악인을 물리치고 안정된 삶을 도모하는 이상향을 꿈꾸기도 했다. 이러한 이상향에 가장 부합되는 완벽한 인물은 바로 삼국지에 등장하는 제갈공명이다. 전자의 이상향만을 추구하던 사람은 힘없고 유약한 문인으로밖에 살 수 없었다. 그리고 후자에만 무게를 두었던 사람은 그저 무식한 무인(武人)이 될 수밖에 없었다. 두 가지 이상적인 모습이 함께 잘 융합되어야 비로소 시를 읊으며 적들을 물리치고 지붕 위와 담 벽을 자유자재로 드나드는 이상적인 협객의 모습을 갖출 수 있었다. 한비자는 『오두(五蠹)』에서 "유학자는 글로 어지러운 법을 다스리고, 협객은 무술로 범죄를 물리친다."라고 말했다. '유학자'와 '협객'의 모습을 동시에 갖고 있는 것, 이것이 바로 유가의 이상적인 인생관인 것이다.

　　무협(武俠)은 무협소설 중에 생생히 살아 있다. 화윈칭(華允庚)은 일

찍이 "무협소설은 성인용 동화이다."라고 말한 적이 있다. 무협소설은 중국 문학에서 소설의 한 종류로 분류된다. 모든 중국 문학의 양식 중 무협소설만이 아직까지도 중국의 전통적인 특징을 고수하고 있다. 중국의 회화와 음악과 아주 흡사하다.

무협은 우리의 상상 속에서만 살아 숨쉬는 것이다. 만일 무협소설이 없었다면 우리의 기억 속에 무협이라는 단어는 일찌감치 그 자취를 감추었을지 모른다.

중국 무협소설은 20세기 초반 탄생되어 발전해 왔다. 핑쟝스유셴(平江石有先), 환주러우주(還珠樓主), 구밍다오(顧明道), 바이위(白羽), 정정인(鄭正因), 왕두뤼(王度廬), 주정무(朱貞木) 등의 작품들이 무협소설의 계보를 이어왔다. 1950년대 대만과 홍콩 등지에서 신무협언정소설(新武俠言情小說)이 처음으로 등장해, 진용(金庸), 구룽(古龍), 량위(梁羽)와 같은 대가들을 배출했다. 신무협소설은 새로운 여러 협객(俠客) 유형을 탄생시켰다. 진용과 량위가 창조한 '서생(書生)형' 협객(호충(狐沖), 장단풍(張丹楓), 초천서(楚天舒), 금세유(金世遺) 등), 『삼협오의(三俠五義)』에 등장하는 백옥당(白玉堂), 그리고 고룽의 '탕아(蕩兒)형' 협객(초류향(楚留香), 육소봉(陸小鳳), 이심환(李尋歡) 등)이 그 예이다.

서생형 협객은 다시 명망 있는 명사(名士)형과 조금은 비정상적인 광사(狂士)형으로 나뉜다. 이러한 인물은 보통 학식이 깊고 고상한 운치를 뿜어내며, 진주 같은 언변을 구사하고 풍류를 아는 사람으로 묘사되었다. 그리고 사용하는 무공(武功)도 다소 부드러운 것들이었다. 검이나 부채를 들거나 붓을 들기도 했고, 어떤 때는 시원하게 적삼을 날리며 꽃잎을 흩뿌려 적을 공격하기도 했다. 서생형 협객들은 모두 무술극과 문창(文唱)을 즐겼다.

대부분의 남녀 협객들 모두가 천재였다. 음률(音律) 하나하나를 모두 해석해낼 수 있고 박학다식하며, 거문고를 타고 바둑을 두고 글씨를 쓰며 그림을 그리는 등, 어느 것 하나 부족한 것이 없었다. 우리 눈에는 모든 협객들이 뛰어난 유학자로 보이고 훌륭한 시인으로 보이며, 때로는 신처럼 느껴질 때도 있다. 『소오강호(笑傲江湖)』 매장(梅壯)의 금기서화(琴棋書畵)와 황종공(黃鍾公)이 들고 있던 오래된 비파는 모두 음파로 사람을 공격할 수 있는 무기였다. 자칭 '기성(棋聖)'이라 불렸던 흑백자(黑白子)의 무기는 바로 철로 만든 바둑판이었다. 그는 이 바둑판과 사람의 혈을 공격할 수 있는 바둑알을 함께 사용했다. 독필(禿筆) 노인은 서예를 몹시 사랑해, 한 쌍의 판관필(判官筆, 붓과 비슷하게 생긴 무기의 일종)로 적수와 맞서 싸웠다. 게다가 그가 펼치는 문장의 뜻은 그 상황과 아주 잘 들어맞았다. 단청생(丹靑生)의 검법은 모두 그림의 필치를 사용한 것이었다. 『서검은구록(書劍恩仇錄)』 중에 등장하는 금 피리의 귀재 사어동(余魚同)은 호방하고 기개가 있었다. 천하의 협객들 중에는 시적인 표현을 구사하지 못하는 사람이 없었고, 신비로운 기세로 천하제일의 무공을 자랑했다.

이러한 협객들 중에는 한 벌의 옷만 입고 등장하거나, 보검 한 자루 혹은 부채 하나만 쥐고 등장하는 인물들도 있었다. 그들은 모두 절묘한 비장의 무기를 지닌 채 저속하지도 않은 고상한 기개를 뿜어냈다. 이러한 무기들은 공명선생의 우선, 두건, 학창의, 사륜 수레의 4세트와 일맥상통한다. 전자의 무기들은 겉으로 보이지 않아도 그만이었으나, 한 번 나타나면 모든 사람을 놀라게 했다. 후자는 항상 장막 속에서 미소지으며 천리 밖의 적군을 물리쳤다.

가장 신비한 무기는 아마 구룡의 작품 『공작령(孔雀翎)』에 등장하는 공작령일 것이다. 공작령이 깃털로 만든 부채와 비슷하게 생겼는지는 잘 모르겠다. 이 무기는 일종의 암살용 무기로, 전체를 펼치면 순간적

으로 금광(金光)이 발사되어 먼 곳까지 뒤덮을 수 있다. 금광이 지나간
자리는 모두 사라지고 만다.

무협에 등장하는 부채는 유가적인 운치와 호방함을 한 몸에
지니고, 거친 의기와 함께 부드러운 애정도 함께 포함하
고 있었다. 천칭원(陳青雲)의 『용음사후(龍吟獅吼)』 중에
는 다음과 같은 묘사가 등장한다. 함께 협객의 수중에
있는 부채의 대단한 실력을 감상해 보자.

유협 구진천(歐振天)은 몸에 장삼을 걸치고 선비의 복
장을 갖춰 입었다. 한 손에는 1척이 조금 넘는 기다란 접선
을 들고, 쓸쓸히 깊은 숲 속으로 들어가고 있었다. 신비한
자태가 유유자적해 보인다.

천천히 걸으며 손가는 대로 부채를 펼치면, 갑자기 부채
에서 얇은 금액(金液)이 쏟아져 나와 안개처럼 빛을 발한다.
주변은 칠흑같이 어두웠지만 부채 위에 나타난 살아있는 듯한
오조금룡(五爪金龍)은 희미하나마 그 모습을 나타내고 있었다.

이 접선은 유협 구진천과 함께 10여 년간 무림에서 종횡무
진해 왔다. 접선 위에서 생명을 마감했던 온갖 사악한 사파 잡
신배들은 그 수를 헤아리기가 어려웠다. 이 접선은 천년한철(千
年寒鐵)로 부챗살을 만들고, 금실을 엮어 부채면을 만든 것이다.
그 위에 다시 살아있는 듯한 오조금룡을 수놓아 유협 구진천이 항
상 지니고 다녔던 금사쇄룡선(金絲鎖龍扇)이 탄생되었다. 그리고
천하를 뒤흔들었던 쇄룡십칠수(鎖龍十七手)가 바로 이 금사쇄룡선
을 이용한 필살기이다. 부채의 내력은 일반 부채와 크게 다를 바 없
지만, 부채가 한 번 등장하기만 하면 돌들이 부서지고 하늘이 뒤집
어졌다.

● 병기로 사용된 부채는 대부분
금속으로 만들어졌다. 그림은 낭
아척(狼牙刺)의 부채이다.

유협 구진천은 나무 그늘 아래서 무림 사아수라(四阿修羅) 무리에서 튀어나온 두 악당 그림자를 발견하게 되었다. 그는 잠시 생각에 잠겼다가 곧바로 그들을 응징할 좋은 계책을 떠올렸다.

유협 구진천은 금사쇄룡선을 펼쳐 가볍게 몇 번 부채질했다. 그러자 금액이 분사되며 사방에 흩뿌려졌다. 유협 구진천은 크게 소리를 지르며 손에 든 금사쇄룡선으로 쇄룡십칠수 비문 필살기를 전개한다. 번개처럼 빠른 기세로 맑은 광파(光波)를 일으키며 두 악당을 뒤쫓는다. 유협 구진천의 이 필살기는 비록 17수의 변화밖에 줄 수 없었지만, 각 초식마다 일원이의(一元二儀)와 사상팔괘(四象八卦)의 심오한 기술이 숨어있어 변화무쌍한 그의 진법을 도저히 따라낼 재간이 없었다. 특히 혈을 집는 절기는 무림의 으뜸이었다. 그는 강력한 두 적수 사이에서도 침착함을 잃지 않으며 자신의 원칙과 의를 지켰다. 한 자루의 금사쇄룡선으로 쇄룡십칠수를 펼치며 맹렬한 공세를 퍼붓는 두 악당을 저지했다.

돌연 유협 구진천이 몸을 빙그르 돌리며 금사쇄룡선을 휘둘러 오색의 실타래를 흔들자, 우뢰와 같은 소리가 진동하며 부챗살이 검으로 변하고 맑은 광파가 일렁이기 시작했다. 번개 같은 기세로 두 악당의 기문(氣門)과 장대(將臺) 두 혈을 눌러버렸다. 왼손 다섯 손가락을 펼쳐 두 악당을 향해 달려들면서, 평소에는 거의 사용하지 않았던 도천심뢰장(都天沈雷掌)

● 파초도선(芭蕉刀扇).
파초잎의 모양을 닮은 칼이다.

공격을 가했다. 검과 장풍으로 끝내 두 악당은 쓰러지고 말았다.

작가는 이 단락을 묘사하면서 새로운 병기인 금사쇄룡선을 선보이고, 새로운 무공 쇄룡십칠수를 창조해냈다. 쇄룡십칠수를 사용해 협객은 검과 판관필 두 가지 병기에서 볼 수 있었던 도(挑, 베기), 자(刺, 찌르기), 점(點, 찍기), 발(撥, 가르기) 등의 무공을 발휘할 수 있었다. 그리고 독자들은 협객이자 유학자인 비범한 인물의 모습을 그의 무공을 통해 체험해 볼 수 있었다. 작가는 병기(兵器)인 금사쇄룡선에 부채 형태를 부여하고 협객에게 푸른 적삼을 입혀, 독자로 하여금 고상한 유학자의 풍류를 연상하게 했다. 사실 이 부채는 애초부터 더위를 물리치는 생활용품으로 제작되었던 것이 아니라, 한철(寒鐵)로 부챗살을 만들고 금사로 부채면을 제작한 무기였다.

주거칭원(諸葛靑雲)의 『호가행(浩歌行)』에서는 신비한 무기로서의 부채의 기능이 한층 강하게 발휘되고 있다. 책의 마지막 부분에 공손위아(公孫爲我)는 초거진(肖去塵)과 부채로 도술을 부리며 싸움을 벌인다.

책에는 다음과 같이 기록되어 있다.

옥선진인(玉扇眞人) 초거진은 건원신장(乾元神掌)과 옥선빙강(玉扇氷罡) 두 필살 무공을 수십 년 동안 연마했다. 그의 수중에 있는 옥선(玉扇)은 바로 분노의 근원지인 백장한담(百丈寒潭) 깊은 곳에 있는 빙심냉옥(氷心冷玉)으로 제작한 것이다. 그 안에는 끝을 알 수 없는 한독(寒毒)이 숨겨져 있었다. 만약 거기에 강풍(罡風, 도가에서 말하는 하늘 가장 높은 곳에서 부는 바람)이 더해진다면, 보이지 않는 암기로 변신해 상대방의 혈맥 속으로 들어가 뼛속까지 얼어붙게 만들 수 있다. 적수는 체온이 급격히 내려가 결국 얼어 죽고 말 것이다.

초거진의 적수인 공손위아는 그저 여러 협객들 사이로 고개를 돌려 비범한 접선 하나를 찾아내 손에 들고, 초거진의 무시무시한 옥선빙강을 맞을 준비를 끝냈다. 초거진은 부채를 펼치고 몸을 낮춰 공손위아 주위를 한바퀴 선회한다. 그러나 공손위아는 공격하기는커녕 오히려 여유로운 모습으로 초거진을 바라보는 것이 아닌가! 초거진은 옥선빙강의 공력이 상당한 정도에 다다르기를 기다렸다가, 공손위아를 향해 기습공격을 펼친다. 번쩍번쩍 빠른 기세로 연달아 부채를 흔들어댔다! 그가 사용한 무공은 삼삼득로(三三得路), 구구귀원(九九歸元)의 천강선법(天罡扇法)! 그는 먼저 왼손으로 3번 부채질하고, 다시 오른손으로 3번 부채질 했다. 그리고 마지막으로 공손위아 앞에 부채를 조준하며 연달아 3번 부채질했다. 이렇게 9번 부채질을 마치자 거대한 기운의 강풍이 몰려와 공손위아를 휘감았다. 그러나 공손위아는 조금의 한기도 느끼지 않았다. 어째서일까? 공손위아는 초거진의 부채질이 마치기를 기다렸다가 수중에 있는 접선을 살짝 들어 초거진을 향해 흔들었기 때문이다. 그러나 부채를 흔드는 그의 모습에는 전력을 기울이는 모습은 조금도 없었으며, 초거진을 향해 어떠한 위협도 가하지 않았다.

초거진은 다시 강도를 높여 부채를 9번 흔들었다. 이번에는 좌우로 부채질하지 않고 상하로 방향을 바꾸어 흔들었다. 그러나 이번에도 공손위아는 가볍게 부채를 흔들어 이에 응수했다. 둘의 부채 바람은 여전히 부드러웠고 얼음처럼 차가운 맹렬한 기세는 아직 보이지 않았다. 눈 깜짝할 사이에 초거진은 9차례나 '9번 부채질' 공격을 함으로써 공손위아를 향해 모두 81번의 부채질을 가했다. 그러는 동안 공손위아는 9번에 한번씩 응수하며 모두 9번 부채질 했을 뿐이었다. 초거진은 자신이 연마한 옥선빙강이 그 형태를 자유자재로 바꿀 수 있는 최상의 무공이라 생각했다. 따라서 자신이 가한 81번의 부채질로 보이지 않는 한기

(寒氣)가 공손위아의 전후, 좌우, 상하 전체를 휘감아, 그를 곧 차가운 얼음 속으로 가둬 버릴 것이라 자신했다. 그리고 자신이 그 얼음 속에 진기를 불어넣기만 하면 곧 옥선빙강의 효력이 나타나, 보이지 않았던 얼음이 형태를 드러내며 공손위아의 백혈(百穴)을 얼려버릴 것이라 생각했다. 자신이 펼친 최강의 무공으로 말미암아 결국 그가 얼어 죽고 말리라 확신한 것이다. 그러나 초거진이 한 가지 놓치고 있는 것이 있었다. 그가 펼친 무형의 얼음 창고 옥선빙강은 공손위아가 흔든 9번의 부채질로 다시 그에게 돌아가서, 자신의 상하, 전후, 좌우에 응집되고 있었다는 사실을 그는 전혀 모르고 있었다. 결국 초거진이 불어넣은 진기는 자신의 눈앞에서 뿌옇게 피어오르며 자신의 전신을 얼려버리고 말았다. 오히려 초거진 자신이 무형에서 유형으로 바뀌는 기이한 냉기 속으로 빠져버리게 된 것이다.

다행히 공손위아는 상대방의 위급을 틈타 공격하는 그런 저질의 살수는 아니었다. 초거진은 구환단(九還丹)과 감리화주(坎離火酒)로 치료를 받고 얼어 죽을 고비를 넘기게 되었다. 그는 지난날의 과오를 뉘우치고 옥선을 부수고는 곤륜산맥으로 들어가 버렸다. 기이하고 변화무쌍한 이 이야기 속에서 부채는 단순한 형이하학적인 무기의 차원을 넘어 형이상학적인 신묘한 도의 경지에 이르고 있다.

그래도 무협소설 중에 등장하는 부채는 대부분 생사를 건 결투 속에서 뛰어난 무공을 표출하는 실용적인 무기로 더 많이 묘사되었다. 어떤 책에서는 무림 사파(邪派)의 고수가 부채를 사용해 부정한 무공을 펼치기도 한다. 무기로 제작된 부채는 대부분 순수한 강철로 제작하고 그 끝을 예리하게 다듬었다. 부채를 접었을 때에는 막대기나 비수, 혹은 판관필로 사용했고, 부채를 펼쳤을 때에는 칼이나 도끼에 버금가는 무기로 변신해, 타(打, 때리기), 천(穿, 뚫기), 점(點, 찍기), 점(粘, 붙이기),

전(纏, 휘감기), 유(誘, 유인하기), 인(引, 당기기), 영(影, 가로막기), 삭(削, 깎기), 사(射, 발사하기) 등의 무공을 펼쳐 보였다. 정말 작은 무기창고라 불릴 만했다. 사파는 정정당당한 무공의 덕(德)을 중시하지 않았다. 때문에 종종 부채에 자신의 비밀 무기를 숨기고 있다가, 눈앞에 적이 보이면, 접선 일합(一合)을 갑자기 날려 접선 끝에서 여러 작은 은침을 발사해 사람의 중요한 혈을 급습하기도 했다. 심지어 어떤 사파는 부채를 펼치면 12개의 부챗살이 모두 예리한 칼로 변해, 톱니바퀴처럼 사람의 얼굴에 상처를 내고, 공중으로 날아올라 둥근 칼 모양을 이루며 사람을 공격하기도 했다. 또 부챗살 하나하나가 모두 날아올라 여러 암기(暗器)로 변신해 도저히 막아낼 수 없는 필살기가 되기도 했다.

량위성(梁羽生)의 『대당유협기(大唐遊俠記)』에는 녹림(綠林) 강호(强豪) 소채주(小寨主) 왕룡객(王龍客)이 등장해 남제운(南霽雲), 두선낭(竇線娘), 철마륵(鐵摩勒) 등과 수차례 접전을 치렀다. 왕룡객은 철선(鐵扇) 한 자루를 무기로 사용했는데 다음과 같은 설명이 나와 있다.

이 철선은 제련된 강철로 만들어진 것으로, 부챗살을 예리하게 다듬어 접어서는 판관필로, 펼쳐서는 절철도(折鐵刀)로 사용했다.

철필로는 혈을 찍고 팔과 목을 찌를 수 있었다. 칼로 사용될 때에는 점(粘, 붙이기), 사(卸, 도려내기), 박(拍, 내리치기), 삭(削, 깎기), 쇄(刷, 문지르기) 등의 무공을 펼쳐 사람을 단단하게 옭아맬 수 있었다. 게다가 부채 안에 무기를 숨겨 부챗살을 작은 화살처럼 발사하기도 했다.

또 다른 한 무협소설에도 이러한 사파 고수의 철선이 등장한다. 그 철선은 한 면은 금으로, 다른 한 면은 은으로 만들어진 음양부채였다. 9개의 작은 부챗살은 모두 순수한 강철로 이루어져 전신의 혈도를 찍

어낼 수 있었다. 주로 금종조(金鍾罩), 철포삼(鐵布衫), 혼원일기(混元
一氣) 동자공(童子功)을 격파하는 데 사용되었다. 두 개의 커다란 부챗
살은 홍모철(紅毛鐵)로 만들어져, 강철오금(鋼鐵五金)을 모두 깎아낼
수 있었다. 부채면은 얇은 강판으로 만들었는데, 한 면에는 금을 칠하
고 다른 한 면에는 은을 칠했다. 그리고 부채 축에 용수철을 달아 용
수철을 누르기만 하면 부챗살이 자동으로 튀어져 나가게 설계되었
다. 강호의 영웅호걸들이 부지기수로 이 철선 아래에서 무너져
버렸다.

● 협객

철선의 비기는 여기에 그치지 않는다. 부챗살 끝을 사
람 얼굴에 조준해 독즙을 뿌려 눈과 귀를 멀게 할 수도
있었고, 독가스를 발사해 사람의 정신을 혼미하게 만들
기도 했다. 소설은 철선의 방어 기능도 함께 묘사하고
있다. 부채를 펼쳐들고 방패처럼 자신의 가슴과 배를
가려, 날아오는 소털같이 작은 바늘 모양의 암기를 거
뜬히 막아낼 수 있었다. 이런 신파 무협소설가들의
기발한 상상력은 도저히 당해낼 재간이 없다. 대만
차오뤄빙(曹若氷)의 『옥선신검(玉扇神劍)』, 상관딩
(上官鼎)의 『풍뢰선(風雷扇)』은 모두 부채를 주제로
이야기를 전개하는 무협소설들이다. 이들 신파 무협소설가
의 붓끝에서 맺어지는 부채와 무협의 관계는 확실히 예사
로워 보이지 않는다.

부채 즐기기

가볍게 실을 잡아 당기고,
붉은 비단을 세밀하게 마름질한다.
정교하게 비단을 붙여 합환선을 만드네.
예쁜 바구니에는 연꽃 눈이 싹트고,
웃으며 아름다운 용모를 감춘다.
어찌하여 누가 볼까 두려워 조심하고 있는고.

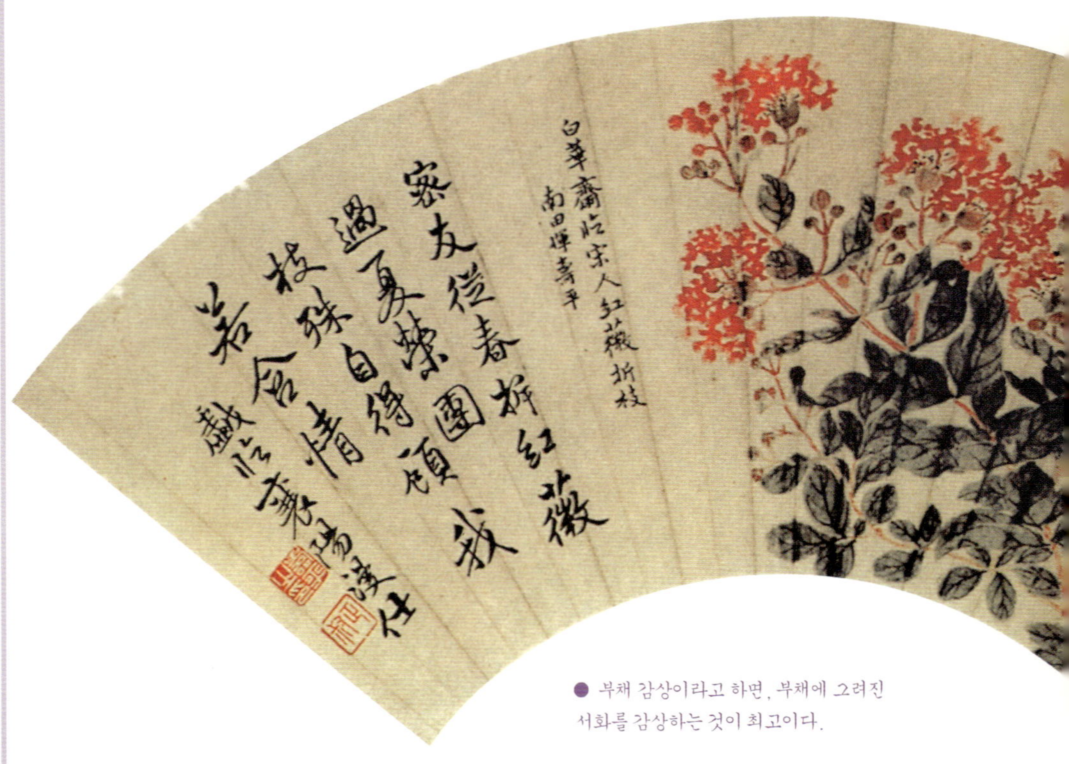

● 부채 감상이라고 하면, 부채에 그려진 서화를 감상하는 것이 최고이다.

미술계의 거장 로댕은 "아름다움은 우리 주변 어디에나 존재하지만, 우리는 그것을 잘 발견하지 못한다."고 말했다. 중국의 부채는 문학, 희곡, 무용, 서화, 조각, 시사가부 등과 결합해 최상의 심미적 가치를 갖게 되었다. 사물이 갖추고 있는 심미적 가치는 그것을 발견해냈을 때 비로소 그 빛을 발하게 된다. 부채도 예외는 아니다. 고금의 문인 사대부들이 부채를 열렬히 사랑했던 까닭은, 사실 부지불식간에 부채가 갖고 있는 문화적 의의와 시대의 아름다운 가치를 발견할 수 있었기 때문이다. 부채의 아름다움을 발견하게 되면, 부채를 더욱 사랑하게 되고 그 신묘한 아름다움에 빠져들고 만다. 자연히 부채의 가치는 더욱 높아져 순식간에 진귀한 작품으로 발전하게 되는 것이다. 그러나 부채

의 심미 가치를 발견하지 못한다면, 곧 실망하며 슬픔에 잠기고 말 것
이다. 당연히 그 부채의 값을 묻고자 하는 사람도 없을 것이다.

세상에서 가장 슬픈 일은 바로 보물섬에 들어가 아무것도
얻지 못하고 빈손으로 돌아오는 것이다. 부채를 제대로
감상하려면 거시적인 안목과 미시적인 안목 모두
를 갖추어야 한다. 부채의 전체 모습을 감상
하고 종합적인 평가를 내릴 수 있어야 하
며, 이와 동시에 부채에 그려진 서화의
정교함과 부챗살 조각예술 등을 분별해 감
상해 낼 수 있어야 한다. 세밀한 감상을 통해 부채
전체의 이미지를 얻어낼 수 있어야 하는 것이다.

부채 감상이라고 하면 뭐니뭐니해도 부채에 그려진 서화를
감상하는 것이 최고이다. 부채에 그려진 서화는 부채의 품격을 판단해
내는 기준이 된다. 서화로 말미암아 부채의 가치가 치솟거나, 헌신짝
처럼 버려지기도 한다. 부채의 서화를 감상할 때에는 반드시 부채의
크기와 형태, 재질과 흠집 여부, 서화가의 필치와 낙관 등에 주의해야
한다. 동일한 서화 대가의 작품이라도 족
자와 부채에 그려지는 각각의 기
법에는 분명 큰 차이가
있을 수 있다. 감상
자는 반드시 이
런 특징을 잘
숙지해 여
러 작품들 가운
데 진정한 보물을 찾아

● 부채의 전체 모습을 감상
하고 종합적인 평가를 내릴 수
있어야 하며, 이와 동시에 부
채면에 그려진 서화의 정교함
과 부챗살 조각예술 등을 분별
해 감상해 낼 수 있어야 한다.

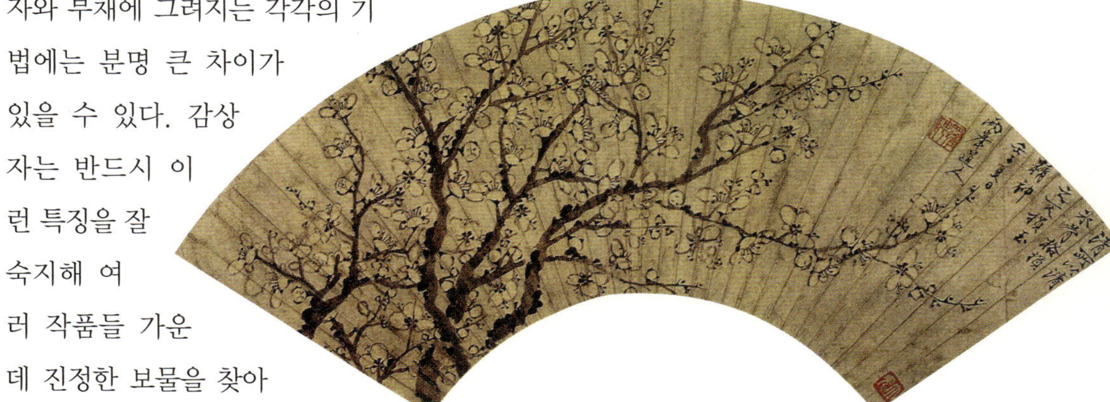

낼 수 있어야 하고, 위작의 경우 어느 부분이 위조되었는지 가려낼 수 있어야 한다.

우수한 부채 서화는 매우 정교하고 세밀하다. 부채면 위에 붓을 오래 두지 않고 단지 두세 번 붓을 움직여 가장 요긴한 부분을 묘사함으로써, 그림 속 산수인물의 신비하고 고상한 운치를 모두 표현해 내는 것이 관건이다. 따라서 화훼초충(花卉草蟲)이나 화조인물(花鳥人物)이 모두 포함된 작품이 간단하게 화훼만을 그려 넣은 것보다 우수한 작품으로 여겨진다. 같은 맥락으로 산수 인물화가 단순한 산수화보다 약간 더 우세하다. 사람들은 세밀하게 그려진 궁녀와 우아한 풍격을 자랑하는 정대 누각(亭臺樓閣) 그림을 매우 좋아했다. 또한 채색부채가 수묵부채보다 더 사랑받으며, 금박 종이로 제작된 부채가 일반 종이부채보다 그 가치가 높다. 이처럼 수없이 많은 비교 작업이 행해질 수 있을 것이다.

옛날 화가는 그림을 구상할 때 풀과 벌레, 혹은 인물을 추가해 작품에 생기를 불어 넣어 달라는 부탁을 자주 받았다. 그리고 종종 다른 사람이 제작한 부채에 그림을 추가해 달라는 요청을 받기도 했다. 호란교(胡蘭橋)는 김심란(金心蘭)이 만든 부채에 구영(仇英)과 당인(唐寅)의 필치를 모방해 산수인물도를 그려 넣었다. 그림에는 산이 있고 물이 있었으며 사람이 있고 사물과 환경이 있었다. 그러나 실제로 그림 속에 그려진 것은 한 그루 측백나무 곁에 기대고 앉아 깊은 잠에 빠져있는 문인 한 사람뿐이었다. 이 그림만으로도 이미 온전한 한 작품이라 할 수 있었지만, 루성(鹿笙) 선생은 아직 부족하다고 생각해 진추쒀(金處索)로부터 부채를 건네받은 후, 루롄푸(陸廉夫)를 찾아가 소나무 한 그루와 비파를 그려달라고 부탁했다. 그리고 나서 다시 장문의 발문을 써 넣고서야 스스로 만족할 수 있었다고 한다. 다른 사람의 작품 위에 첨삭을 가한 뒤 자신의 낙관을 찍지 않는 사람들도 많이 있었다. 치바이스(齊

白石)는 말년에 부채를 제작하면서 커다란 글씨와 그림은 자신이 직접 그려 넣고, 나머지 세밀한 풀벌레 등은 자신의 문하생이나 이들을 시켜 대신 그리게 했다. 이러한 배경 이야기들을 감상자는 사전에 미리 잘 알고 있어야 한다.

부채 그림의 첨삭 내용을 비교하고 감상할 줄 알아야 한다. 특히 감상자는 부채 서화의 시대적 특징을 중요하게 봐야한다. 왜냐하면 시대적 특징은 부채의 가치와 직접적으로 관련되기 때문이다. 아주 오래된 부채에 명인의 서화마저 그려져 있다면, 그 부채는 천금을 주고도 못 살 것이다. 송원(宋元)이나 그 이전 시기의 단선은, 비록 그림을 그린 화가의 낙관이 없거나 무명작가의 작품이라 해도 가치를 따질 수 없는 매우 진귀한 보물로 여겨진다. 또 명대 혹은 그 이전의 서화 접선 역시 작가의 이름과 상관없이 고귀한 작품으로 간주된다. 시대가 서화가의 신분보다 더 중요한 것이다. 현대에는 옛 사람의 작품이라야 세인의 주목을 받을 수 있다.

부채에 그려진 서화를 위조하는 것은 당연히 옛날 작품이 최근의 작품보다 더욱 어렵다. 명청 시기에 만들어진 부채 중에는 모조품들이 있었는데, 대부분 그 이전 사람들의 작품을 위조한 것이다. 그러나 모조품이라 해도 원본 그림의 아름다움을 그대로 간직하고 있었다.

부채에 그려진 서화뿐만 아니라 부채면 자체도 좋은 감상 작품이 될 수 있다. 최상의 이금(泥金)과 사금(泗金), 비단과 종이, 그리고 자청(瓷靑)과 호피(虎皮), 고려지(高麗紙) 등은 모두 명인들의 사랑을 받으며 정교한 부채로 제작됐다. 서화가들은 고급 재료로 제작된 공백의 부채 위에 발묵해 일필휘지로 서화를 그려 넣어 부채의 품위를 한층 더 높게 만들었다. 즉, 주련벽합(珠聯璧合, 진주가 한데 꿰이고 옥이 한데 모이다) 효과를 이끌어냈던 것이다.

　　명대의 화가가 청대의 부채에 그림을 그릴 수 없고, 청대의 서예가가 민국 시기 부채에 글자를 쓸 수 없다는 것은 너무나 당연한 사실이다. 따라서 부채의 시대적 특징을 파악한다면 그 부채의 제작 시기를 짐작해 낼 수 있을 것이다. 부채의 연대를 알고 싶다면 먼저 부채면의 산지와 연대를 살펴보아야 한다. 예를 들어, 남경의 본면(本面)과 소면(蘇面), 북경의 고려지 부채면, 반선(礬宣) 부채면, 분궁(紛宮) 부채면, 조견(粗絹) 부채면, 그리고 소주, 항주, 상해 등지의 7겹, 5겹의 면직물 등이 가지고 있는 고유한 특징들은 놓쳐서는 안 된다.

　　항주 왕성기(王星記) 부채 공방은 광서(光緒) 원년인 1875년에 창립되었다. 상해 성황(城隍) 사당의 왕성기 공방은 1983년에 시작했고, 상해 타운헌(朶雲軒)은 1900년에 설립되었다. 모두 각자의 이름과 서명을 붙인 부채면을 세상에 선보였다.

제일 먼저 문을 열었던 부채 공방은 북경의 대렴증(戴廉增)이다. 그 역사가 이미 3백 년을 넘어선다. 북경 취순(聚順), 천성(天成), 천익(天益) 세 공방 역시 비교적 일찍 세워졌는데, 1900년에 있었던 경자변란(庚子變亂) 중에 소실되고 군병들에게 짓밟혀, 지금은 세 공방의 낙관이 찍힌 부채면만 전해지고 있다. 모두 1900년 이전의 작품들이다. 요즘 자주 볼 수 있는 영보재(榮寶齋) 부채면들도 모두 1894년 이후에 제작된 것들이다.

부챗살에 깃든 시대적 숨결 역시 매우 강렬하다. 화상두(和尙頭) 부챗살, 직사각형 모양의 오동나무 부챗살, 13개에서 15개에 이르는 부챗살 등, 좀 오래되어 보이는 부챗살들은 대부분 명청시대의 산물이다. 18개의 부챗살로 이루어진 8촌 부채는 1949년 이후에 유행된 것이다. 대나무살의 색깔을 보고도 그 연대를 짐작할 수 있다. 백죽(白竹)이나 옥죽(玉竹) 부챗살은 시간이 지나면 홍갈색으로 변하고 풀을 먹인 것처럼 보인다. 현대에 일부러 오래된 것처럼 제작한 유죽(油竹) 부챗살도 자세히 들여다보면 새 것으로 느껴진다.

귀한 부채는 부채면과 부챗살, 그리고 서화가 조화를 이루어 더욱 아름다운 자태를 뽐내며 혼연일체를 이룬다. 청대의 부채면은 청대의 부챗살과 어울린

● 서화가들은 공백의 부채 위에 발묵해 일필휘지로 서화를 그려 넣는 것을 좋아했다.

다. 청대와 민국 이후의 서화가들은 그림에 훌륭한 글씨로 낙관을 남겼
다. 규중 화가들이 제작한 화훼궁녀 또는 십삼행(十三行) 등의 작품은
매우 아담하고 수려했다. 이런 그림에 진전(秦磚)이나 한와(漢瓦) 같은
주제로 부챗살을 만들었을 리는 만무하다. 오히려 전체 부채의 조화를
깨트릴 것이다.

● 명대의 화가가 청대의 부채에 그림을 그릴 수 없고,
청대의 서예가가 민국 시기 부채에 글자를 쓸 수 없다.

글씨와 그림의 상태는 부채에서도 매우 중요하다. 접선을 펴고 접으
면서 부채면은 망가지기 십상이다. 그래서 어떤 수집가는 더운 여름을

대비해 백 개가 넘는 부채를 준비해서, 매일 매일 다른 부채를 들며 부채가 쉴 수 있는 시간을 주었다고 전해진다. 부채가 망가지는 것이 싫으면 즉시 접어서 높은 시렁 위에 올려놓아 사용하지 않으면 된다. 그저 소장만 하고 감상하지는 않는 것이다. 그러나 이것은 부채를 소장하는 의미를 퇴색시키는 행동이다. 그래서 세심한 서화가들은 부채면에 서화를 완성하고 낙관을 찍은 후, 그 위에 주사분(朱砂粉)이나 청전석분(靑田石粉)을 뿌리고 한 번 쓸어내 다른 부채에 묻지 않도록 조심했다. 마음 씀씀이가 정말 깊다. 부채의 상태를 살필 때에는 부채면이 깔끔한지 여부를 살피면 된다. 그리고 부채면에 찍힌 낙관이 뚜렷하고 일목요연한지도 함께 살피면 된다.

여기서 말하는 부채는 대부분 접선을 가리킨다. 왜냐하면 단선은 제작된 연대가 너무 오래 돼서 현존하는 것이 극히 드물기 때문이다. 현존하는 대부분의 접선 서화는 표구되어 족자나 서화첩의 형태로 보전되었기 때문에 일반 서화를 감상하는 것과 별반 큰 차이가 없다. 더 이상의 군소리는 필요하지 않을 것 같다.

문인 사대부들이 아꼈던 부채는 대부분이 접선이었다. 왜냐하면 접선은 품속에 넣어 다니는 고상한 물건이었기 때문이다. 명청 시기 항주에서 제작한 부채는 그 품질이 우수하고 품격이 각별했을 뿐만 아니라, 고상함과 통속성을 함께 갖추고 있었다. 사회 문명의 발달과 더불어 접선에게는 더욱 다양한 장식적 기능이 추가적으로 부여되었다. 크게 확대되어 제작된 부채는 방안 벽에 걸려 온 방을 환하게 비췄고, 작게 축소된 부채는 손에 쥐고 완상하는 예술품으로 변신했다. 그래서 부채의 정원에는 대형 부채, 소형 부채, 소형 서예부채가 함께 그 아름다운 광채를 뿜어내고 있는 것이다.

1982년 소주 부채 공방에서는 당시 최대 규모였던 대형 접선을 제

작했다. 새로운 설계와 정교한 기술로 제작된 이 부채는, 길이가 2미터
나 되었고 유람선을 젓는 노와 비슷하게 생겼다. 당시 가을 전시회에
전시되었던 이 부채는 두 사람이 힘을 합해 펼쳐야만 제대로 된 전체
모습을 감상할 수 있었다. 21개의 모죽(毛竹)으로 부챗살을 만들었고
종이로 부채면을 제작했다. 전체 높이는 1.2미터, 폭은 4미터에 달했
다. 부채의 한 면에는 채색 백화제방도(百花齊放圖)가 그려져 있었다.
그 제목은 '노화향(露華香)'이었다. 다른 한 면 전체에는 7촌 정방형의
힘이 넘치는 커다란 글자가 쓰여 있는데, 팔순 노인 비징안(畢靜安)이
손수 쓴 『청시화(淸詩話)』에서 발췌한 것이었다.

1980년대 말 상해에는 더욱 거대한 부채인 거병구룡선(巨屛九龍扇)
이 선을 보였다. 거대한 나무를 조각해 만든 부채였는데, 상해예술품조
각일창(上海藝術品彫刻一廠)의 창시자인 왕셴바오(王賢寶)가 1년의 시
간과 10여 년간 쌓아온 기술로 제작한 대작이었다. 이 부채는 중국의
전통 접선 기술을 바탕으로 제작되었다. 2미터 가량의 양쪽 부챗살과
26개의 등심초로 전체 부챗살의 골격을 잡았다. 그리고 중국 동북 지
방의 특산품인 피나무로 부채면을 제작했다. 펼쳤을 때 너비가 4미터
에 달했고, 높이는 2.3미터였다. 부채면 위에는 세밀한 조각을 하고 금
을 뿌려 금방이라도 부채에서 빠져나와 날아오를 듯한 기세의 거대한
용 아홉 마리를 그려 넣었다. 부채는 전체적으로 고급스럽게 제작되었
고, 고풍스러운 빛깔과 향을 내뿜고 있었다. 이 부채는 상해 문묘(文廟)
에서 열린 민간예술품 전시회에서 세인의 관심을 집중시켰다. 이 부채
를 설계하는 데 걸린 시간은 무려 3,100시간이 넘는다고 한다. 이미
1990년 기네스북에 그 이름을 올린 바 있다.

그러나 1996년에는 6년간 지켜왔던 최대 규모의 부채 타이틀을, 기
네스북 기록을 갈아 치워버린 다른 대형 부채에게로 넘겨 줄 수밖에 없

었다. 이 대형 부채는 바로 중국 안휘(安徽) 소호(巢湖) 장창장(張長江)
이 제작한 《화명도(和鳴圖)》이다. 높이 3.4미터, 너비 6미터, 그리고
13,048개의 대나무살로 구성된 거대한 규모의 부채였다. 먼저 장창장
은 4년 이상 된 남죽(枏竹) 5톤을 정선해 다른 대나무 공예가들의 도움
을 받으며 부채 제작에 착수했다. 재료의 연마와 정형(整形), 통전(通電)
테스트에서 시작해 30개의 대나무 판에 초벌 조각을 완성하기까지, 꼬
박 4백 일의 시간과 4천 킬로와트의 전력을 사용했다. 그 후 그는 침식
을 잊고 두문불출하며 부채면을 구

● 부채의 연대를 알고 싶다면
먼저 부채면의 산지와 연대를
살펴보아야 한다.

상한 결과 마침내 여러 새들이
봉황을 바라보고 있는 《화
명도(和鳴圖)》를 완성했
다. 평화와 발전이라는
당시 세계의 양대 모토
와도 깊은 관련이 있는
내용이었다. 부채면에
는 길황(桔黃)색과 자
홍(紫紅)색 같은 부귀
를 상징하는 색을 기조
로 해서, 높은 나무와
깊은 그늘, 푸른 풀과 맑
은 물을 그려 넣었다. 뿐만
아니라, 맹금류와 작은 참새 등을
포함한 202마리의 각종 새들이 멋진 조화
를 이루며 그림 속에 담겨 있었다. 새들은 하늘을 날기도 하고 나뭇가
지에 깃들기도 하면서 번잡스럽게 드나들며 정답게 노닐었다. 새들의

● 부채의 상태를 살필 때에는 부채면이 깔끔한지 여부를 살피면 된다. 그리고 부채면에 찍힌 낙관이 뚜렷하고 일목요연한지도 함께 살피면 된다.

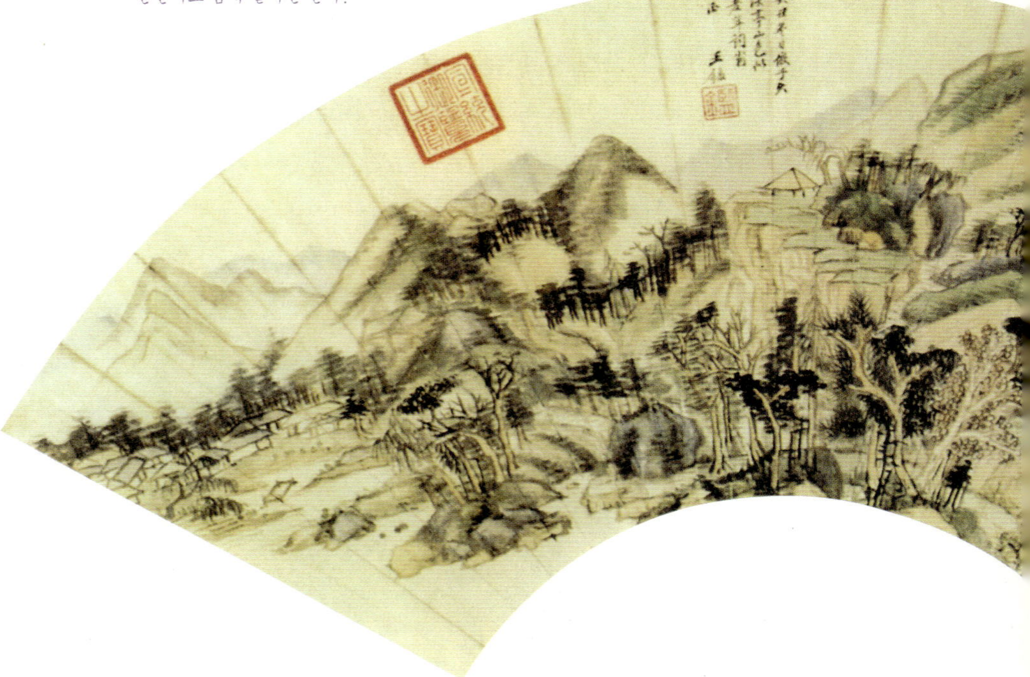

모습에는 피비린내 나는 약육강식의 처참한 장면은 들어 있지 않았고, 서로 공생하며 공존하는 평화로운 모습만 표현되어 있었다. 거대한 부채 안에 더욱 거대한 주제가 담겨 있었던 것이다.

가장 작은 부채 역시 소주에서 가장 먼저 등장했다. 1982년 단향(檀香) 부채 공방의 기술 고문 거비(戈壁)는 정교한 소형 부채 4개를 제작했다. 상아편접선(象牙片折扇), 상아궁선(象牙宮扇), 그리고 단향목으로 만든 부채 2개였다. 그 중 한 부채는 『홍루몽』 제23회 '서상기의 오묘한 글로 언어유희를 즐기다' 이야기를 모티브로 제작된 《임대옥독서상

(林黛玉讀西廂)》 단향부채이다. 부채면 앞뒤로 임대옥이 『서상기』를 읽는 장면을 인두로 지져 그려 넣었다. 복숭아나무 가지와 잎사귀가 무성하고 땅으로 붉은 꽃잎이 춤추듯 떨어지는 가운데, 임대옥은 왼손에 책을 들고 오른손으로는 턱을 괴고 깊은 사색에 빠져 있다. 임대옥이 들고 있는 사람의 손톱만한 책 페이지는, 12센티미터 가량의 상아를 미세하게 조각해 부채 위에 상감 기법으로 새겨 넣었다. 그리고 상아 조각 위에 각각 7백여 글자의 원대 잡곡 『서상기』 원문을 모두 새겨 넣었다. 부채 앞뒤에 새겨진 글자는 모두 그 내용이 달랐다. 확대경을 통해 들여다보면 글자가 매우 간결하고 필치에 힘이 있어 보는 사람의 감탄을 자아냈다. 새겨 넣은 글에는 다음과 같은 내용도 있었다.

인적이 드문 포군(蒲郡) 동편, 문이 굳게 닫힌 절이 쓸쓸히 혼자 서 있다. 그 안에는 꽃이 떨어져 붉은 물이 흐르고, 고요하고 음산한 기운만이 동풍을 소리 없이 원망하고 있다.

붉은 꽃잎이 떨어져 진을 이루고, 바람은 홀연히 불어와 근심만 더하는구나. 연못은 꿈에서 깨어나고, 난간은 봄과 작별인사를 나누네. 나비 인분에 바람이 살짝 닿으면 솜털 같은 눈이 흩날리는 것 같고, 연니향(燕泥香)이 떨어지는 꽃잎에 먼지를 더하누나. 춘심에 묶인 마음은 짧으나 버들잎은 길고, 꽃그늘과 떨어져 있는 사람은 멀리 하늘가에 맞닿아 있네. 향기는 육조금분(六朝金粉)을 없애고, 삼초정신(三楚精神)을 퇴색시키는구나.

거비의 또 다른 소형 조각 작품 당시삼백수(唐詩三百首) 상아 접선은 국내외 예술계를 발칵 뒤집어 놓았다. 이 상아 부채는 크기가 겨우 3센티미터 남짓하며 16개의 매미 날개만큼 얇은 부챗살을 펼치면 전체 넓이가 3제곱센티미터도 채 되지 않았다. 첫 번째 부챗살에 조각된 시는 백거이의 장편서사서정시 『장한가』이다. 열세 번째 부챗살에 가장 많은 시가 조각되었는데, 이백의 『황학루송맹호연지광릉(黃鶴樓送孟浩然之廣陵)』 제29수가 적혀있다. 전편 3백 수의 시는 각각 금문(金文), 대전(大篆), 소전(小篆), 예서(隸書), 행서(行書), 해서(楷書), 위조(魏朝) 비석문(碑石文), 장초서(章草書), 광서(狂書) 등 9종류의 필체로 새겨져 있었다. 매 시마다 붉은 도장으로 낙관을 찍었는데, 겨자씨만큼 작았다.

1986년 이 공방의 청년 기술자 위신창(虞心昌)은 이보다 더 작은 소형부채를 설계하고 제작하는 데 성공했다. 그가 제작한 부채는 일반 부채에 사용하는 나사못보다도 작았다. 상아로 제작된 쌀알 같은 모양의 이 부채 무게는 겨우 0.1그램 정도였다. 부채를 다 펼쳐도 사람 손톱의 절반도 다 덮지 못하는 크기였다. 소인국에 기증해서 소인국왕이 사용하면 딱 알맞아 보였다. 부채는 자유자재로 움직일 수 있었고, 모두 11개의 부챗살로 이루어졌다. 각 부챗살의 길이는 4밀리미터, 너비는 1밀리미터, 두께는 약 6데시미터(0.06 밀리미터)에 지나지 않았다. 실로 매미 날개만큼 얇아 거기에는 아무것도 그려 넣을 수 없을 것처럼 보였다. 그러나 부챗살들을 한데 모아 하나의 부채면을 만들고, 그 위에 11폭의 소주 풍경도와 11수의 소주 풍경시를 새겨 넣었다. 대략 385자가 적혀 있는데, 글씨가 너무 미세해 육안으로는 알아 볼 수가 없다. 현미경으로 들여다보아야 그곳에 그려진 호구산검지(虎丘山劍池), 창랑정수수(滄浪亭水樹), 졸정원향주(拙政園香洲), 유원우일촌(留園又一村), 한산사종루(寒山寺鐘樓), 사자림기석(獅子林奇石), 자금암라한(紫金庵羅漢)

등의 소주 풍경을 눈으로 감상할 수 있었다.

또 다른 종류인 소형 서예부채는 부채 위에 극도로 미세한 글자체를
조각해 넣은 부채를 말한다. 부채에 작은 글씨를 적어 넣는 작업은 이
미 오래 전부터 행해져 왔다. 명말 청초 시기의 작가 모벽강(冒辟疆)은
순식간에 6~7백 자의 파리 머리만한 해서(楷書)를 부채에 새겨 넣을
수 있었다고 한다. 주로 시(詩)와 사(辭)를 써 넣었는데, 상당히 많은 글
자를 새겨 넣었고 1제곱센티미터당 평균 4자의 글씨를 썼다. 원대의 화

● 항주 왕성기(王星記) 부채 공방은 광서(光緒) 원년인 1875년에 창립되었다. 상해 성황(城隍) 사당의 왕성기 공방은 1983년에 시작했고, 상해 타운헌(朶雲軒)은 1900년에 설립되었다. 모두 각자의 이름과 서명을 붙인 부채를 세상에 선보였다.

가 왕진붕(王振朋)은 부채에 『악양루두(岳陽樓頭)』계화(界畫)를 그려 넣었다. 그 좁은 폭에 세밀한 필치로 악양루기(岳陽樓記) 한 편을 썼는데, 전체 글자수가 368자였다. 글자와 그림이 모두 세밀해 잘 분별할 수 없어서, 반드시 맑은 날 집 밖에서 정신을 집중해야 읽을 수 있었다. 정말 탁월한 솜씨가 아닐 수 없다.

청나라 광서(光緒) 시기에는 안목이 남달랐던 강도(江都) 생원 어소선(於嘯仙)은 금석을 조각해 작은 부챗살을 만들고, 그 위에 만 자나 되는 글씨를 새겨 넣었다. 좁은 부챗살 위에 30행이나 되는 글씨를 써 넣은 것이다. 그는 처음에는 글씨를 먼저 스케치하고 다시 스케치한 글씨를 조각하는 방법으로 새기다가, 나중에는 각 글자의 위치만 점으로 표시해 놓았다. 그리고 마지막에는 그냥 검은 선으로 글자 사이의 경계만 잡아놓고 삐뚤어지지 않게 단숨에 글자를 조각해 넣었다. 정신을 집중하고 주의를 기울일 필요도 없이 단지 자신의 손 감각에 의지해 신속하게 글자를 조각했는데, 틀리거나 분명하지 않은 글자는 단 한 글자도 없었다. 가장 작은 글자는 10배 조율의 현미경을 통해서도 잘 보이지 않는다. 한편 장서교(張西橋)는 모공정(毛公鼎) 전문 479자를 축소해 부챗살에 조각했다.

지난 20년 동안 훌륭한 현대 소형부채들이 잇달아 등장했다. 1982년 7월 미국 테네시주 녹스빌시에서 거행된 세계박람회에서는 당시만자선(唐詩萬字扇)이 그 선을 보였는데, 항주 왕성기 부채 공방의 예인 주녠즈(朱念慈)가 제작한 것이었다. 부채의 크기와 그에 새겨진 정교한 예술가치가 우리의 탄성을 자아내고 있다.

炎涼
晉昌
尋佳人重感
任伯年

15 전해 내려오는 명품 부채들

화려한 부채를 파동에 바치니,

단오절 성은을 입고 한나라 궁전으로 나왔네.

금칠한 화려한 손수건위로 구름 그림자가 드리우고,

만개한 꽃과 온갖 보석이 옥함위에 가득 그려져 있구나.

탁금 강머리 위로 달을 들어 올리고,

향기를 따라 궁전 안으로 바람이 불어오네.

소매 속으로 성은이 내려오니,

오직 당당하게 붉은 마음만을 맹세하리라.

　　부채는 3천 년 전의 일상 생활용품에서 예술품으로 발전해
왔다. 부채 안에 담겨 있는 심미적 가치와 시장 가치가 많은 사람들로
하여금 부채를 소장하고 싶은 마음을 불러일으켰기 때문이다. 부채를
감상하려면 반드시 부채를 소장해야 한다. 소장하는 것은 한층 더 훌륭
한 감상의 방법이기도 하다. 사물을 소장하는 것은 인류의 역사를 기록
하고 정서를 다듬는 일종의 생활 방식이며, 부채에 대한 사랑을 표현하
는 한 방법이다.

　　옛날 한나라 헌제(獻帝)는 조조에게 구화선(九華扇)을 선물로 준 바
있다. 조조의 아들 조식은 이 부채를 주제로 『구화선부(九華扇賦)』를 짓
기도 했다. 남북조 시대 송장부(宋張敷)는 어머니가 남긴 그림 부채를
소중히 간직했다고 한다. 이렇듯 군신간의 의(義)와 모자간의 정(情)으
로 말미암아 부채를 소장하게 된 경우도 있었다. 남제(南齊)의 구거원
(丘巨源)은 칠보화단선(七寶畵團扇)을 주제로 시를 읊었다. 이 칠보화단
선은 표면을 칠보로 칠하고 그 가운데 물소 뿔을 장식한 진귀한 부채였
다. 산수풍경이 그려져 있었고, 강 위에는 낙신(洛神)이 그려져 있었다.
정말 완상하기에 조금도 부족함이 없는 진귀한 부채였다. 당연히 소장
하지 않을 수 없었다.

　　송나라 휘종(徽宗) 시기 조길(趙佶)은 회화예술을 제창해 화원을 설
립하고 회화예술을 연구하기 시작했다. 그는 불교의 선종사상에 문(文)
을 결합해 문인 회화예술을 부흥시켰다. 이 시기 부채 서화예술이 크게
발달해 부채를 소장하고 감상하는 풍조가 크게 성행하면서, 수많은 명
작들이 탄생했다. 이러한 명작들이 궁정이나 민간에 소장되어 보존되
지 못했다면, 지금까지 그 이름을 알릴 수 없었을 것이다. 원대 어느 한
문인은 연시(燕市)에서 항주궁선(杭州宮扇) 두 자루를 구입해 소장했는
데, 한 그림에는 눈 내리는 밤 뱃놀이 하는 모습이 그려져 있었고, 다른

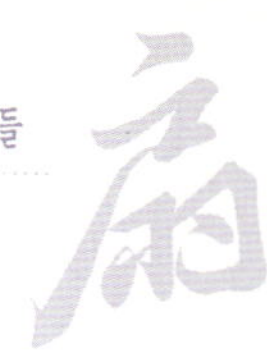

● 미국 보스턴 예술박물관에
소장된 중국 부채 그림 《하정
아희도(荷亭兒戱圖)》

한 그림에는 두 가지 색깔의 국화가 그려져 있었다. 그리고 부채 뒷면
에는 송나라 이종(理宗)이 직접 쓴 흥진위기(興盡爲期), 흘절한향(吃節
寒香) 두 구절이 적혀 있었다. 원대 조지앙(趙之昻)의 처남 장백순(張伯
淳)이 쓴 『몽양집(蒙養集)』에는 소공해외십선발(蘇公海外十扇跋)이라는
발문이 적혀있다. 발문에는 부채는 백금(百金)을 다 주어도 아깝지 않
으며, 소동파가 죽은 지 이미 2백 년이 넘었지만, 그가 부채에 쓴 글은
여전히 사람들 사이에서 고이 간직되어 계속 세상에 전해지고 있다고
쓰여 있었다. 이것만 보아도 소장의 위력이 얼마나 대단한지 느껴지지
않는가!

● 천진 예술박물관에 소장되어
있는 당인(唐寅)의 서예 부채면

명청 시기에 이르러 부채 제작 기술은 날로 발전해 적지 않은 부채의 고수들이 등장했다. 고수가 제작한 부채는 대가의 서화를 통해 그 가치를 더했고, 서화 대가들 역시 명품 부채에 자신의 서화를 그려 넣는 것을 무척 좋아했다. 두 가지 아름다움이 합해져 부채를 소장하고 감상하기를 원하는 사람들이 우후죽순처럼 생겨났고, 개중에는 수준이 떨어지는 사람들도 섞여 있었다. 명나라의 매국노 엄숭(嚴嵩) 부자의 가산을 몰수할 때 몰수 품목 중에는 17,600여 개의 각종 부채도 포함되어 있었다. 혹자는 약 3만 개의 부채가 그 집에 있었다고 전한다. (『천수빙산록(天水氷山錄)』) 품목에 나열됐던 부채에는 금은교천선(金銀鉸川扇), 돈선(墩扇), 상선(襄扇), 왜선(倭扇), 단선(團扇), 과기접선(戈奇折扇), 대모상아제향선(玳瑁象牙諸香扇) 등이 포함되어 있었다. 엄숭 부자의 부채 사랑은 그 도가 좀 지나쳤던 것 같다.

청대 요원지(姚元之)는 『죽엽정잡기(竹葉亭雜記)』에서 다음의 내용을 적고 있다.

● 금릉팔가(金陵八家) 중의
한사람인 사손(謝蓀)이 그린
부채면

하남(河南) 노씨현(盧氏縣) 영청우(英清友)에게는 부채벽(癖)이 있었
다. 그는 계절을 가리지 않고 탁자와 선반, 침대, 의자에 온통 부채를 놓
아두었다. 그림을 그릴 만한 부채에는 반드시 그림을 그려 넣었고, 그 옆
에는 그와 어울리는 시문을 적어 넣었다. 시문 역시 한두 개를 적어 넣는
데 그치는 것이 아니라, 십여 수의 시를 적어 넣어 운율을 맞추고 세밀한
글자를 새겨 넣었다.

조설근이 열 번 다시 읽어 보고 다섯 번 첨삭해 심혈을 기울여 만든
작품 『홍루몽』에는 당시 세정을 풍자하던 골계극(滑稽劇)에 관한 묘사
가 등장한다. 가사 대감은 원래 집안에 수많은 명품 부채를 소장하고
있었는데, 우둔한 사내 석태자의 집에 전해 내려오던 옛 성현들이 글과
그림을 남긴 20자루의 부채를 보고는, 부채를 빼앗기 위해 불법적인
방법을 동원하고 사람의 목숨을 빼앗는 참극을 연출했다.
　전 시대의 부채들은 수백 년의 세월 동안 여러 차례 주인을 바꾸며
관과 민간으로 전해져 왔다. 북경 고궁박물관에 소장된 부채 그림 중에

235

● 소주박물관에 소장되어 있는 임웅(任熊)이 그린 《목단도(牧丹圖)》

는 당대 환선 《경기서설도(京畿瑞雪圖)》 한 폭도 함께 들어 있다. 그리고 명대 부채 그림이 417개, 청대 부채 그림이 359개 소장되어 있고, 온전한 부채의 모양을 갖춘 것도 5자루 보관되고 있다. 부채면의 재질은 금박 종이와 사금 종이가 가장 많고, 단순한 종이로 제작된 것은 겨우 47개, 전체의 1/9에 지나지 않는다. 부채면의 형식을 볼 때는, 시문을 쓴 것이 1/4을 차지하고 그 밖에 채색과 수묵화 그림이 각각 나머지 절반씩을 차지하고 있다.

남경박물관에도 약 3백여 개의 각종 명품 부채가 보관되어 있다. 1990년에 개최된 가을 전시회 작품 중에는 명사가(明四家)를 대표로 하는 오문화파(吳門畵派)의 부채 그림 작품들도 포함되어 있었다. 또 청대 양주팔괴(揚州八怪)가 시를 쓰고 그림을 그린 부채도 전시되었다. 한편

전시된 작품들 중에는 조칠(칠기의 한 종류)을 입힌 부챗살로 제작된
부채도 있었고, 근래에 등장한 특대형 고소한산사국선(姑蘇寒山寺國扇)
과 손바닥 크기만한 소형 부채 등 수많은 부채들이 선을 보였다.

상해박물관에는 송원 이후의 서화 부채 상당수가 소장되
어 있다. 1992년 가을, 상해시는 대형부채문화연구회
를 개최해, 상해와 강남 일대의 공관 및 개인 소장
부채 천여 개를 전시해 장관을 이루었다. 대만
고궁박물원에는 현재 64만여 점의 유물이 보
관되어 있다. 박물관 내에 서화 부채 전시실에는
역대 유명한 부채 그림 명작들을 전시하고 있다. 1992
년 9월 5일, 중국 기자 18명이 대만을 방문하자, 박물관측은 그
들에게 두 폭의 인쇄 부채 그림을 선물로 주었다. 한 폭은 명사가(明四
家) 중의 한 명이었던 구영(仇英)이 그린 《유계범주(柳溪泛舟)》였고, 다
른 한 폭은 명대 여류 화가 마수진(馬守眞)이 그린 《난죽(蘭竹)》이었다.
《난죽》 그림 옆에는 다음과 같은 시가
함께 적혀 있었다.

● 남경박물관에 소장되어 있
는 임훈(任薰)의 《인물도(人物
圖)》

바람이 불어와 골짜기 가득 향기가 아득하도다. 달빛에 장신구에 달린 옥이 반짝이네. 천리 밖 청궁 미인을 추억하나, 맑은 상강을 건너면 바로 있는 것을 알지 못하는 도다.

시의(詩意)와 그림이 그윽한 정취를 자아낸다.

최근 명사들 가운데에서도 부채 사랑과 소장에 관한 재미있는 일화가 많이 전해지고 있다. 상해 타오시촨(陶希泉)은 약 만 개의 부채를 소장하고 있어 그의 호(號)를 만선누주(萬扇樓主)라 불렀다. 그는 자신이 소장하고 있던 부채를 은행에 5만 인민폐 담보로 제공한 적이 있다고 한다. 그 부채들의 값이 얼마나 높았는지는 확인해 보지 않아도 알 수 있을 것 같다.

노화가 펑즈카이(豊子愷)는 『예술인생』 수필집에서 다음의 내용을 언급했다.

"한 친구는 커다란 바구니 하나 가득히 부채를 소장하고 있었다. 흰 면의 부채, 금면의 부채, 상비죽 부채, 상아 부채 등 그 수를 헤아리기 힘들었다. 부채면에 그려진 그림 외에도 부챗살에 조각된 작품들 역시 감상할 만한 좋은 대상이 되었다."

보백대왕(補白大王) 정이메이(鄭逸梅) 역시 부채를 서화가 담긴 보물이라 여겼던 부채 애호가였다. 그는 일생동안 천 개가 넘는 정교한 명품 부채를 수집했다고 한다. 정이메이는 부채를 수집할 때 시를 곁들이는 것을 좋아해, 부채에 그려진 매화 그림과 아름다운 조화를 이루게 했다. 일설에 의하면 그는 매화가 그려진 서화부채 10개를 소장하고 있었는데, 검은색, 녹색, 진홍색, 백색 등 여러 가지 색깔을 모두 구비하고 있었다고 한다. 또 부챗살이 없는 부채면만을 가지고 있기도 했다고 한다. 그가 소장하고 있던 매화 그림에는 팡제칸(方介堪)의 흑매(黑梅),

타오링르(陶泠日)의 밀매(密梅), 장샤오러우(張小樓)·셰셴어우(謝閑鷗)·판쥔뤄(潘君諾)·선웨이원(沈蔚文)의 홍매(紅梅), 주지스(朱其石)의 홍백매(紅白梅), 가오뤄위안(高絡園)의 매화고사(梅花高士), 허푸젠(賀夫健)의 매화서옥(梅花書屋) 등이 있었다. 그는 이 그림들을 수시로 감상했다.

● 대만 고궁박물관에는 부채 그림만을 특별히 전시하는 전시실이 있다. 그림은 그곳에 보관되어 있는 《부용도(芙蓉圖)》

문학의 대가 라오서는 작품을 쓰지 않는 한가한 시간을 이용해 서화 부채를 소장하고 감상하는 것을 즐겼다. 그는 십수 년간의 공을 들여 수백 개의 부채를 수집했다고 한다. 그가 수집한 부채 중에는 명청 시대와 현대의 서화 대가들이 그린 수많은 명품들이 포함되어 있었다. 그가 특히 희곡계의 명배우들이 들었던 부채를 수집하는 것을 좋아했다고 한다. 수집한 부채에는 메이란팡(梅蘭芳), 청옌추(程硯秋), 쉰후이성

● 남경박물관에 소장되어 있는 청대 화가
임훈(任薫)의 부채 그림《인물도(人物圖)》

(荀慧生), 상샤오원(尙小雲) '사대명단(四大明旦)'의 부채와, 왕야오칭
(王瑤卿), 왕구이펀(汪桂芬), 추성룽(裘盛戎), 장먀오샹(姜妙香), 위전페
이(俞振飛) 등과 같은 경극과 곤극의 대가들이 제작한 서화 부채도 있
었다. 원래 메이란팡은 부채를 연기의 기초로 사용해,『천금일소(千金
一笑)』를 연기할 때마다 반드시 친필로 부채에 고운 목련꽃을 그려 넣
고 부챗살에 붙여 무대에 올라 연기를 펼쳤다. 그리고 공연이 끝나면
사용했던 부채를 곧장 찢어버렸다. 연기할 때마다 그림을 그려 넣고,
다시 그 부채를 찢어버리는 것이 상례가 되고 말았다. 메이란팡의 연기
에 항상 반주를 맞췄던 거문고의 대가 쉬란위안(徐蘭沅)은 부채가 버려
지는 것이 너무 아까웠다. 그래서 공연이 끝난 어느 날 쉬란위안은 버
려진 부채를 조심스럽게 집어 들고는, 표구 장인을 찾아가 부채를 표구

해 달라고 부탁했다. 그리고 그 부채를 라오서에게 선물로 주었다. 라오서는 크게 기뻐하며 그 부채들을 진귀한 보물인양 애지중지했다.

메이란팡의 부채 연기는 거의 입신의 경지에 이르렀었다. 무대에서 보낸 수십 년간의 생활동안 그 역시 부채 사랑에 흠뻑 빠져있었다. 그가 부채로 연기했던 작품으로는 《귀비취주(貴妃醉酒)》, 《청문시선(靑雯撕扇)》등이 있었다. 그가 《귀비취주》에서 사용했던 부채는 그냥 일반적인 보통 부채가 아니었다. 그것은 항주 왕성기 공방에서 제작한 부채였다. 예술과 부채가 서로 만나 아름다운 광채를 발했던 것이다.

명인은 부채를 소장하면서 단지 감상에만 그치지 않았다. 마오저둥의 비서였던 톈자잉은 생전에 문학과 역사에 관심이 많았다. 그가 5~60년대에 수집했던 청대 학자들의 서화 작품은 무려 천여 점이 넘었고, 그 중에는 부채도 많이 포함되어 있었다. 그가 이 작품들을 수집했던 가장 큰 목적은 청대 역사를 연구하기 위해서였다. 이는 명인과 부채 사이에 있었던 특별한 인연과 관심이라 말할 수 있을 것 같다.

● 광주미술관에 소장되어 있는 청대 화가 거소(居巢)의 부채 그림《인물화조도(人物花鳥圖)》

아마추어 수집가들은 이런 특별한 인연이나 관심 없이, 여가 활동의 일환으로 부채를 수집하는 것이기 때문에 명인의 대작을 고집하지는 않는다. 아마추어 수집가들이 부채를 선택하고 이용할 때에는 다음의 네 가지 주의점에 유념해야 한다. 먼저 부채면의 상태가 깔끔하고 보기 좋은지를 살피고 감상할 만한 가치가 있는지 눈여겨보아야 할 것이다. 대가의 부채가 아니더라도 가치가 오르기를 바라는 것이 인지상정이고, 또 부채를 펼쳐 감상할 때에 큰 즐거움을 만끽할 수 있기 때문이다. 둘째, 부챗살의 균형이 맞는지 보아야 한다. 부챗살은 전체 부채를 떠받치는 지주 역할을 하기 때문에, 균형이 맞지 않거나 너무 약하고 균열이 있으면 소장하기가 힘들다. 셋째, 부채 머리를 고정하는 나사못이 단단하게 고정되어 있는지 살펴보아야 한다. 마지막으로 부채를 자유자재로 펴고 접을 수 있는지도 주의해서 보아야 하겠다.

부채는 압력과 습기, 벌레를 피해서 서늘하고 건조한 곳에 보관하는 것이 좋다. 종이부채와 비단부채를 막론하고, 부채는 반드시 세심하게 보관해야 한다. 그래서 부채를 종이로 말아 두거나 종이나 비닐봉지에 나프탈렌과 함께 잘 넣어 두는 것도 좋은 방법이다. 전체 부챗살이 단향목인 부채의 경우에는 상자에 보관하는 것이 좋은데, 이때는 나프탈렌을 넣어서는 안 된다. 부채 원래의 향기와 나프탈렌의 냄새가 섞이는 것을 방지하기 위해서이다. 그리고 단향목 자체가 방충 작용을 하기 때문에 굳이 나프탈렌을 넣을 필요가 없다.

단선과 접선을 소장할 때에 종종 그 실용적인 가치는 염두에 두지 않는 경우가 있다. 그래서 부채면에 그려진 서화예술만을 감상하기 위해, 일부러 부채로 만들지 않고 부채면만을 벽에 걸어 장식의 효과를 주는 경우가 많다. 부채면을 표구해 거울, 병풍 족자, 서화첩 등을 만들어 벽에 걸고 감상하는 것도 무방하겠다.

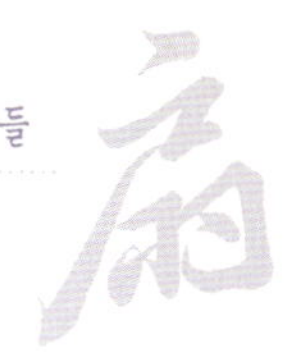

　부채를 소장하는 것은 쉽지 않고, 또 감상하는 것 역시 어려운 일이다. 공공시설을 통해 부채를 보관하고 또 수시로 대중에게 공개할 수 있다면, 이는 공익을 위한 좋은 행사가 될 수 있을 것이다. 영국 그리니치의 한 고성(古城) 안에는 부채박물관이 있다. 그 곳에는 각양각색의 아름다운 부채들이 전시되어 있으며, 모두 상당한 연구 가치를 보유하고 있다. 전시품 중에는 부채와 부채 표구 장식도 있고, 간단한 제작 기술 설명을 곁들여 각국 부채의 다양한 풍격과 유파(流派)를 함께 감상할 수 있다.

　수천 년 동안 부채는 우리 인류에게 많은 사랑과 관심을 쏟아왔다. 이와 동시에 우리들 역시 부채를 소매 속에 품고 집안에 보관하며, 아낌없는 사랑을 퍼부어 왔다.

● 천진예술박물관에 소장되어 있는 청대 화가 부미(傅眉)의 작품《산수도(山水圖)》

炎涼
晉昌唐
爭佳人重感傷

16 부채 명가

서풍이 불기 시작하니 마음이 벌써 부끄럽구나.

옥토끼는 다시 손질할 필요가 없겠네.

반딧불을 잡는 시원한 밤, 달빛이 깊어만 가고,

얼굴을 가리며 청아한 노래를 부르니 가을이 넘실넘실.

이제 쫓겨나 방치될 운명이니, 그저 잠시 머물렀을 뿐이라네.

가엾게도 다시 바구니 속에 들어가야 한다네.

난새 탄 여인이 망가진 것을 몰래 알려주지 말아요.

한나라 궁전은 처량히 오랜 근심에 잠기네.

경성의 부채

　　부채하면 당연히 항주 오성재(五星齋)를 먼저 떠올릴 것이다. 그러나 경성의 부채 역시 이에 못지않다. 북경은 명청 시기의 도읍지로, 기술과 공예 무엇이든 발달하지 않은 것이 없었다. 접선 공예 역시 북경에서 매우 성행했던 시절이 있었다. 단지 이름난 명가 브랜드를 배출해 내지 못했을 뿐이다.

　　북경 타마창(打磨廠) 대렴증(戴廉增) 부채공방은 3백 년이 넘는 역사를 자랑하고 있다. 경자변란(庚子變亂)으로 말미암아, 취순(聚順), 천성(天成), 천익(天益) 세 공방은 화재로 소실되었고, 대렴증 부채공방만이 현재까지 존재하고 있다. 경성의 부채는 소주와 항주부채와는 큰 차이를 보인다.

　　경성의 작업장에서도 부채면과 부챗살을 모두 제작했다. 부챗살은 주로 대나무를 사용해 제작했는데, 물론 다른 재료도 함께 사용했다. 고급 부채들 중에는 대나무살에 상아를 상감해 넣은 것도 있었고, 짐승의 뼈를 사용한 것도 있었다. 또한 안팎으로 모두 단향목을 쓴 것도 있었고, 검은 칠을 한 부챗살에 은사(銀絲)나 소라 껍데기를 새겨 넣은 것도 있었다.

　　비교적 고급스런 대나무 부챗살에는 장인이 직접 조각을 새겨 넣기도 했다. 명청 시기에는 강남 지역 대나무 조각이 매우 유명했다. 북경의 대나무 조각 기술은 비록 남경, 가정 등지에는 미치지 못했지만, 정교한 기술로 산수, 인물, 화훼를 조각한 작품들도 많이 있었다.

　　민국 초기 북경의 장즈위(張志愚)는 양문피조(陽文皮調)와 음문쌍도(陰文雙刀) 기법을 사용해 훌륭한 부챗살 조각 작품을 남겼다. 북경의 부채는 소주나 항주와 비교해 볼 때, 부챗살 제작 기법에 많은 변화를 주었던 것 같다. 한 척 높이에 11개의 부챗살로 제작된 부채를 일척십일골(一尺十一骨)이라 부르고, 9척 반의 높이에 16개의 부챗살로 만들어진 부채는 구오일육골(九五一六骨)이라 불렀다. 이 밖에도 구골(九骨), 십삼골(十三骨), 십사골(十四骨), 이십골(二十骨) 등 다양한 종류가 더 있었다. 북경의 부채는 양식이 비교적 소박하고 부챗살의 모서리가 둥근 것이 특징이었다. 고대 부채를 모방한 작품도 있었지만 조잡하거나 경박해 보이지 않고 매우 고상했다.

명청 시기 북경에서는 남방 지역의 마지(麻紙)나 강남의 선지(宣紙)를 사용해 부채를 제작했다. 그 후 상해 용장분련지(龍章紛連紙)를 사용하다가, 최근에는 주로 하북(河北) 천안(遷安)의 고려지(高麗紙), 반선지

● 청대 화가 임이(任頤)의
부채 그림 《화조도(花鳥圖)》

(礬宣紙), 분련지(粉連紙) 세 가지 종류의 종이를 사용하고 있다. 따라서 부채의 제작 시기를 유추해 보려면 부채에 사용된 종이를 보면 금방 알 수 있다.

북경에서 제작한 부채는 양면과 그 사이 속지를 합해 모두 세 층으로 되어 있다. 부챗살을 끼우는 곳마다 작은 종이를 덧대는 것이다. 경성 작업장에서 제작하는 부채면 역시 소주, 항주의 것과 크게 다르다. 즉 부챗살을 끼우는 곳에 반드시 좁은 종이를 덧대는데, 항주 부채에는 이런 것이 없다. 수고와 재료를 아끼는 것이다.

경성과 소주, 항주는 부채 제작을 놓고 치열한 경쟁을 벌여왔다. 황성(皇城) 근처는 판매가 용이하고 물동량이 많았기 때문에 수륙 운송비용을 크게 절약할 수 있었다. 그래서 저렴한 값으로 좋은 부채를 제작할 수 있었던 것이다. 경성은 또한 서북, 동북 상인 조합과 긴밀하게 연계해 부채 제작과 판매의 집산지로 성장할 수 있었다. 이와 동시에 북경 공방들은 부채를 제작하지 않는 계절에는 다른 사업을 병행해, 인력과 물자를 최대한 활용할 수 있었다. 이는 소주나 항주 부채 공방이 지닐 수 없었던 큰 장점이었다.

항주 왕성기 부채

항주삼절(杭州三絕)이라 하면, 비단, 차, 그리고 왕성기(王星記) 부채를 가리키는 것이다. 항주의 부채 제작 역사는 매우 오래 전부터 시작되었다. 북송시기 소동파가 항주 지방관으로 부임해 어느 한 부채가게 주인의 어려움을 해결해 주었다는 화선결안(畵扇結案) 이야기가 전해지기도 한다. 남송의 도읍이었던 임안(臨安, 지금의 항주)은 세계적으

로도 손꼽힐 만한 번화한 도시였다. 수많은 부채 장인과 서화 예술가들
이 송 왕실을 따라 남하하면서, 순식간에 상권이 운집되고 부채를 활발
히 제작하게 되었다. 당시 항주 서하(西河)를 따라 문선자항(聞扇子巷)
이 성립되었는데, 많은 부채 공방과 부채 판매 가게들이 이 곳에 집중
되게 되었다. 지금 항주에도 여전히 1킬로미터에 달하는 선자항(扇子
巷)이 존재하고 있다.

명청시기 항주 부채는 더욱 활발히 제작되어, 청대
중엽에는 종이부채를 다루는 공방이 50여 개나 들어
서고, 공인들의 수도 4~5천 명을 넘어서게 되었다. 청
광서(光緒) 원년인 1875년 소흥인(紹興人) 왕성재(王星
齋)는 항주로 건너와 왕성기 부채 공방을 설립했다. 원
래 부채를 제작하던 집안에서 태어난 왕성재는 어려서
부터 아버지를 통해 부채를 만드는 것을 배워왔다. 그
래서 10대에 이미 부채 제작의 고수가 될 수 있었다.
그의 아내 진영천 역시 도금한 꽃을 붙여 제작하는 정
교한 공예 부채에 뛰어났다. 정말 천생연분이었다.

왕성기 부채는 좋은 재료를 선별하는 것부터 시작
해서, 세밀한 솜씨와 정교한 설계로 부채를 제작한다.

● 항주의 왕성기(王星記) 부채

아름다운 외관과 실용성을 동시에 추구하며, 무늬와 색깔 역시 유행에
맞게 다양성을 추구했다. 그리고 여러 종류의 부채를 구비해 강남 지역
일대를 풍미했다. 왕손과 귀족, 문인 사대부들 역시 왕성기 부채를 드
는 것을 영광으로 생각했을 정도이며 조정의 진상품으로도 올려졌다.

무정한 세월의 흐름 속에서도 왕성기 부채의 품위는 시종일관 계속
되었다. 왕성기 부채는 국제 박람회에도 여러 차례 출품되어 상을 휩쓸
었고, 해외로까지 그 명성을 널리 알렸다.

　　20세기 초, 왕성재의 아들 왕즈칭(王子淸)은 아버지의 가업을 물려
받아 전국 주요 도시에 지점을 설립해, '천하제일 부채 공방'이라는 명
예를 얻게 되었다. 현재 항주 부채 공방은 15분류 8백여 종류의 부채를
2천여 가지의 색깔로 제작하고 있는데, 연 생산량이 6백만 개에 달한
다고 한다. 그 중에서도 삼성패흑지선(三星牌黑紙扇)과 단향선(檀香扇)
이 가장 많은 사랑을 받고 있다.

● 임이의 부채 그림《화조도(花鳥圖)》

소주의 향나무 부채

소주(蘇州)는 오(吳)문화의 발상지로, 고대 인문이 모이고 공업과 상업이 발달한 곳이다. 소주의 부채에는 독특한 매력이 있다. 견궁선(絹宮扇)은 유구한 역사 전통을 자랑하고, 종이 접선은 풍류와 유학자의 고상한 운치를 상징한다. 또한 밀짚부채와 파초선은 소도시에서 많이 팔린다. 소주의 접선은 명대에 시작되었는데, 접선 중에는 1930년대부터 발전하기 시작한 단향선(檀香扇) 향나무 부채가 으뜸으로 여겨진다. 당시에는 단향목으로 부챗살을 만들고 종이나 비단으로 부채면을 제작했다. 1930년대 이후부터 비로소 단향목을 연결해 만드는 정교하고 독특한 여성용 단향선이 선보이기 시작했다.

특별한 향기를 갖고 있는 소주의 단향선은 매우 정교할 뿐만 아니라, 휴대와 사용이 간편하고 외관도 아름다워서 주로 국내외 여성들에게 많은 사랑을 받고 있다. 부채에는 꽃장식과 탕화(燙花) 기법을 사용해 세밀하고 정교하게 아름다운 꽃들을 새겨 넣었다. 단향선이 주로 사용하는 향목(香木)으로는 장미향, 아리향(雅梨香), 측백나무향, 공향(貢香), 노산향(老山香) 등이 있다. 부채를 손에 쥐면 향기가 사방으로 퍼져 나간다. 무더운 여름에 사용하면 몸과 마음이 상쾌해지고, 입추가 지나 부채를 넣어둘 때에는 향기 덕분에 벌레가 생기는 것을 막을 수 있으니 일거양득인 셈이다.

단향선은 청말 민국 시기부터 제작되었다고 한다. 당시 궁녀들은 좁은 옷에 넓은 소매를 다는 것을 즐겨서, 단향선은 궁녀들이 소매에 넣고 다니는 귀한 물건이 되었다고 한다. 1920년 소주의 ‘장경기(張卿記) 공방’은 단향목으로 부챗살을 제작하고 비단으로 부채면을 만들었다. 1930년에는 드디어 부채 전체를 단향목을 연결해 만든 여성용 단향선을 제작하게 되었다. 항주 왕성기 공방은 소주의 몇몇 공방의 제작 기법을 빌려와, 자신들의 흑지선(黑紙扇) 기법을 기초로 단향선 생산을 발전시켰다. 사람들은 왕성기 공방에서 생산한 부채를 소주의 단향선과 구분하기 위해, 옥대(玉帶), 쌍봉(雙峰), 서령(西泠) 등과 같은 항주 서호(西湖) 풍경의 명칭을 앞에 덧붙여 부르기도 했다.

항일전쟁 이전에는 소주에서 단향선을 제작하던 공방의 수가 18개에 달했고, 기술자들도 약 3백 명 가까이 있었다. 그리고 연간 생산량도 4만 개에 달했다. 그러나 1949년 초에는 겨우 5개의 공방만이 그 명맥을 유지할 수 있었다. 중국이 건립된 후 소주 부채는 새로운 봄을 맞이하게 되었다. 1970년대에는 소주 부채공방과 소주 단향선 부채공방으로 서로 나뉘어졌다.

소주 부채공방은 고급 접선과 수마골옥접선(水磨骨玉折扇), 고급 명주부채, 수진선(袖珍扇), 대괘선(大卦扇), 단향선, 향목선(香木扇) 등을 생산하고 있으며, 일본과 동남아 각지로 생산한 부채를 수출하고 있다.

홍호의 깃털 부채

『삼국연의』에 등장하는 공명은 '깃털 부채와 푸른 머리띠'를 한 형상으로 우리 마음속에 각인되어 있다. 그가 손에 들고 있었던 우선(羽扇)이 어느 지방 것인지는 연구되지 않았으나, 홍호(洪湖)가 우선으로 유명하다는 점은 누구나 알고 있다. 호북 홍호시는 양자강과 인접한 초(楚)문화 발원지 중의 한 곳이다. 홍호 부채 역시 그 역사가 깊다. 명말 청초 시기 신제(新堤) 마을에는 이미 부채를 제작하는 산업이 발전하게 되었고, 지금까지 이어져 우선과 종이 접선 산지로 각광받고 있다.

홍호 지역에서 우선이 성행할 수 있었던 까닭은 홍호 지역에 호수가 많고 수역이 광활해 조류들이 많이 서식했기 때문이다. 청나라 가경(嘉慶)과 도광(道光) 시기에 야생 오리 판매상이었던 장성선(張姓船)이 신제(新堤)에서 최초로 우선 상점을 열었다고 전해진다. 이 때부터 '홍호 우선' 기술은 대대로 그 명성을 이어오고 있다.

홍호 우선은 제작할 때 매우 세밀한 기술을 필요로 한다. 장인들은 깃털의 재질과 무늬의 특성을 고려해 재료를 정리하고, 죽사(竹絲), 철사(鐵絲), 망사(網絲) 등을 이용해 정교하게 부채를 제작한다. 우선의 종류는 무려 48가지에 달한다. 채색선(彩色扇), 장선(掌扇), 도선(桃扇), 광선(廣扇), 살선(撒扇), 경원선(京圓扇), 조모선(調毛扇) 등이 각각의 자태를 뽐내며, 사람들의 다양한 취향을 만족시켜주고 있다. 노인들은 신선이 들었을 법한 공명선(孔明扇)을 좋아하고, 젊은 여성들은 월선(月扇)을 즐겨 사용한다. 그리고 여행객들은 살선(撒扇)을 애용하고, 어린이들은 항상 수채선(水彩扇)을 들고 이리저리 펄럭거린다. 한편 무대 연출을 위해 심혈을 기울여 제작한 융접선(絨折扇)은 무대 위에서 자유자재로 움직이며, 마치 개나리가 활짝 핀 듯이 그 아름다운 자태를 자랑한다.

신회의 빈랑

사람들은 소주와 항주 부채는 잘 알지만, 남부로 가면 신회(新會)의 빈랑이 있다는 사실은 전혀 모르고 있다.

중국 광동 지방은 무덥고 습기가 많으며 강수량이 풍부해서, 빈랑(종려나무과의 상록 교목)과 대나무가 무성하게 자라고 여러 다양한 조류들이 서식하고 있다. 그래서 제작되는 부채의 종류도 다양한데, 주로 빈랑, 압각선(鴨脚扇), 우모선(羽毛扇) 등이 주류를 이룬다. 빈랑은 대략 위진남북조 시기에 제작되기 시작한 것으로 추정되며 지금까지 계속 이어지고 있다. 지금은 전국 각지 어는 곳에서나 빈랑(속칭으로 파초선이라 불리기도 한다. 그러나 실제로 파초 잎으로 제작되는 것은 아니다)을 사용하는 장면을 볼 수 있다. 빈랑은 바람이 세고 가격도 저렴해 매우 경제적이다. 더위를 피하고 태양을 가릴 수 있을 뿐만 아니라, 부채를 깔고 앉을 수도 있다. 커다란 빈랑은 비를 가리는 우산으로도 사용할 수 있다. 빈랑은 그 생산량도 많고 용도도 다양해 국민들의 깊은 사랑을 받고 있으며, 멀리는 동남아 각국으로도 수출되어 적지 않은 외화를 벌어들이고 있다.

사천의 공선

깃털 부채와 대나무 부채는 여러 가지 부채 중 가장 먼저 탄생했던 종류이다. 근 백년 간 호평을 받아오고 있는 사천의 공선(龔扇)은 중국의 대나무 부채 기술을 한 단계 발전시키는 데 많은 공을 세웠다. 중국 사천 자공시(自貢市)의 죽사선(竹絲扇)은 원래 청말 대나무 편직 장인이었던 공작오(龔爵五)에 의해 개발되었다. 그래서 그의 이름을 따서 공선(龔扇)이라 부르는 것이다.

공작오는 원래 농민이었는데, 자공지역으로 들어와 석탄을 캐는 일을 했다고 전해진다. 그는 총명하고 손재주가 남달랐다. 자공이 매우 무더운 지역임을 감안해 부채를 팔면 큰 이익을 볼 수 있을 것이라 생각했다. 그래서 곧장 부채를 엮어 팔기로 마음먹었다. 솜씨가 뛰어나서 다른 부채보다 가격이 높았으나 부채를 사려는 사람들이 구름처럼 몰려들었다. 이후 그는 석탄 캐는 일을 그만두고 부채를 제작하는 데 전력을 기울였다.

사천 공선은 4대째 계승되어 중국 사대명선(四大名扇) 중 하나로 각광받고 있다. 광서(光緒) 12년인 1886년, 공작오가 제작한 죽사선 두 점이 중국 성도(城都)에서 개최된 명품 경진대회에서 수석을 차지해, 광서제(光緒帝)가 직접 하사하는 2.5냥의 금패를 수상하기도 했다. 이를 계기로 공작오의 부채가 세상에 그 이름을 알리게 되었다. 그 후 광서제는 부채에 궁선(宮扇)이라는 이름을 붙였고, 부채는 '황궁에 진헌하는 10대 공물' 중 하나로 승격되었다. 궁중 귀인들이 너나 할 것 없이 그의 부채를 구입해 소장했다.

● 임훈(任薰)이 그린 부채 그림《합금도(合錦圖)》

집안에 공선 하나를 소장하는 것이 당시 유행이었다고 한다.

공선은 반드시 사천 특산품인 1년생 청자죽(靑慈竹)을 사용해 제작하는데, 재료 선별 과정이 무척 까다롭다. 부채 하나를 제작하는 데 꼬박 한 달 반에서 두 달이 소비된다고 한다. 그래서 공선이 지니고 있는 재료·기술·예술의 정교함은 보통의 다른 부채들은 감히 비교될 수조차 없는 것이다. 몇몇의 장인들이 모여 1년에 겨우 40여 개의 부채를 제작한다. 탁월한 공선의 편직 기술은 공작오의 아들인 공위장(龔玉璋)에게 고스란히 전수되었다. 그는 먼저 이름난 화가들의 작품을 부채면에 옮겨 공선의 예술적 가치를 진작시켰다. 원본 그림의 신비로움을 그대로 재현하기 위해,

원 그림의 미세한 작은 부분까지 심혈을 기울여 반복된 실험을 통해 완벽하게 복원했다. 그는 십자 모양, 점선파멸(點線破篾, 대나무 위에 세밀하게 수를 놓아 그림을 그리는 기법을 말함) 등의 수법으로 공선 편직의 독창적인 기술을 더욱 발전시켜 나갔다. 1932년 그의 죽사단선(竹絲團扇)과 죽사산수(竹絲山水)는 사천성에서 열린 제 11회 산업진흥경진대회에서 그랑프리를 수상했다.

자공 지역은 원래 소금 산업이 발달했던 곳이라 부유한 소금 거상들이 많이 있었다. 거상들은 자신의 부를 과시하기 위해 공선을 귀중한 예물로 서로 교환하고, 자신이 좋아하던 그림을 공위장에게 부탁해 공선으로 편직하기도 했다. 덕분에 공선의 편직 기술은 자연히 한층 더 발전할 수 있게 되었다. 한 번은 한 거상이 장다첸(張大千)이 그린 사녀도(仕女圖)를 가져와 공선으로 엮어 줄 것을 부탁하면서, 그림 속의 인물이 들고 있는 단선 뒷면에 시녀의 얼굴이 은근하게 비치도록 해달라고 요청했다. 당시 기술 수준을 감안할 때 이는 정말 어려운 요구였다. 그러나 공위장은 심혈을 기울여 완벽하게 성공했다.

공위장은 1894년에 태어나 1996년에 별세했다. 그는 일생동안 약 백여 개의 부채를 제작했는데, 대부분의 작품들이 군벌에 의해 강탈당했다. 해방 후 죽사선은 국제간의 우의를 다지는 선물로 사용되어 세계적으로 그 이름을 알렸다. 지금까지 전해지는 그의 부채는 겨우 네 자루뿐이다. 두 자루 《산수(山水)》 부채 중 하나는 대만의 장제스(蔣介石) 송메이링(宋美齡) 부부가 1994년 여산(廬山)으로 가지고 들어가 그의 별장에 보관하고 있으며, 다른 하나는 현재 인민대회당에 보관되어 있다. 《신선고송(神仙古松)》은 모 기관에서 소장하고 있으며, 《비천(飛天)》 죽사선은 공위장의 친구 쉬딩원(徐定文)이 보관하고 있다. 공위장에게는 공창롱(龔長榮), 공창원(龔長文) 두 아들이 있는데, 모두 그의 기술을 계승해 공선의 예술성을 더욱 발전시키고 있다.

사천 출신으로 어려서 고향을 떠났던 대문호 궈모뤄(郭沫若)는 사천 공예미술전시회에서 공선을 보고, 처음에는 견직물로 제작된 부채로 착각했다고 한다. 그러나 그것이 죽사 편직 부채임을 몇 번의 확인 끝에 깨닫고는 그 절묘한 기술에 탄성을 자아냈다고 한다. 1953년 라이프치히 국제박람회에서 공선은 영예의 블루 기념훈장과 상금을 획득했다. 1981년에는 미국 필라델피아 전에 출품되어 미국 관중들로부터 안목과 시야를 넓혀 준다는 찬사를 받았다. 그들은 "이렇게 가는 대나무 사를 이용해 비단처럼 얇은 부채를 제작하고, 또 이렇게 아름다운 도안을 그려 넣을 줄은 상상도 할 수 없었다. 아름답고 놀라운 기술력이 정말 불가사의하다."라고 극찬했다.

영창의 접선

사천 영창현(榮昌縣)은 접선 산지로 유명하다. 청 건륭(乾隆) 시기 많은 호북과 호남 사람들이 사천으로 이주해 왔다. 이때 접선 기술 역시 함께 영창으로 유입되어 오늘날까지 3백 년의 역사를 이어오고 있다. 광서(光緒) 초기 영창 지역에는 40여 개의 부채 점포가 있었고, 약 2천여 명의 기술자를 보유하며 연 4백만 개의 부채를 생산했다고 한다. 신해혁명 이후 몇 년 동안 점포수가 백여 개로 늘어나, 약 3천 명의 기술자가 연간 5백만 개의 부채를 제작했다. 부채는 중국 서남 지역을 비롯한 멀리 인도, 미얀마, 태국 등지로도 수출되어 세계적인 명성을 얻고 있다.

영창의 접선은 외부는 둥글고 내부는 사각인 형태로 제작된다. 전체적으로 소박한 운치를 풍기며, 가볍고 정교해 움직임이 자유롭고 외관도 매우 아름답다. 제작 기술 역시 매우 정교하고 심오해 부채 하나를 만들려면 모두 15개의 과정을 거쳐야 한다. 영창 접선은 금남(金楠), 정종(正棕), 석청(碩靑), 피저(皮底), 전종(全棕), 주선(綢扇) 등의 10가지 종류로 구분된다. 130여 가지의 색깔로 제작되고 있으며, 전통 공예 기법을 이용해 중국 민족의 풍격과 지방 특색을 잘 살린 인화선(印花扇), 여유선(旅游扇) 등도 만들고 있다. 그리고 산수화조, 역사인물, 서예 등을 주제로 한 작품들도 있다. 장식 도안은 주로 통속적이고 대중적인 것을 사용해 많은 사람들의 환영을 받고 있다.

영창 죽헌(竹軒) 부채공방의 주인 천즈푸(陳子福)는 부채 기술의 연구 제작에 많은 노력을 기울였다. 특히 최근에 개발한 새로운 부채들은 보는 사람들의 눈을 즐겁게 하고 있다. 아름다운 예술 작품을 앞에 두고 사람들은 원래 접선이 이렇게 아름다웠냐고 반문하며 찬사를 보내고 있다. 수백 년의 역사를 자랑하는 영창접선은 최근 사람들의 취향에 잘 맞는 모시 접선을 개발해 상품으로 내놓았다. 천즈푸가 부채 제작 시 가장 크게 염두에 두는 것은 바로 독창성과 신선함이다. 벽에 걸어 둘 수 있는 대형 접선은 이러한 천즈푸의 예술적 표현정신을 잘 반영한 작품이라 하겠다.

천즈푸는 수준 높은 기교와 깊은 예술 정신으로 중국 건국 50주년

기념부채 세트를 제작했다. 이 부채 세트는 모두 50개의 부채로 이루어져 있는데, 각각 5개의 상자에 나뉘어 포장되었다. 길이는 50센티미터에서 1미터까지 매우 다양했고, 50개 모두 형태와 특징이 서로 달랐다. 상감, 조각, 회화 장식 수법이 모두 잘 표현되어 사천부채의 품격과 예술적인 개성을 잘 살려주었다.

첫 번째 세트에는 송대 중엽 일본과 한국에서 유입된 접선의 변천 과정을 축소해 표현했다. 두 번째 세트에는 불로 지져서 그린 낙화(烙畵)와 철필로 채색한 그림으로 장식한 부채가 들어있었다. 세 번째 세트는 전통적인 음각 기법으로 제작한 부채였고, 네 번째 세트는 양각 기법을 이용한 부채가 들어 있었다. 마지막 다섯 번째 세트는 상감, 조각, 회화 기술을 사용한 부채를 한 데 모아 완성했다.

천즈푸는 전통부채를 발굴하고 재현하는 데에도 많은 노력을 아끼지 않았다. 그리고 다른 예술 작품의 우수한 장점을 본받고 다양한 주제를 선별하고 표현하는 데에도 심혈을 기울였다. 고대 청동기, 갑골문, 진전한와(秦磚漢瓦), 사천극 가면, 풍도(酆都) 귀신탈 등에서도 모티브를 따와 부채를 제작하곤 했다.

이렇게 수려한 부채면과 아름다운 조각 도안들, 그리고 감탄을 자아내는 정교한 기술을 갖춘 부채의 제작은, 처음 시작하는 과정에서부터 부챗살에 상감, 조각, 회화를 덧붙이고 마지막으로 부채를 완성하기까지, 전 과정이 천즈푸 한 명의 손안에서 이루어지고 탄생한다. 그는 자신을 명함에 '부채 장인 천즈푸'라 적었다고 한다. 정말 다재다능한 만능 부채 장인이 아닐 수 없다.

천즈푸는 접선으로 유명했던 집안에서 태어나, 14세에 영창 접선의 대가에게 3년간 부채 제작 기술을 배웠다. 열 살 남짓 되었을 때, 그는 인근에 살고 있던 샤오스천(肖拭塵)의 집에 자주 놀러갔다고 한다. 샤오스천은 화조를 그리는 화가였는데 집에서 접선 그림을 그리기도 했다. 나이가 어렸던 천즈푸는 샤오스천이 그리는 부채 그림에 온통 정신을 빼앗기고 말았다. 샤오스천은 이름을 날리던 대가는 아니었지만 꽤 만만치 않은 실력을 갖춘 화가였다. 그는 상해 예술전문학교 학생으로 전통 회화의 대가였던 류하이쑤(劉海粟)의 초기 시절 제자였다. 동북

대학의 예술과 교수로도 역임하다가, 출신 성분 시비에 휘말려 고향으로 쫓겨 가 여생을 부채 그림을 그리며 보냈다. 천즈푸가 20세 되던 해 샤오스천은 세상을 뜨고 말았다. 약 10년 동안 천즈푸는 샤오스천에게 많은 가르침을 받아 상당한 회화 실력을 갖추게 되었다. 샤오스천을 만나지 못했다면 오늘날 이렇게 아름답고 우수한 천즈푸의 부채 예술은 세상에 나타나지 못했을 것이다.

천즈푸의 아름다운 예술 부채 작품은 미국 카터 센터에 선물로 기증되었다. 그리고 일본 미야자키시 정부와 의회, 몰도바공화국 주중 대사관에도 기증된 바 있다. 또한 한국과 일본의 기업, 그리고 홍콩, 마카오, 대만 등지에도 많은 양이 선물되었다. 천즈푸의 부채는 국제간의 우의를 다지고 중국의 부채 문화를 전 세계에 알리는 데 큰 공헌을 했다. 그리고 중국 사천성 파유(巴渝) 지역의 매력적인 부채 문화를 발산하는 데에도 중요한 역할을 담당했다.

천즈푸의 부채는 현대 부채에 속하며 사천 파유 영창 지방의 부채로 분류된다. 부채 문화라는 긴 회랑을 유유히 걸어오며 우리는 한 가지 중요한 사실을 깨닫게 된다. 중국의 부채 장인의 계보는 절대로 끊어지지 않고 아주 먼 옛날 고대로부터 지금 현재까지 계속 지속되고 있다는 사실이다.

역사상의 기록을 볼 때, 부채 장인으로 유명했던 사람은 명대 남경의 이소(李昭), 이찬(李贊), 그리고 장성(蔣誠)을 꼽을 수 있다. 그밖에도 출신 지역을 알 수 없는 마훈(馬勳)과 본명이 알려져 있지 않은 소주의 방(方)씨, 그리고 유영휘(劉永暉)가 있었다. 이소는 부채끝을 날카롭게 다듬기로 유명해 그의 부채를 첨근(尖根)이라 부르기도 했다. 그리고 마훈은 둥글게 제작했던 까닭에 원두(圓頭)라 불리었다고 한다. 방씨가 제작한 부채는 방근(方根)으로 불렸다. 유영휘가 만든 부챗살을 두고 명대 문인 이일화(李日華)는 '날카롭고, 정교하고, 자잘하다' 라고 표현했다. 이상의 장인들은 화려한 조각 기술보다는 소박한 아름다움을 나타내는 데 주력했다. 그래서 고상하지만 약간 촌스럽다는 평을 받기도 한다.

명 이후 청대와 민국 시기에 화려한 조각과 서화를 곁들인 장식용 접선이 많이 등장했다. 부채 장인들은 모두 조각과 상감 기술에 아주 능숙했다. 복양(濮陽)의 중첸(仲謙) 이하 수많은 명인들이 등장했다. 장즈위안(張子元)은 명대 이전의 소박한 부채의 전통을 잇는 소수 몇 사람 중의 하나이다. 그렇다고 이 이유만으로 그가 현재 명성을 떨치고 있는 것은 절대 아니다.

시 속의 부채들

끊어진 버드나무 아래 새벽 까마귀가 저녁 하늘을 그리며,

구름과 함께 어둑어둑한 작은 창문 앞에 앉아 있구나.

판잣집 갈고리와 발이 서로 대화를 나누고,

버들가지는 바람에 날리고 있도다.

바람은 시험 문제를 붙여 둔 얼음 기둥을 스치며 상주문을 읊는 듯 하구나.

한 줄기 차 연기가 깊은 곳에서 아직 피어나지 않고,

나는 깊은 사색에 빠지네. 그리고 섬계 개울가 친구를 그려보노라.

난간 밖에 놓인 배를 어찌 타지 않을쏘냐. 그 위에 나를 보태네.

삿대로 한번 저어 가니 물이 샘처럼 깊구나.

화려한 부채의 문학적 색채를 이야기한다면 중국 시사가부(詩詞歌賦)를 빼놓을 수 없을 것이다. 부채가 문학과 맺어왔던 깊은 인연의 고리를 자세히 언급할 필요도 없이 말이다. 긴 세월동안 문인묵객들은 모래 언덕에 뿌려진 반짝이는 별들처럼 자신이 처한 환경에 따라 아픔을 노래하기도 하고, 사물에 자신의 감정을 의탁해 모든 희로애락을 발산해냈다. 부채에 대한 사랑과 찬미 역시 마찬가지이다. 한나라 성제(成帝) 시기의 반첩여가 지은 『원가행(怨歌行)』에는 한 재녀(才女)의 가슴 아픈 사랑과 갈망이 한 자루의 가을 부채를 통해 모조리 표현되었다. 또 왕헌지(王獻之)와 그의 첩 도엽(桃葉)이 함께 노래한 『도엽가(桃葉歌)』와 『답왕단선가(答王團扇歌)』에서도 부채에 빌려 사랑을 노래하며, 듣는 이의 심금을 울리기도 했다.

부채 시(試), 부채 사(詞), 부채 노래, 부채 부(賦)는 아마 중국의 고유한 문학 양식일 것이다. 이 문학들은 부채를 주제로 하고 주역(周易)의 비(比)와 시경(詩經)의 흥(興) 수사(修辭) 수법 등을 사용해, 인류의 복잡하고 섬세한 감정을 모두 함축하고 표현해냈다. '부채 문화의 정취를 정리' 해 보기 위해, 아래의 몇몇 작품들을 선별해 수록했다. 시문을 감상하며 부채의 무한한 정취에 흠뻑 빠져볼 수 있기를 바란다. (고대 시문은 감상자의 소양과 정서에 따라 그 해석과 감동이 달라지기 때문에, 독자들의 개인적인 감상을 위해 중국어 원문에서 작자는 주석이나 해석을 달지 않았다. 그러나 번역본에서는 독자들의 이해를 돕기 위해 시문을 번역한 글을 함께 실었다. 독자들은 번역 해석을 참고로 하고, 각자의 느낌과 감상을 통해 더 깊은 감동을 만끽하기 바란다. - 역자)

《詩》

원망의 노래 · 怨歌行　반첩여 班婕妤 – 漢(한)

　　새 비단 한 폭이 눈처럼 곱고 희구나. 재단해 합환선을 만드니 둥글둥글한 것이 꼭 명월을 닮았네. 고운 님 소매 자락에 고이 넣어두니 흔들흔들 바람을 일으키는구나. 가을이 올까 두렵도다. 서늘한 바람에 더위가 물러가면, 바구니에 버려져 사랑 받지 못하겠네.

대나무 부채 · 竹扇　반고 班固 – 漢(한)

　　큰 도량으로 바람을 주려고 이렇게 둥근 모양을 좋아했구나. 바람이 불어와 더위를 물리치고 고요한 밤 청량함을 더해주네.

도엽의 노래 · 桃葉歌　왕헌지 王獻之 – 晉(진)

　　도엽아, 도엽아. 복숭아 잎사귀는 뿌리와 서로 연결되어 즐거워하는데, 나만 은근히 홀로 있구나. 도엽아, 도엽아. 강을 건너면서도 노를 쓸 수 없구나. 그래도 힘들어하지 않으니, 내가 친히 너를 맞이하리라.

● 청말 화가 비이경(費以耕)이 그린 《박접도(撲蝶圖)》. 봄버들에 새순이 돋고 벌써 두 마리 나비가 날아다닌다. 돌다리가 꺾이는 곳으로 부평초가 드문드문 보인다. 한 여성이 환선을 들고 두 마리 나비를 잡으러 쫓아가고 있다.

왕희지에 답하는 비단 부채 노래 · 答王團扇歌   도엽 桃葉 – 晋(진)

일곱 가지 보물을 그린 단선이 밝은 달처럼 찬란히 빛나네. 우리 님과 함께한 그 떠들썩했던 여름을 나는 그리워하며 잊을 수 없네. 푸른 숲 대나무를 모아다 하얀 단선을 만들어 볼까나. 우리 님 단선을 손에 쥐고 흔들며 시원한 바람에 편안하겠네. 단선아, 단선아. 스스로 그림을 가려도 좋아. 초췌한 얼굴을 다시 정리할 수 없으니, 부끄러워 우리 님을 어찌 보려나.

반첩여를 생각하며 부채를 노래하다 · 擬班婕妤詠扇   강엄 江淹 – 梁(양)

환선은 달처럼 둥글고, 그 몸은 새하얗다네. 진왕녀를 그려 넣으니 난새를 타고 연무 사이로 날아가 버리는구나. 시원한 바람이 불어와 나를 옥 계단 숲으로 날려버리면 어찌하나. 우리 님의 사랑이 끝까지 오지 못하고 도중에 다 떨어져 버리겠네.

부채를 노래하다 · 詠扇   하손 何遜 – 梁(양)

흠이 없는 고귀한 믿음은 달처럼 둥글 것이다. 바람을 일으키며 희고 고운 손을 집어넣고, 노래를 부르며 붉은 입술을 감춘다.

시로 부채를 노래하다 · 賦得轉歌扇   경견오 庾肩吾 – 梁(양)

둥근 비단이 달처럼 비추고, 매미 날개가 공중으로 날 듯 하네. 돌려 쥐며 구부러진 모양을 감추고, 움직여 바람 소리를 보내노라.

찢어진 부채를 노래하다 · 詠破扇

해를 가려 그림자를 없애고 바람을 일으켜 시원하게 해주네. 장나라 미인의 웃음이 견딜 수 없이 아름답고, 옷 속으로 향기를 불어넣는구나.

비단 부채 노래 · 團扇歌　소연 蕭衍

손 안에 든 백단선이 가을 둥근 달처럼 맑고 투명하구나. 청풍이 임의로 불어와, 그윽한 향기를 마음가는대로 뿌리네.

자야의 사계절 시, 여름 · 子夜四時歌, 夏歌　무명씨

복숭아를 입에 물고, 우리 님 주신 합환선을 들여다본다. 깊은 감동이 같은 마음이렸다. 난실(蘭室)에서의 만남을 기다리네.

부채를 접어 침상에 올려놓고, 저 멀리 불어오는 바람을 그리네. 가벼운 소매를 스치며 곱게 화장하고, 요조숙녀가 높은 누대 위로 올라가네.

가을이 완연하면 당신은 분명 부채를 놓으리라. 누대 위 얌전한 여인은 시원한 전각을 바라보며 아름답게 놀고 있구나.

흰 깃털 부채를 찬미하다 · 白羽扇贊　사은련 謝恩連 – 南齊(남제)

오직 이 하얀 깃털만이 밝고 결백하도다. 제나라에 불어오는 시원한 바람은 흰 눈처럼 하얗다. 옷섶과 소매로 들어와 폭염 더위를 물리치는구나.

칠보가 그려진 비단 부채를 노래하다 · 詠七寶畵團扇

구거원 丘巨源 — 南齊(남제)

    정교한 비단이 귀한 동하(東夏), 아리따운 미녀가 오(吳) 제위에 나왔구나. 마름한 모양이 백옥벽(白玉璧)같고, 바느질한 것이 밝은 달처럼 둥글구나. 표면엔 칠보(七寶)가 새겨져 있고, 가운데엔 진귀한 무소뿔을 품고 있도다. 경산(景山) 나무를 그려 넣고, 강가 낙신(洛神)을 새겼네. 길게 휘들러 완상하고, 팔찌를 끼우고 입을 맞추네. 바람이 불어와 소매에 부딪칠 때, 햇볕에 말린 화홍분(華紅紛)이 함치르르 반짝거린다. 눈을 흘기며 사랑스런 애교로 맞이하고, 그늘 속 노래하는 사람을 비추네. 시간을 옮겨와 옛 일을 잊을 수만 있다면, 시절을 바꾸어 다시 새로워질 수만 있다면. 정(情)이 대자리

● 청대 화가 이유(李育)가 그린 《출욕도(出浴圖)》. 양귀비가 목욕을 하러 나가는 것을 주제로 그린 그림이다. 『장한가(長恨歌)』시 구절을 함께 적었다.

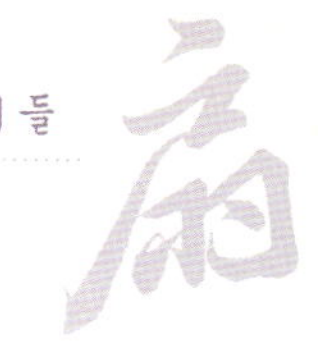

마냥 돌돌 감기고, 비단 방석에 감사하며 마음을 가다듬네. 잠자는 것이 싫다고 어찌 말할 수 있겠는가? 곧 새벽이 당도함을 알리도다.

그림 부채를 노래하다 · 詠畵扇　고상 高爽 – 南朝(남조)

가늘고 약한 비단을 어디에다 쓸까? 붉게 물들여 그만 신혼 휘장 속 부채를 만들어버렸네. 방금 장문(長門)에 바치고 흐느껴 울었는데, 벌써 백량(柏梁)을 맞이하는 연회가 시작될 시간이구나. 화장해 얼굴을 가리고 노래하는 용모를 몰래 보아야지. 부채엔 다만 한 쌍의 황백조만 그리고, 외롭게 나는 기러기는 그리지 마세요.

반첩여의 원망 · 班婕妤怨　음갱 陰　　 – 南朝(남조)

백량(柏梁)에게 새로이 총애가 풍성하구나, 깊은 믿음과 옛 은혜가 이제는 기울었도다. 누가 시서(詩書, 시경과 서경)가 정확하다 했던가, 단번에 뒤집어지는 것이 가무(歌舞)보다 가볍네. 꽃과 달빛이 나뉘어져 창으로 들어오고, 이끼와 풀은 함께 계단에서 자라는구나. 눈물이 흘러 온 적삼을 적시고, 단조롭고 어두운 꿈속에서 놀라 잠을 깬다네. 가을을 만난 불쌍한 부채여, 합환(合歡) 이름이 무슨 소용 있으리오?

부질없는 믿음과 원망 · 長信怨　왕창령 王昌齡 – 唐(당)

새벽에 청소하며 금전을 열어놓고, 둥근 부채를 들고서 잠깐 동안 서성인다. 옥 같은 내 얼굴이 까마귀보다 못하니, 까마귀는 그래도 소양궁의 아침햇살을 띠고 오는 것을.

비단 부채 노래 · 團扇歌 유우석 劉禹錫 — 唐(당)

가을바람이 불면서 네 얼굴을 보지 못하는구나. 위에는 난새를 타는 여인이 그려져 있고, 벌레로 둘둘 감아 그물을 짜네.

추석 · 秋夕 두목 杜牧 — 唐(당)

붉은 촛불 가을빛이 그림 병풍에 차가운데, 가볍고 작은 부채로 흐르는 반딧불만 두드린다. 서울거리 밤 달빛은 물처럼 차가운데, 우두커니 앉아 견우직녀성만 바라본다.

비단 부채 노래 · 團扇歌 장호 張祜 — 唐(당)

백단선, 오늘 와 이렇게 네 몸을 바치는구나. 우리 님 손에 들어가 둥글고 고운 얼굴을 보여 드리리.

슬픈 비단 부채 · 悲紈扇詩 위응물 韋應物 — 唐(당)

가을이 오는 것을 막지 않노라. 어찌 은정(恩情)이 바뀌겠는가. 찡그리는 얼굴을 가리는 사람 하나 없네. 바구니에 버려져 처량한 신세가 되었도다. 어찌 믿음이 영원하리오. 어두움이 찬란한 광채를 가두네.

가을 부채 감상 · 感秋扇詩 소식 蘇軾 — 宋(송)

단선이 가을을 겪으니 시들은 연꽃 같구나. 단청은 오래된 소나무 꿈 같네. 한 번에 쓰고 버리는 것은 나의 일이 아니니, 염량한 세태를 어찌하겠

는가. 한나라 때에 누가 명해 급암(汲黯)을 거두었나, 조나라 사람은 효렴(孝廉)만 등용하려 하는구나. 마음은 이미 소매 안이 편안 곳이 아님을 안다. 가을바람을 다시 보니 원망만 가득하네.

봄을, 그리고 비단 부채를 집어 들다 · 畵常春 · 携紈扇　진윤평 陳允平 – 宋(송)

　　귀밑머리 구름이 비스듬히 온 산을 붉게 물들이고, 봄은 한층 열은 향기와 뒤섞이네. 부채를 들고 커튼이 드리운 창문을 나서니, 마음은 날아가는 벌레를 잡을 듯 하구나. 부드러운 고사리는 선반 아래로 무성하고, 가느다란 손짓으로 금종을 당기네. 고단한 노랫가락은 동풍에 박자를 맞추는 듯 하고, 근심은 떨어지는 꽃잎 속에 쌓여 있도다.

무제 · 無題　당인 唐寅 – 明(명)

　　가을이 오니 환선을 넣어 두네. 아름다운 가인은 무슨 일로 저리 슬퍼하는가? 세상일을 자세히 들여다보세요. 누가 냉담한 염량세태를 물리칠 수 있겠습니까?

그림을 그린 사천 부채를 노래하다 · 詠賜畵面川扇詩　어진행 於瓊行 – 明(명)

　　화려한 부채를 *파동에 바치니, 단오절 성은을 입고 한나라 궁전으로 나왔네. 금칠한 화려한 손수건 위로 구름 그림자가 드리우고, 만개한 꽃과 온갖 보석이 옥함(玉函)위에 가득 그려져 있구나. 탁금강(濯錦江) 머리 위로 달을 들어 올리고, 향기를 따라 궁전 안으로 바람이 불어오네. 소매 속으로 성은이 내려오니, 오직 당당하게 붉은 마음만을 맹세하리라.

*파동(巴東, 춘추시대의 나라 이름)

● 청대 궁정화가 김정표(金廷標)가 그린 《연당납량도(蓮塘納涼圖)》. 두보(杜甫)의 시가 같이 적혀 있다. "대나무 깊은 객이 머무는 곳, 연꽃이 깨끗하고 청량한 때. 공자는 빙수를 깎고, 가인(佳人)은 흰눈 같은 연사(藕絲)를 들고 있네."

접선을 노래하다 · 詠摺疊扇　적우 瞿佑 – 明(명)

　　청풍 종이 반 장을 펼치고 접으니, 몸을 따라 모이고 흩어지는 것이 어찌 여상(如常)함을 찾겠는가? 금환(金環)과 용을 가둔 가는 허리띠, 그리고 옥책(玉冊)을 모두 엮어 기다란 봉황 날개를 만드노라. 기어이 여행하는 사람을 불러다 소매에 넣어 주고, 꽃을 들고 따르는 시녀의 수고를 덜어 주네. 낡은 궁 비단을 하사받은 은퇴한 상재가 질투해도, 너는 여전히 둥근 모양으로 시원한 저녁을 가져다주는구나.

원앙이 그려진 부채 끝 · 鴛鴦扇頭　원호문 元好問 – 金(금)

　　함께 밤을 지내고 함께 날아오르며 백년을 자유롭게 해로하는 도다. 인간 세상의 그 어느 것에 풍류를 비하리오. 할 수만 있다면 말을 가르쳐 이렇게 묻고 싶구나. 마음속에 무슨 근심이 있기에 머리가 하얗게 세었느뇨?

홍호 깃털 부채 · 洪湖羽扇　세줴자이 謝覺哉

　　20년 전 치열한 전투가 벌어지던 호수, 지금은 물고기들이 포동포동 살이 올랐네. 시절의 영화는 나를 다시 이곳에 오게 했다네. 우선을 조용히 흔들어보니 예전에 살던 내 집처럼 편안하구나.

대나무 부채를 품평하다 · 題竹扇　귀모뤄 郭沫若

　　재료는 원래 세한사우(歲寒四友) 중 하나로다. 부끄러워하며 더운 여름 그 자태를 보이네. 아침저녁으로 시원한 바람을 일으키며, 그 소임을 다하는구나.

《詞》

*调笑令(조소령)

궁중 노래 · 宮中調笑　왕건 王建 － 唐(당)

단선아, 단선아. 미인의 병든 얼굴을 가리는 도다. 곱던 얼굴이 3년이나 초췌했으니, 뉘와 함께 관현(管絃)을 다시 맞출꼬! 관현아, 관현아. 봄풀들이 소양로(昭陽路) 길을 끊어놓는구나.

> * 조소령 － 곡조이름. 월조(越調)에 속한다. 2 3 7 7 6 7 6 을 기본 구식으로 한다.

*生査子(생사자)

접선을 노래하다 · 詠摺疊扇　주익 朱翌 － 宋(송)

궁중 비단 안 벌들이 매화를 따라가고, 보선(寶扇) 위 난새가 날개를 펼치네. 여러 번 부채를 접으니 청풍이 몰려오고, 손으로 한 번 꼬니 가을 생각이 나는구나. 흔들흔들 운모(雲母)가 가볍게 움직이고, 아름다운 가지가 가늘게 이어지네. 옥련환(玉連環)을 풀지 마라. 꽃 장식 부채추가 멀리 날아갈까 두렵구나.

> * 생사자 － 곡조이름. 원래는 당 교방 악곡명이었음

思佳客(사가객)

가을 부채 · 秋扇　고관국 高觀國 － 宋(송)

서풍이 불기 시작하니 마음이 벌써 부끄럽구나. 옥도끼는 다시 손질할 필요가 없겠네. 반딧불을 잡는 시원한 밤, 달빛이 깊어만 가고, 얼굴을 가리

며 청아한 노래를 부르니 가을이 넘실넘실. 이제 쫓겨나 방치될 운명이니, 그저 잠시 머물렀을 뿐이라네. 가엾게도 다시 바구니 속에 들어가야 한다네. 난새 탄 여인이 망가진 것을 몰래 알려주지 말아요. 한나라 궁전은 처량히 오랜 근심에 잠기네.

念奴嬌(염노교)

육운 선비들이 만년 얼음 부채추를 노래하다 · 詠陸雲士萬年冰扇墜

진유송 陳維崧 – 淸(청)

장안(長安) 6월이면, 옥하교(玉河橋) 버드나무 아래서 시원한 얼음을 판다네. 들어올린 놋그릇 높이가 10장을 넘어도 이 더운 여름은 정말 견디기 어렵구나. 홀연히 앞에서 불어오는 바람과 수정으로 만든 부채 추를 보니, 기분이 절로 시원해지는 것 같도다. 바람이 온 정원 안에 가득하니 어디선가 청아한 소리가 들려오는 듯 하네. 태화련(太華蓮)을 서편으로 전하고, 요임금 시절의 고설(古雪)을 가져다가 영롱한 조각들을 엮는다. 숱한 세월을 헛되이 보내버리고 인간 세상의 성패를 냉정하게 바라보네. 동굴에 걸린 두꺼비 정령과 송진으로 만든 호박은 매서운 추위를 과연 견줄 만 하도다. 기와에 누군가 몰래 몇 떨기 수초와 연꽃을 검푸르게 새겨 넣었네.

定風波(정풍파)

염손이 벗에게 그려준 부채 끝 설경을 품평하다 · 題嚴蓀友畵扇頭雪景

주존 朱尊 – 淸(청)

끊어진 버드나무 아래 새벽 까마귀가 저녁 하늘을 그리며, 구름과 함께 어둑어둑한 작은 창문 앞에 앉아 있구나. 판잣집 갈고리와 발이 서로 대화를 나누고, 버들가지는 바람에 날리고 있도다. 바람은 시험 문제를 붙여둔 얼음 기둥을 스치며 상주문(上奏文)을 읊는 듯 하구나. 한 줄기 차 연기가 깊은 곳에서 아직 피어나지 않고, 나는 깊은 사색에 빠지네. 그리고 섭계(剡溪) 개울가 친구를 그려보노라. 난간 밖에 놓인 배를 어찌 타지 않을쏘냐? 그 위에 나를 보태네. 삿대로 한번 저어 가니 물이 샘처럼 깊구나.

《曲》

越調・小桃紅(월조・소홍도)

부채・扇兒 교길 喬吉 – 元(원)

누가 초강(楚江)의 구름을 잘랐나, 가을빛이 비단 마을에 가볍도다. 나무에는 궁인 반(班)씨의 육궁 궁궐의 한(恨)을 적었는데, 눈물이 흉터가 되어 남았구나. 가지 절반에 축축한 향기가 배어나 어지럽도다. 포규선으로 채찍질하니 복숭아꽃 운치가 살아나고, 시원한 바람이 작은 손수건을 적시노라.

北越調・小桃紅(북월조・소홍도)

부채 가게・扇鋪 진봉 陳鋒 – 明(명)

계곡 등나무 가장자리 절반이 가을 서리로 덮였네. 새로운 달이 쟁반처럼 아름답고 환하구나. 맹렬한 태양아래 먼짓길에 아름다운 아가씨가 부채로 얼굴을 가린다. 그 대가를 반드시 보상해야 한다네. 군자를 만날 때 말

아 보관해 달라 신신당부하련다. 청풍이 손 안에 있으니 삼복더위도 걱정 없
구나. 십지어 서늘하다고까지 말하네.

北雙調 · 清江引(북쌍조 · 청강인)

비단 부채 · 紗扇　　금란 金鑾 – 明(명)

　가볍게 실을 잡아당기고, 붉은 비단을 세밀하게 마름질한다. 정교하
게 비단을 붙여 합환선을 만드네. 예쁜 바구니에는 연꽃 눈이 싹트고, 웃으며
아름다운 용모를 감춘다. 어찌하여 누가 볼까 두려워 조심하고 있는고?

● 금릉팔가(金陵八家)의 부채 그림. 금릉팔
가는 명말 청초에 형성된 회화유파를 가리키
는 말이다. 많은 부채면 그림을 그렸다.

南商調 · 山坡羊(남상조 · 산파양)

부채 · 扇　설논도 薛論道 – 淸(청)

　　가볍게 흔드니 소탈하고 어진 마음이 비단천 위로 온통 가득하도다. 붉은 먼지를 가리며 마음을 시원하게 하고 눈을 밝게 하는구나. 왕희지는 검은 기와에 조식의 부(賦)를 남겼도다. 농부는 1월부터 김을 매어, 논 위에 태극도를 절반쯤 그렸네. 더운 여름 청풍이 손 안에서 서로 마주보고 있도다. 돌아오는 달은 음력 9월이라 곧 시원해지겠구나. 불쌍한 농부여, 서늘함이 빨리도 찾아오네. 야박 하도다, 사람의 인정이 적삼만 못하구나.

北中呂 · 普天樂(북중려 · 보천락)

부채를 노래하다 · 詠扇　무명씨

　　부채의 뒷면은 탁주(涿州) 명주로, 부채의 앞면은 선주(宣州) 비단으로 만들었구나. 푸른 까마귀와 여린 풀들이 동그라미 속에 가둬져 있네. 자죽(紫竹) 손잡이는 아래 위를 고정시키고, 실패로 등나무 실을 휘감는구나. 그려진 이야기는 사람들의 부러움을 살만하다네. 그림 속에는 길 떠나는 사람과 말이 아름다운 꽃받침 모양의 누각 앞에 서 있네. 아가씨는 수줍을 때면 부채를 들고 살며시 붉어진 얼굴을 가리고, 웃을 때에도 앵두 같은 입술을 감추는 도다. 더울 때에는 부채로 옥체를 여러 번 부채질한다네.

北雙調 · 淸江引(북쌍조 · 청강인)

무제 · 無題　적우 瞿佑 – 明(명)

　　두 고리를 한데 묶어 *연리 가지를 만드니, 사람의 마음을 따라 펴지고 감기는구나. 반원의 가을 달이 밝게 빛나고, 한 조각 봄 구름이 매끈하도다. 손을 따라 시원한 바람이 간간이 불어오네.

* 연리(連理, 두 나무 가지가 한데 붙어서 하나로 되다. 서로 사랑하는 부부를 비유한다.)

掛枝兒(괘지아)

부채 · 扇子 풍몽룡 馮夢龍 – 明(명)

　　부채야, 특별히 저 태양과 낭군님을 서로 맺으니, 너를 두고 몰래 정을 나눈다 할밖에. 한 편의 뜨거운 마음에 누가 네 본성이 원래는 이리저리 흔들리며 정해지지 않음을 알꼬? 몸집이 또한 크지 않으니, 여기저기로 움직이며 바람의 정을 파는구나. 다만 두려운 것은 네가 사람들의 염량세태에 따라 옛 모습을 잃고 차가워질까 하노라.

《賦》

부채 · 扇賦 부함 傅咸 – 晋(진)

　　하늘 길은 소리 없이 움직여, 계절이 돌아오고 시대가 끊임없이 계속되네. 온통 푸르렀던 봄을 뒤로 하고, 붉은 여름이 지금 이르렀도다. 더운 열기가 극심하니 이를 어찌 참을 수 있을꼬. 땀이 떨어져 몸 밖으로 흐르고, 가슴 속은 숨이 턱턱 막히는구나. 여름의 열기가 남풍을 막고 있으니, 어찌 시원한 바람이 쏴하고 불어와 나의 옷깃을 열어주겠는가? 원망스럽도다. 작은 바람이라도 불어 주지 않는가?

　　정말 밉구나. 높은 나무는 그늘마저 만들지 않네. 연약한 부채의 작은 요동에 손은 마음을 움직이고, 마음속은 더욱 소용돌이치며 북림(北林)을 바라는 도다. 제수(濟水) 강가에 헤아릴 수 없는 사람이 모이고, 높은 정자는 왕과 제후들이 차지하고 있네. 날마다 안중(安衆) 부채를 들고 부채질하며 더위를 식히네. 몽읍(蒙邑) 귀족들이 오매불망 기다리는 시간은, 더위를 잊을 수 있는 해가 없는 밤이라네. 견고한 넓은 은혜도 결국엔 군자 옆에서 지쳐 쓰러진다 하네. 화성이 홀연히 서쪽으로 흐르며 슬픈 바람을 금나라와 상나라에 일으키는구나.

가을 해가 처연하고, 흰 이슬이 서리가 된다. 이제는 몸을 추스르며 따뜻한 기운을 바라고, 가벼운 털옷을 고이 가져다가 방을 데우네. 나를 죽은 몸인 양 함부로 내버리고, 섬섬옥수를 거두며 깊이 감추는 도다. 군자는 옛 것을 버리고 새로운 것을 향하고, 몸에 좋지 않은 것은 남김없이 버린다. 슬퍼해보았자 다 부질없도다. 홀로 한스럽게 한탄할 밖에.

● 청풍(淸風)이 불어와 손 안에 잡히고, 시원한 기운이 흉금(胸襟)에 가득하도다.

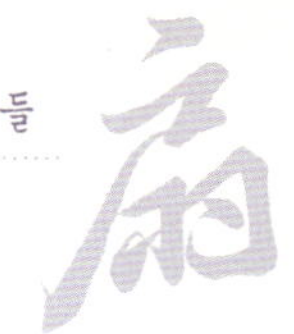

깃털 부채 · 羽扇賦 육기 陸機 − 晋(진)

옛날 초상왕(楚襄王)이 장대(章臺) 궁전에서 회의를 열었는데, 산 서편과 강 오른편 제후들이 모두 한데 모였더라. 대부(大夫) 송옥(宋玉)과 당록시(唐勒侍)는 백학의 깃털로 만든 부채를 쥐고 있었네. 이를 본 제후들은 얼굴을 가리며 웃으니 상왕은 심기가 불편하더라. 송옥이 나아와 이르되,

"감히 묻사옵니다. 제후들은 어찌 웃으시는지요?"

"옛날 무왕(武王) 현람(玄覽)은 오명(五明) 부채와 안중(安衆) 부채를 만들어 세상에 내놓았소이다. 들은 각각 네모난 모양과 둥근 모양으로 부들 나뭇잎으로 그 위를 덮었소. 왜 쓸모없이 버려진 깃털을 주어다가 취한단 말이오?"

송옥이 말하기를,

"본디 처음 만들어진 것은 소박하나, 나중에 꾸며진 것은 반드시 아름다운 법입니다. 그래서 뜨거운 돌 위에서 조리된 음식을 아름답고 둥근 옥그릇에 담아내는 것이지요. 안중 부채는 네모 모양이라 바람을 흘어버리고, 오명 부채는 둥글어 바람을 일으키기가 힘듭니다. 이렇듯 중심의 마음이 아름답지 않으면, 그 겉모습은 딱딱하고 잘 풀리지 않는 법입니다. 저 멀리 광활한 하늘을 나는 새는 이 어려움을 풀고 가볍게 찬란한 아름다움을 퍼트립니다. 아홉 연못에 은거하는 봉황은 그 모습이 정말 우아하고 아름답습니다. 날쌘 물고기는 그에게서 도망치지만, 긴 부리를 넣어 밖으로 꼬집어내고 맙니다. 옥처럼 아름다운 깃으로 몇 번 날갯짓해, 긴 세월을 쏜살같이 날아오릅니다. 부드럽게 몸을 돌려 멈추면, 두 날개를 모아 깃털을 천으로 부채를 만들지요. 굵고 가는 차이가 있고 길고 짧은 순서가 있으며, 둥글지만 좁지 않고 성기지만 간단하지 않기에, 짐승의 이빨을 다듬고 나무의 줄기를 잘라 재빨리 소박하게 부채를 만드는 것입니다. 바르고 정교하며, 둥근 뿌리를 모아 만든 새로운 모양입니다. 옛 제도가 하늘의 질서를 따른다는 말에 대해, 새는 그 시비를 가릴 수 없고, 사람은 감히 그 진위를 가릴 수가 없습니다. 깃털을 가볍게 흔들면 바람을 품으며 늘어뜨리고, 오묘한 자연의 소리를 한 자리에 쌓아두지 않고 흩어 보냅니다. 그것을 손에 들고 있으면 편안해지고, 다른 사람을 대할 때 성실하게 됩니다. 바람을 일으키기에 편리하고, 퍼지는 바람의 기운도 매우 균일합니다. 귀하고 천한 것이 한데 섞여 모두 청아한 바람을 일으킵니다."

이에 제후들이 그 말을 좋게 여기더라. 송옥이 말을 잇기를,

"이 깃털이 등장하자 곧 남기(南箕) 별자리의 문이 열리는 것 같습니다. 하얀 햇빛이 이글이글 길게 늘어지지만, 이 기운을 가시는 바람이 가만가만 불어옵니다."

상왕이 내려다보며 박수를 치고, 제후들은 엎드리며 더 이상 웃지 않더라. 모두 부채를 초나라 조정에 버려두고, 새의 날개를 쥐고 돌아가더라. 이어서 당륵기가 이를 비꼬며 말하네.

"새의 날개를 든 사람의 모습이 얼마나 멋스럽고 아득했으면, 이 전각의 더위가 가시고 모두 옛 풍습을 돌이키며 깃털 부채를 베끼는고?"

육각 부채 · 六角扇賦　곽준 郭遵 – 唐(당)

부채 중 가장 특별한 것은 6각 모양이라, 그 정교한 모습만으로도 잘 팔릴 수 있지만, 사람들의 기호와 취향에 맞지 않으면 좋지 않다네. 고로 반드시 이름난 묵객의 오묘한 작업을 빌리고, 명가의 풍류를 빌려야 한다네.

한 노파가 있으니 그는 작은 상인이라, 의산(義山) 남쪽에서 대나무에 조각을 새겨 월나라 시장에 내다 팔았다네. 노파는 기다란 모양의 부채를 팔

고 있는데 그 모양이 절묘한 6절이라, 밝은 태양을 가릴 수 있도록 규격을 맞추었고, 비단 사이로 살짝 미풍이 일어난다네. 은둔하며 모습을 보이지 않던 선비들이 모두 나와 부채 위에 글을 쓰는데, 2행을 쓰니 이슬이 드리워지고 꽃이 뿌려지는 듯 하네. 5자를 쓰니 용이 휘감기고 봉황이 거하는 듯 하도다. 절묘한 필치로 적어 넣으니 그 값이 뛰어 오르는구나. 구경꾼들이 구름같이 한 데 모여, 그 6각 모양에 머리를 치밀며 달려들고, 9가지 화려한 시문에 감탄한다네. 곧 돈이 풍성히 쌓이고 소문이 자자하네. 상인들은 그저 노파를 부러워하고 왕희지의 필문도 다 잊어버리는 것 같도다. 그러나 부채가 없다면 글을 쓸 수 없다네. 부채가 손에 있었기에 글자를 적을 수 있었다네. 부채질 한 번으로 먼지를 날려버리고, 부채질 한 번으로 붉은 여름을 물리치는구나. 어디에 글씨를 적고, 무엇을 빌려 붓을 놀리겠는가? 손 안에 오묘함을 가득 채울 수 있으니, 그 값이 오히려 부족한 듯 여겨지도다!

물건이 스스로 귀한 것이 아니라 오직 사람이 그것을 귀히 여기는 것임을 알아야 한다네. 소나무 연기를 쐬지 않고 비취도 달지 않은 부채지만, 그리고 진(晉)에서 들어온 비천한 노파지만, 사람들은 비천한 부채에 글월을 적고, 또 6각의 아름다움에 취해 5주(鑄) 돈을 주고 사지 않는가? 아, 작은 것도 큰 것처럼 섭기지 않으면 안 되고, 아름다운 것을 추하다 하며 사용하지 않으면 안 되는구나! 고로 부채를 들면 그 모습이 귀해지고, 사람은 부채로 재산을 모을 수 있도다.

노파가 말하기를, "왕희지의 은혜가 내게 좋도다."

접선 · 折扇賦　양순길 楊循吉 – 明(명)

축축하고 푹푹 찌는 여름, 등이 젖고 땀이 흐르는구나. 바다로 두루 놀러가고 시원한 강남으로 가는 것이 제일 좋겠다. 하물며 성곽 옆 비좁은 이

먼지가 날리는 데에선, 시원한 바람을 목말라하고 원수가 두렵고 무섭지 않겠는가? 지금 나는 넓은 회당과 큰 건물, 높고 굽이진 정자 위에 있지 아니하도다. 옷깃을 따라 그늘을 바라며 머리를 풀어헤칠 겨를도 없다네. 유일한 즐거움은 물이 비치는 거울을 내걸고, 마음속에 얼음을 담는 옥주전자를 매다는 것뿐이라네. 연꽃 그늘이 한점 한점 멀리 깊은 호수를 사이에 두고 드리우고, 대나무 그림자 퉁소 소리가 아득하게 스님이 머무는 산사를 에워싸네. 나는 여유롭게 노닐고 싶은 마음에 안절부절 못하고, 먼지 날리고 어지러운 싸움을 그만두고 싶다네. 한스럽다, 여덟 바다도 좁은 것처럼 느껴진다. 아, 여섯을 합쳐도 넓지 않도다. 그 옛날 소매 안에 아름다운 부채를 만들어 넣고는, 더위를 쫓고 꽃 같은 자태를 드러냈도다. 옛날 아름다운 궁인 반씨는 노래했다네. 왕년 한가롭던 어린 시절 부채를 남김없이 손에 쥐며 거두어들였는데, 둥근 모양에도 격식이 있고, 옷깃에서 꺼내어 이리저리 자유롭게 흔들면 시원한 생각이 살짝 가슴을 스친다네. 흰 누에고치 비단을 아름답게 재단하고, 푸른 등나무로 긴 면 테두리를 만드네. 금을 뿌려 화려하게 장식하고, 상아로 못을 다듬어 사슬을 만드네. 자단목 나무 주둥이는 흠집 하나 없고, 검은 진주로 둥글게 엮은 자리는 깃발처럼 드리워져 있네. 시원한 운치에 기분이 좋고, 맹렬한 더위의 위세가 사라지는 듯 하구나. 손안에 쥐기에 꼭 알맞으니, 어찌 시동과 마부에게나 쥐어 주리오? 옆에 앉은 손님들에게도 시원한 바람이 재빨리 불어오니, 이 얼마나 즐거운가! 선비들은 넙적 다리를 어루만지며 긴 탄성을 자아내네.

"이처럼 편안할 수 있으리오. 더운 사람들은 누구인가?"

겹겹이 갑옷을 입은 무사요, 밭으로 돌아가 해를 등지며 일하는 농부로다.

부채의 운치 – 교양으로 읽는 중국 생활 문화

첫판 1쇄 펴낸날 2006년 5월 25일

지은이 저우위치
옮긴이 박승미
펴낸이 강수걸
펴낸곳 산지니
등록 2005년 2월 7일 제14-49호
주소 부산광역시 연제구 거제1동 1493-2 효정빌딩 601호
전화 051-504-7070 | **팩스** 051-507-7543
sanzini@sanzinibook.com
www.sanzinibook.com
편집 권경옥·김은경 | **디자인** 권문경
인쇄 현문인쇄

ISBN 89-956531-7-5 04820
　　　89-956531-6-7(세트)

값 25,000원

＊ 이 도서는 중국 정부로부터 번역료 일부를 지원받아 제작되었습니다.

이 도서의 국립중앙도서관 출판시도서목록(CIP)은
e-CIP 홈페이지(http://www.nl.go.kr/cip.php)에서
이용하실 수 있습니다.(CIP 제어번호 : CIP2006001044)